大統領の料理人⑥

休暇のシェフは故郷へ帰る

ジュリー・ハイジー　赤尾秀子 訳

Fonduing Fathers

by Julie Hyzy

コージーブックス

挿画／丹地陽子

父の思い出に——

謝辞

《ホワイトハウス》シリーズは、書いていてとても楽しいシリーズです。オリーや仲間たちがどんな事件に巻きこまれ、オリーはどんな口出し手出しをするか——それを考えているとあっという間に時間がたってしまいます。そして六作めになる本書では、お問い合わせの多かったオリーの家族について綴ることに決めました。オリーとともにみなさんにも、ベールに包まれた過去の真実をさぐっていただければと思います。

執筆にあたっては、たくさんの方々にご支援いただきました。ワシントンDC近郊でどこをぶどう園に設定すればよいかは、《ワイン・カントリー》シリーズの著者エレン・クロスビーのお知恵をお借りし、ほんとうに助かりました。ありがとう、エレン！

コージー・チックス（www.cozychicksblog.com）の仲間たち、コージー・プロモの友人たちにも、この場を借りてお礼申し上げます。みなさん温かい手をさしのべてくださり、わたしはほんとうにしあわせ者です。また今回にかぎったことではありませんが、プロットに関しては、ダイアン・ドンシール・マクドナルドとジェニーン・エリザベスに熱い助言をいただきました。結果的にずいぶん違う展開になってしまったものの、ジェニーンの友情には感謝の言葉もありません。また、オリーが法律に触れるミスを犯さずにすんだのは、デイヴィッド・エペスタインのおかげです。

高校時代からの親友モーリーン・コーコラン・コムパーダには毎回、医学的部分で頼りっぱなしです。ありがとう、コーキー。

ライブラリアンのジーン・マン・ブラッケンにもご支援いただき、彼女は本書にもちらっと登場します。読者のみなさん、彼女をおさがしあれ！

バウチャーコンのチャリティ・オークションで知り合ったオーストラリアの友人、セーラ・バーンには、今回の物語で一役買ってもらいました。こちらにもご注目あれ！

陸軍戦史センター資料部のジェイムズ・A・トバイアスにはきわめて重要な資料を教えていただき、深く感謝いたします。

また本書のタイトル（Fonduing Fathers）が決定したのは、なんといってもジュディ・ボダリクのアイデアのおかげであり、心よりお礼申し上げます。

本シリーズが六作めを迎えることができたのは、何人もの方々の大きな支援があってこそです。名編集者ナタリー・ローゼンスタイン、バークリー・プライム・クライムのロビン・バーレッタ、エリカ・ローズ、テクノ・ブックスのラリー・セグリフ、熱意あふれるわたしのエージェント、ペイジ・ウィーラーにこの場を借りて感謝いたします。

そして最後に、わたしの家族へ。みんながいてくれてこそのわたしの人生です。かぎりない愛をあなたたちに。

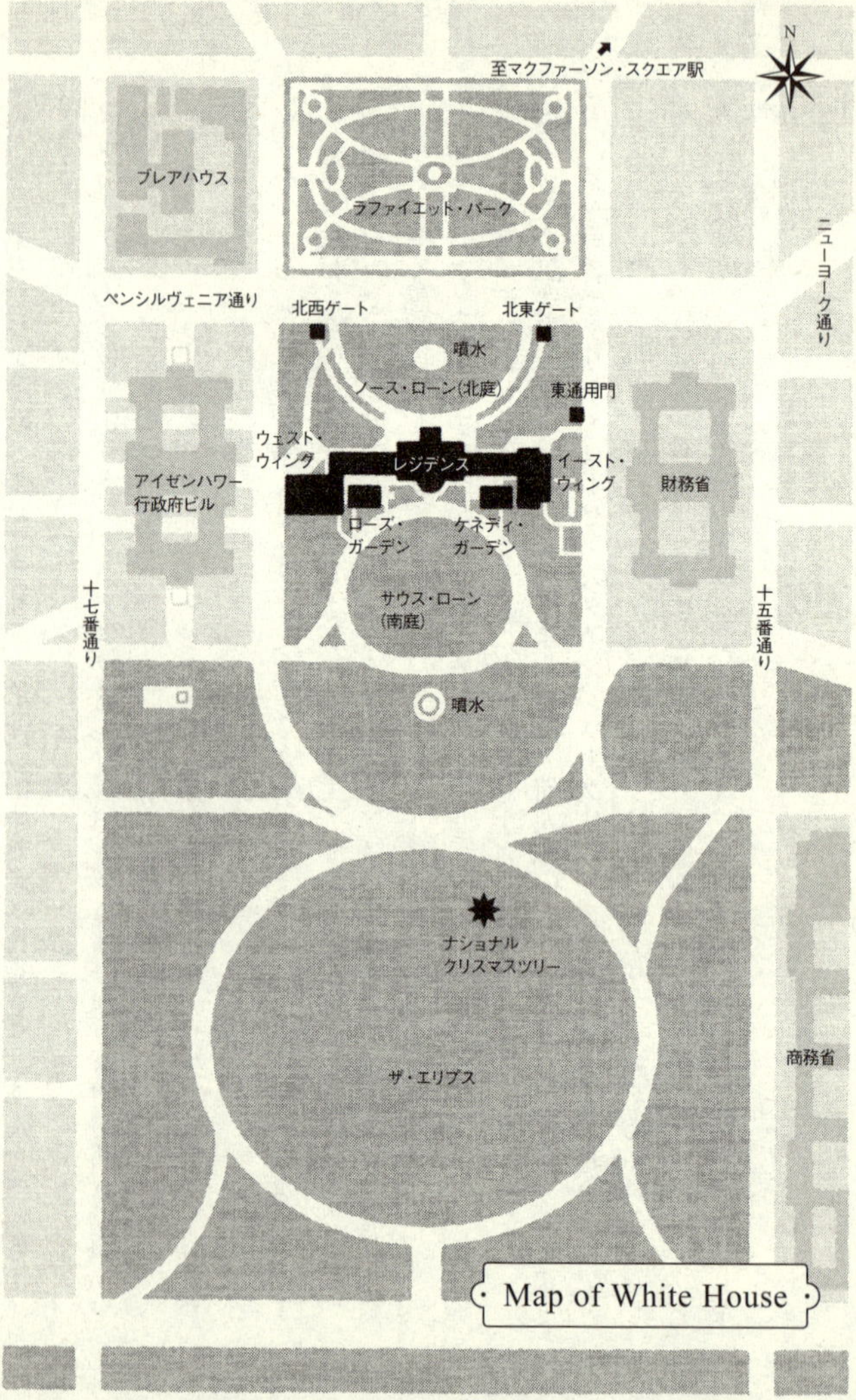
N
至マクファーソン・スクエア駅
ブレアハウス
ラファイエット・パーク
ニューヨーク通り
ペンシルヴェニア通り
北西ゲート
北東ゲート
噴水
ノース・ローン（北庭）
東通用門
ウェスト・ウィング
レジデンス
イースト・ウィング
アイゼンハワー行政府ビル
財務省
ローズ・ガーデン
ケネディ・ガーデン
サウス・ローン（南庭）
十七番通り
十五番通り
噴水
ナショナルクリスマスツリー
ザ・エリプス
商務省
Map of White House

休暇のシェフは故郷へ帰る

主要登場人物

オリヴィア（オリー）・パラス……ホワイトハウスのエグゼクティブ・シェフ
シアン……アシスタント・シェフ
バッキー……アシスタント・シェフ
ヴァージル・バランタイン……大統領家の専属シェフ
マルセル……エグゼクティブ・ペイストリー・シェフ。フランス出身
ピーター・エヴェレット・サージェント三世……式事室長
ダグ・ランバート……総務部長の臨時代理
パーカー・ハイデン……アメリカ合衆国の大統領
デニス・ハイデン……大統領夫人
アビゲイル……大統領の娘
ジョシュア……大統領の息子
コリン……オリーの母
ナナ（おばあちゃん）……オリーの祖母
ユージン・ヴォーン……オリーの父の上官
クレイグ・ベンソン……プルート社のCEO
ハロルド・リンカ……プルート社の社員
マイケル・フィッチ……プルート社の元社員
レナード・ギャヴィン（ギャヴ）……主任特別捜査官。オリーの恋人
ジョー・ヤブロンスキ……国防総省関係者

1

母はギャヴの前に手作りのパンナコッタを、その横にスプーンを置いた。

「オリーの話だと、大統領ご一家にもこれとおなじレシピのパンナコッタを出すんですって。信じられる？　こんなに簡単なもの。オリーはうちの台所でつくり方を覚えたのよ」

母は目尻に皺《しわ》をよせてにっこりすると、わたしの前にもひとつ置いた。

「ブリッジの会でもね、パンナコッタを持って行くたびにこの話をするの。娘がホワイトハウスのエグゼクティブ・シェフだという自慢話に、みんなうんざりしてるでしょうね。でも、いいたくてたまらないのよ」

「いいかげんにしてちょうだいね」わたしの言葉など気にせず、母はテーブルをまわって祖母の前にひとつ置いた。それからテーブルの上座に自分用のを置いて、椅子に腰をおろす。

ギャヴがスプーンを手にとった。

「あれだけおいしい夕食のあとで、デザートを味わえる余地はない気がしますが……」ギャヴは適時適切な誉め言葉がいえる人だ。「ひと口だけでもいただきましょう」パンナコッタをゆっくり口に含んで、満面の笑み。「オリーの才能がどこからきたのかは明白ですね」

母の顔が輝き、祖母はにやりとした。

わたしはパンナコッタのお皿を手前に寄せ、愛する人たちに囲まれている喜びに浸った。夏のシカゴにしては気持ちのよい夜で、窓はあけはなしてある。この二階家と隣の二階家とのあいだには細い路地があるのだけど、そよ風がそこを縫って流れてきては、刈りたての草の香りを運び、隣人たちの楽しげな声も聞こえた。いま、このひとときはとても穏やかで心地いい。

母は最後に会ったときよりも、若々しく見えた。数年まえ、ワシントンDCに来たときに知り合ったカプといまもたまに会っているようで、それが大きな効果を発揮しているにちがいない。一方、おばあちゃん《ナナ》はいつもと変わらず。といっても会うたびに、少しずつ小さくなっているようだった。

そしてこの家自体は、最後に帰ってきたときと、ほとんど変わりない。ダイニング・ルームの壁は淡いオレンジ色に白い縁どりで、キッチンとの出入り口の敷居を踏むときしんだ音がする。でもいちばんうれしい驚きは、玄関をあけると、いまも変わらずアーモンドの香りがしたことだ。これは扉に塗られたオイルのにおいで、子どものころ、アーモンド・オイルの香りがふわりと漂うと、誰かお客さんが来たのだとすぐにわかった。でもそうすると……今回はギャヴとわたしが〝お客さん〟ということになり、それはやっぱり、少しさびしい。

わたしと彼はきのう到着した。母たちにすてきな捜査官を紹介するためで、これまでギャヴのことはほとんど話したことがなかった。交際に反対されるのが怖かったからではなく、母が気をもみ、心配するのがわかっていたからだ。わたしを大人の女性として扱ってはくれるけど、娘が傷つくのではないか、という不安が消えることはない。わたしの真剣さを感じとればなおいっそう、その心配は深く大きくなるだろう。

だけどいざ来てみると、たちまち四人で話に花が咲いた。うれしいことに、母と祖母はギャヴを気に入ってくれたらしい。ギャヴのほうは、母たちになれそめだのなんだのを根掘り葉掘り訊かれても、うるさがらずに堂々と答えてくれて、もちろんこれもうれしかった。

古い食器棚の上、それも中央に額入りの写真が飾られている。わたしも写ってはいるけれど、ずいぶん昔でまったく記憶にない。三歳の少女は短い黒髪を風になびかせ、カメラに向かって大きくほほえみ、ふっくらした左右の腕を両親の首のほうへのばしている。親子三人で暮らした短い期間のなかの楽しいひととき。申し分なくしあわせな家族の一風景。

わたしは写真から目をそらした。見つめているのに気づかれたら、ゆうべの気まずさがよみがえるかもしれない。わたしは母が避けたい話題をもちだしてしまったのだ。でもまた尋ねることになるだろう。それも、さほど時間がたたないうちに。ギャヴとふたりで来た目的のひとつがそれなのだから。あしたにはDCに帰るから、残り時間は少ない。

といっても、いまこの場ではよそう。おいしい食事を終えた温かい時間をこわしたくはない。

すると、母には母の思いがあったらしく、話題を切り替えた。それも、できればわたしが避けたかった話題に――。

「オリーから聞いたのだけど」母はギャヴにいった「大統領のお子さんたちはふだんも、テレビで見るのとおなじようにかわいらしいんですってね。あなたは子ども好き、それとも子ども嫌い？」さりげなく、を意識したのだろう、母はにっこりしてつづけた。「お子さんはいらっしゃるの？」

ギャヴは眉をぴくりとあげた。

「いえ、いまのところは」パンナコッタの最後のひと口を食べる。母は明るい目でちらっとこちらを見たけど、わたしは気づかないふりをした。シカゴへ来る機内で、母はこの話をもちだすかも、とギャヴに警告したのだけど、彼は心配するなというだけだった。でもわたしとしては、そうもいかない。

母は背筋をのばし、手のスプーンを見ながら、ただ話をつなぐだけという下手な演技をした。

「あら、だったらいつかは子どもをもちたいと思っているの？」

ギャヴはまじめくさった顔つきで（そこに笑いが潜んでいるのをわたしは見逃さなかった）、こう答えた。

「はい、六人か七人は。できれば一ダースくらい」

母は怖い目でわたしを見て、わたしはぷっと吹き出した。

祖母は声をあげて笑い、「ほらほら、コリン、よけいな口出しをしなさんな。若いふたりにはこれから長い人生が待っているんだから」

「ちょっと訊いてみただけよ」母は苦笑したものの、すぐ真顔になった。「ただね、オリーはオリーだから。これからは、おかしなことに首を突っこんじゃだめよ。もっと慎重に行動しないとね」

ギャヴは意味ありげな視線をこちらに向けながら母にいった。

「お嬢さんは頭の回転が速く、しかもタフで、勘も鋭い。彼女の好奇心は——多少過剰かもしれませんが——害をもたらすどころか、とても良い結果を招きました」

好奇心という言葉に、たちまち母の表情がこわばった。理由はわたしだけでなく、みんなわかっている。

「あのね……」わたしが口を開くと母は首を横にふり、わたしは黙った。

母はスプーンをお皿に置いてじっと見つめ、祖母が小さな手を母の手首にのせた。

「コリン」やっと聞こえるくらいのささやき声。「自分で決めたらいいんだよ。でもね、アンソニーからいわれたことを忘れちゃだめだ」

わたしは息をつめた。祖母の言葉の意味は不明だけれど、わたしのためを思ってくれているのは確かだ。今朝、母がシャワーを浴びている最中、祖母は下の部屋から上がってきて、わたしに辛抱しなさいといった。「母さんだってね、死ぬまで黙りとおすわけにはいかないんだから」でも祖母は、わたしが質問しても答えなかった。「話すのは、おまえの母さんだ。わたしじゃない」

リビングルームから、時計の音だけが聞こえてきた。カチッカチッと時が刻まれるにつれ、わたしの気持ちはぐらついていく。でもいまは、やはりよしたほうがいいだろう。いつかまたひとりで帰省したときに尋ねればいい。たぶん、そのほうが……。

母は床をこすって椅子を引き、立ち上がった。祖母を見下ろし、目を細めてひとつうなずく。それから苛立《いらだ》ちと諦めが半々の目でわたしをちらっと見てから、無言でダイニングを横切って自分の部屋へ向かい、ドアが閉まった。

ギャヴはわたしの手を握り、「すまない」といった。「いっしょに来ないほうがよかったかもしれない」

すると祖母が、指を一本たてた。

「はい、そこでおしまい」

なんともいえない、重苦しい気分になった。わたしが帰ってきたことで、母の古傷がまた痛みはじめたのかもしれない。そしてわたしが、その傷をさらにえぐったような。

母がいなくなって五分ほどたち、わたしは耐えきれなくなった。

「そうね、ギャヴのいうとおりかも。そろそろ帰ったほうが——」

そのときドアが開いて、母が姿を見せた。表情はさっきよりはおちついている。ずいぶん古そうな紙の箱を持ち——見たところ靴箱だ——テーブルまで来ると大事そうに、そっと置いた。

祖母はわたしとギャヴをちらっと見てから、母に視線をもどした。

母は椅子にすわったけれど、わたしと目を合わせようとはしない。どうしてなの、お母さん？　声を荒らげたい半面、わたしは部屋から逃げ出したかった。長年の疑問に、いま答えが出るかもしれないというのに、答えをほんとうに聞きたいのかどうか、自分でもよくわからない。

青と灰色の靴箱に両手をのせ、母は静かに口を開いた。

「どんなにつらい思いで話すのか、わかってちょうだいね」

わたしは息をのむだけだ。

母は顔をあげ、まっすぐわたしと目を合わせた。

「おばあちゃんとカプに――」力なくほほえむ。「感謝しなさいよ。ふたりに説得されなかったら、いつまでも話さずにいたと思うから」

「カプは知っているの？」わたしは考える間もなく口にした。

「詳しいことは知らないわ。知っているのはわたしとおばあちゃんと……つらい時期に手をさしのべてくれた人だけよ」

訊きたいことはいくつもあった。でも、ぐっとこらえる。いまは母の時間。母が母なりに語ることを静かに聞かなくてはいけない。

「おばあちゃんとカプのいうとおりなの。オリーには、もっとまえに話しておかなくてはいけなかったのに、わたしにはどうしても……できなかった。おまえは傷つくにちがいないと思ったから……お父さんのほんとうのことを知ってしまったら」弱々しくほほえんだ母の瞳は、濡れたガラスのようだった。「わたしが話せば、オリーが思うすてきなお父さんの姿に、消えようのない傷ができてしまいそうで怖かったの」そこであわてていいそえる。「誰よりもすてきな人だったわ。それはほんとうよ。ほかの人がなんていおうと、わたしにはこの世でいちばんすてきな人だった」

心臓がどきどきした。鼓動が耳に聞こえそうなほどに。気がつけば、わたしはギャヴの手を離し、膝の上で両手を握りしめていた。これからどんな話がつづくのか、怯《おび》えながらも母の言葉に耳を傾ける。

ギャヴの顔を見て、温かい励ましのまなざしを感じたかった。でもいまは、母のことだけ考えなくては。

外で救急車のサイレンがとどろいた。闇を切り裂く悲痛な響き。

母は大きなため息をついた。

「お父さんがどんな死を迎えたのか、オリーには話したくなかったの。楽しかった思い出しかない、子どものままでいてほしかった。でもね、おまえはもう立派な大人だから」母は靴箱の蓋をあけた。「その時が来たということでしょう」

2

何を期待していたのか自分でもわからない。でも、いざ蓋が開いたとき、気持ちはしぼんだ。箱のなかにはふたつに折られた古い書類と黄色い紙にはさまれた写真が何枚かあった。わたしの場所からでは、どんな写真かまではわからない。

「軍服姿の写真は見たことがあるでしょう?」母はわたしがうなずくのを待ってから写真を一枚とりだし、両手で持ってじっと見つめた。「軍人であることが誇りの人でね、結婚したてのころ、わたしはよく冗談をいったものよ——軍と妻のどちらかを選べといわれたら、あなたはきっと軍を選ぶわねって」顔を上げてわたしを見る。「でもオリーが生まれてからは、選ぶ余地なんかなくなったわ。あの人にとって、おまえはこの世でいちばん大切なもの。わたしにとってもね」

母はわたしに写真を差し出した。

ずいぶんぼやけた写真で、たぶん安価なカメラで撮影し、昔ながらの印画紙に焼いたものだ。四隅がぼろぼろなのは古いせいだけでなく、長い年月、母がこっそり出してはながめていたからだろう。全体に黄色味がかり、けっして鮮明ではなかったけれど、わたしにはすぐ父がわかった。隣の男性より背は低いものの、背筋を伸ばした姿は凛《りん》としている。どちらも軍服で、どちらも胸に勲章をつけていた。

目をあげると、母は窓の外をながめ、何かの思い出に浸っているようだった。そして祖母は、そんなわが子を見つめている。まなざしは力強く、そうすることでかわいい娘に力を分け与えようとでもするように。

「いい人だったわ」母は窓の外を見たままいった。「いえ、訂正しましょう。彼はすばらしい人だった。強くて、献身的で、思いやり深くて……。欠点をあげるとしたら、善悪の感覚が厳しかったことかしら。世のなかには白黒つけられないことだってあるでしょう。あの人も、小さなことなら灰色をうけいれたけど、大きなことになると妥協しなかった。祖国を守るとか、良き市民であるとか、そういうことね」箱に入った書類を一枚とりだす。「だからこれであの人は、死ぬほどの思いをしたの、亡くなる何年かまえに」

わたしは母から書類をうけとった。

それは政府の公文書で、〝アンソニー・パラス〟という父の名がすぐ目にとびこんできた。そして読み進み……息をつめ、もう一度読みなおす。そこにはとんでもないことが記されていた。こんなばかなこと、あるはずがない。

「いったいこの書類は――」

母は静かにいった。「不名誉除隊よ」

ギャヴに目をやると、彼もわたしと変わらずとまどっていた。

「何かの間違いでしょ？　きっとそうだわ」

「いいえ、間違いではないの」

「だけどアーリントン墓地に埋葬されたわ。不名誉除隊だとそれは無理よ。勲章ももらったし、お父さんは勇敢な軍人よ」いつの間にか声が大きくなり、わたしは必死で気持ちを鎮めた。世界がぐらりと傾いたようで、これは何かの間違いだと何十回だっていえる。どうして誰もそれに気がつかないの？

「懲戒の理由は、不服従だったの」と、母。「それ以上の詳しいことは説明してくれなくて、こんな恥ずべき結果になって、二度と口にはしたくないといっただけ……。だからそのとおり、二度と話題にはしなかった」

「おかしいわよ」声に怒りがこもった。「こんなの、ありえないもの。何かの間違いだわ」

「いいえ、間違いじゃありません」

わたしは頭を抱えてうつむき、なんとかおちつこうとしたけど無理だった。

「望めば誰でもアーリントン墓地に埋葬されるわけじゃないの」なんとか母にわかってもらおうと思った。「お父さんのお墓はあそこにあるでしょ？　わたしも行ったし、お母さんだって行ったでしょ？　それでどうして不名誉除隊なの？」

母と祖母は顔を見合わせた。

気がつけば、ギャヴはわたしの横に椅子を引き寄せ、そっと背中を撫でてくれていた。

「お母さんの話をもっと聞こうじゃないか」

もう聞きたくない、と思った。不名誉除隊は、有罪が確定した重罪犯と同等にみなされる。わたしのお父さんがそんな……そんなことに……。

母の顔には苦しみと悲しみがいっぱいだった。と、そこでわたしは気づいた。母は長いあいだ苦しみつづけ、それをいま、わたしがもっと苦しいものにしたのではないか。ギャヴのいうとおりだと思った。両手を膝に置き、母に見えないようテーブルの下でげんこつにする。母への愛情を残らずふりしぼらなければ、気持ちを鎮めることができない。

「ごめんなさい。黙って聞くわね」部屋から駆け出したいのをこらえる。

「その写真で隣にいるのは、ユージン・ヴォーンという人なの」母はそういったけど、名前なんかわたしにはどうでもよかった。「上官なのだけど、親友でもあったわ」

黙って聞いているのはつらい。

「そのユージンの力添えで、アーリントンに埋葬できたの。遺族年金をもらえるよう手配してくれたのもユージンなのよ」

その話にはおかしなところがあると思った。でも我慢して何もいわない。さわやかだったそよ風が、いまは首筋を震わせた。

「除隊後は、健康補助食品の会社に勤めたの」

「サプリメントね」わたしはくりかえし、母は小さくうなずいた。

「プルート社といってね、ワシントンDCから少しはずれた場所にあるの。ほんとうはシカゴにもどってきたかったのだけど、勤務条件がとてもよくて断われなかった」

「もしかして……惑星をロゴにした会社？」

「ええ、そう。小さな冥王星《プルート》を大きな惑星が囲んでいるロゴ。あのころはまだ、冥王星は惑星だと考えられていたわね」母はため息をついた。「ほんとうにいろんなことが、思いがけないかたちで変わってしまうわ」

「たしか……家にトロフィーみたいなものがあったわね、太陽系が描かれたもの」

「あの人のものを片づけてしまうのがいやで、しばらくそのまま飾っていたから。何かひとつ片づけるたび、あの人をもう一度失うような気がしたの」そこで母はほほえんだ。「よく覚えていたわね」

「サプリメント会社らしくないロゴだったから」

これまで黙っていた祖母が口を開いた。

「わたしもあのころ、そういっただろうに。あんなマークの会社のサプリメントを飲んだら、目から火が出て星を見そうな気がするって。とんでもないよ」

空気が若干やわらいで、母はつづけた。

「プルート社の管理情報システム部に所属して、最後は部長にまでなったのよ」

重罪犯と同等の者がそういう部署に配属され、しかも出世までするのは不思議な気がした。でも尋ねるのはよすことにする。時代が違うし、安全対策もいまほどではなかったのかもしれない。だからわたしは、「立派な業績ね」とだけいった。

「帰宅時間がずいぶん遅くなったけど、よけいな心配はしなかったわ」母はちょっと目を見開き、わかるでしょ、という顔をした。「悩みを抱えても愚痴るような人じゃなかったから」箱の上で両手を広げる。「不誠実な人ではないしね。何か仕事上の問題があったのよ」

「問題って?」傷口の絆創膏をじわじわはがされていくようで、わたしは痛みに耐えられず口にした。

ギャヴはそれを感じたのだろう、こらえなさいというようにわたしの肩をぎゅっとつかんだ。

「職場に困った社員がいる、とは話してくれたけど、それ以上のことは何も――。その男性社員と険悪な事態にならないようにしなくては、といっていたわ」

「ずいぶんぼかした言い方ね」

「だって、慎重な人だもの」

ううん、慎重さが足りなかったから結果的に……。

「お父さんが亡くなった日、お母さんにいわれた言葉を覚えているわ」そっとつぶやくように。「お父さんは天国に行ったって。でも、そのあとどうして家に帰ってこないのかが、わたしにはわからなかった。何年かたってから、事故だと聞かされたのよね」わたしは当時の思いに浸り、母の顔はこわばった。「事故っていうのは、どんな?」

母には苦しい質問だっただろう。喉をごくりとさせて、唇を噛む。悲しみと不安、恐れの涙をこらえているのが伝わってくる。しばらくして、母は大きく息を吸いこんだ。

「殺されたのよ、町の通りで銃で撃たれて」

息ができなくなった。ずっと封印されてきたこと。それは衝撃以外のなにものでもなかった。

「誰に……撃たれたの？」

母はかぶりをふった。「わからずじまいなの。その晩、寝ずに待ったけど帰ってこないから、朝になって警察に連絡したら……」母はそのときのことを思い出し、また大きく息を吸いこんだ。「身元不明の遺体があるといわれて、特徴を聞くと彼に……アンソニーに似ているように思えて、すぐ警察に行ったの」

「そうしたらほんとうにお父さんだった」

「ええ」

母は箱からふたつ折りの死亡証明書をとりだし、広げた。わたしはいまここで初めてそれを見る。これまでは母の気持ちを尊重し、役所に写しを請求することも控えていたのだ。父が撃たれたのは後頭部。それも二発で、殺人事件なのは明らかだった。わたしは証明書をまじまじと見た。

「犯人の手掛かりもなかったの？」

「発見された場所は家からも会社からも遠い、危険な荒っぽい地区だったの。なんのために夜遅くそんなところに行ったのかもわからないくらいで……」

「職場で懸念事項があったことは警察に話した？」

「もちろんよ。でも相手の名前も具体的なことも聞いていないから、警察には雲をつかむような話だといわれたわ」

「それでも捜査はしてくれたんでしょ？」

「ええ。でも警察は、強盗殺人だと決めてかかっているようだったわ。手掛かりらしいものはまったくなくてね。お財布も時計も、何もかもなくなっていて……」鼻をすすって涙をこらえる。「結婚指輪までなかったの。何ひとつ残っていなくて、だから身元不明で……わたしが遺体安置所で確認したの」

手をのばし、わたしは母の温かい腕を握った。

「さぞかしつらかったでしょう」

母のやさしい、うるんだ瞳に胸がつまる。

「人生で最悪、なんて言い方では足りないわ。しかもそのあと、ユージン・ヴォーンに連絡をしなくてはいけなくなってね」

わたしは古い写真を手にとった。「どうして？」

「亡くなる少しまえに、アンソニーはわたし宛の手紙を書いたの。自分に何かあったら、これを読みなさいって。そのときはそんなこと考えたくもなかったけれど、はいそうしますって約束させられてね。万一のときは、何よりもまずその手紙を読むという約束よ」

「万一のことがあるのをきっと予感していたんだわ」わたしは誰にともなくいった。「お父さんはわかっていたのよ」

母は箱に残った最後の一枚をとりだした。

「これがその手紙。あとでゆっくり読んでちょうだい。おまえをどんなに愛しているか、家族を残して去るのがどんなにつらいかが書いてあるわ。それから、アーリントン墓地に埋葬してもらえるよう、ユージン・ヴォーンに頼んでほしいと。そのときはわたしもね、さっきのおまえとおなじように思ったの。不名誉除隊では無理だろうって。だけど愛する人を失って、その人が最後にわたしに頼んだことだもの……。だからユージン・ヴォーンに連絡して、事情を説明したの」

「その人はアーリントンに埋葬できるよう、コネを使ったのかしら？」

母と祖母はちらっと目を合わせた。

「少し違うわ」と、母。「ユージンは、自分を信頼してほしい、だがとりあえずオリーを連れてシカゴに帰り、地元の墓地をさがしてほしい、といったの」

意味がよくわからなかった。

「仮埋葬ということ？」

「力にはなるが、時期を見計らいたい、といわれたのよ。ユージンはわたしに申請の仕方とかいろいろ教えてくれて、ほぼぴったり一年後に、アーリントン墓地に埋葬できたの」そこでひとつため息。「ファンファーレも式典もなしだったけれど……。ユージンが、くれぐれも目立たないようにしてくれ、というから。それでもアンソニーは、ふさわしい場所に埋葬されたわ。ユージンが手を貸してくれなかったら、どうなっていたか。実務的なことから気持ちのケアまで、ほんとうにユージンはよくしてくれたの。ありがたかったわよ」

「でもそのユージンって人は、どうやって異例なことができたのかしら？」

母はそれには答えず、「だけど状況はひどくなってしまって」といった。

わたしは話に聞きいっているギャヴをふりむいた。それから何かいってくれるのではと祖母を見る。

「ひどいって、どんなふうに？」

「プルート社はとても親切で、わたしたちがシカゴに帰る費用も、葬儀費用も全部負担してくれたの。社長みずからお悔やみをいいに来てくれて、しかもおまえの教育費に充ててくれと二万ドルの小切手まで用意して……。自分にはこれくらいしかできないからと」

それなら何ひとつひどいことはないように思える。でも母は背筋をのばした。

「何カ月かしたら、プルート社の社長がまた連絡してきたの、今度は電話でね。アンソニーのデスクを整理していたら、彼が企業秘密をライバル会社に売っていたことがはっきりしたというのよ」

「え？」声がうわずった。「そんなことありえないわ」

父の記憶といっても、ごくわずかしかない。だからありえないなどと断定はできなかった。でも全身が、細胞の隅々までが、父はそんなことをする人ではないといっている。

「わたしもそういったのよ」と、母。

祖母が片手をあげた。「わたしもね」

「クレイグ・ベンソン——プルート社の社長から、いくつか質問されたの。アンソニーは会社のことで何かいわなかったかとか、仕事以外でどんな人と会っていたかとか。でも、仕事がないときはほとんど家にいたから、わたしには答えようもなくて……」母は顔をゆがめた。「あまりのことに動転して、まともに考えることもできなかったわ」

「それでどうしたの？」

「ユージン・ヴォーンの名前を口にしかけて、思いとどまったの。ユージンから、自分に連絡したことは口外無用だ、もし知れたらアーリントン墓地に埋葬できなくなる、といわれたのを思い出したから」弱々しく首をすくめる。「いわなくてよかったわ」

わたしは向こうの壁を見つめた。でも何も目に入らない。頭のなかが固まってしまったようだった。父の死に何か大きなことが隠されているのは想像がついていた。でも、これほどとは……。

「一度に全部聞かされるととまどうでしょう」母はわたしの心を読んだかのようにいった。「でもね、これだけはいわせてちょうだい。こんな話、わたしはこれっぽっちも信じていませんからね」

わたしは母の目を見た。

「お父さんが企業秘密を売っていたとは思わないのね？」

「あたりまえです」声には怒りがこもっていた。「それに、除隊させられるほどのことをしたとも思っていません。何か仕組まれたんですよ。だからユージンも手をまわして、アーリントン墓地の埋葬許可を得られたんでしょう。一度強く尋ねたことがあったのだけど、彼は答えてくれなかった。アンソニー・パラスは尊敬される軍人だった、記録がどのようなものであれ、アーリントンに埋葬されてしかるべきだ、としかいわないの。不名誉除隊した人のこととは思えないでしょう？」

「いろいろ調べてみなかったの？」

「できなかったわ。もし騒ぎ立てたら、アンソニーの最後の望みをかなえられなくなるとユージンにいわれたから」

「お父さんはそれらしいことを何かいわなかった？　何があったのかをほのめかすようなことを？」

母の瞳は思い出にやわらいだ。「お父さんはね……何よりオリーとわたしが無事に、安全に暮らすことをいちばんに考える人だった。細かい事情を語らずに隠していたのなら、それはわたしたちを守るためだったでしょう。おまえたちが傷つくようなことはけっしてしない、といってくれたもの。その言葉に嘘はないわ。わたしはアンソニーを信じています。いまもずっとね」

時計が鳴って時刻を知らせた。両手を見下ろすと、関節が真っ白になるほど握りしめていたのがわかった。なんとか力を抜いて手を離し、母にあやまる。

「ごめんなさい、むりやり話をさせて。つらいことを思い出させて、ほんとうにごめんなさい。これほどのこととは思いもしなかったから」

「いいのよ、わかってるから」小さい子に向かうような、やさしいため息をつく。「だから自分でさぐったりせず、もう少し待ちなさいといったの。本音をいうとね、ずっと秘密にしておきたかったわ。オリーには過去の負担がない、オリーだけの人生を生きてほしかったから。だけどおまえは、答えを見つけないかぎりその場から動こうとしない子だものね。パンドラの箱は開いてしまったわ。おまえのことだから首を突っこんで、ああだこうだと仕分けをしたがるでしょう。できれば話したくないと思ったいちばんの理由はそれよ」

母はわたしのことをほんとうによくわかっている。

「でも、彼のいうとおり——」母はギャヴのほうへ腕をのばした。「おまえの好奇心のおかげで救われた人は何人もいるでしょう」父の手紙をふたたび手にとる。「アンソニーは、わが子がいずれ興味をもって知りたがるとわかっていたと思うわ。だってオリーはどう見たって、正真正銘、アンソニー・パラスの娘だもの……勇敢で、強い心をもち、ほんのちょっぴり向こう見ずで」母は手紙を箱にもどすと、その箱をわたしに差し出した。「さあ、これからはオリーのものよ」

3

リビングのカウチはぐっすり眠れるほど気持ちがいい。だけどわたしは目が冴えて、夜中の三時にうろうろ歩きまわった。帰りの飛行機は遅い便だから、夜明けまえに起きる必要などまったくないのだけど、父に関する事実を聞かされて、神経がはりつめている。例の箱を手に、静かな寝息をたてる母の部屋を忍び足で通り過ぎた。真ん中にあるわたしの寝室のドアは、いつもほんの少し開いている。十代のころは誰だって、とくに悪いことをするわけでもないのにプライバシーに固執しがちだから、わたしもこのドアがぴったり閉まらないのがいやでたまらなかった。もちろん蝶番《ちょうつがい》をいじったりもしたけど、ここのドアは頑固で、なかなかいうことをきいてくれない。

でもきょうは、それがありがたかった。隙間からのぞくと、わたしのベッドでギャヴがピンクと緑と紫の花柄の掛布団に長い脚をからめて寝ていた。窓のブラインドはおろしていなくて、青白い月明かりに穏やかな寝姿が見える。わたしが大学生になって家を出てからきょうまで、母はずいぶん長い年月、部屋をまったくいじらなかった。おかげでわたしは帰ってくるたび、自分の繭《まゆ》にもどれた気がする。そしてギャヴがその繭を、もっと心地よいものにしてくれた。

彼はドアに向かって横向きに寝て、片腕は枕の下、反対側は狭いベッドから垂れている。ギャヴはここに着いたとき、自分はリビングのカウチで寝る、といいはった。だけど女三人を相手に、いくら彼でも勝てるわけがない。

ギャヴといっしょにこの家にいることで、わたしは言葉にはできない安らぎを感じ、ほっと息を吐いた。

彼は寝返りをうって仰向けになり、垂らした腕を頭の上にあげると、唇が少しゆがんだ。額にかかった髪を眠ったまま払いのける。そしてまた穏やかな顔つきにもどり、腕から力が抜けて寝息をたてはじめた。

わたしは母から聞いたことを話し合いたくて彼を起こしにきたのだけど、思いなおして背を向け、奥の部屋に行った。ライトをつけてコンピュータの前にすわり、膝に紙箱を置いて電源を入れる。そして起動するとすぐ、調べものにとりかかった。

とくに目当ての情報があったわけではない。父に関して正反対の主張や事実をウェブで調べられるわけがないのだ。父の軍法会議の記録があるわけもなく、〝アンソニー・パラスがライバル会社に企業秘密を売った〟などという見出しがあるとも思えない。でも、だったらどうすれば自分を納得させられる?

ともかく、最初に手をつけるのはインターネットしかないと思った。これまでも予想外の大きな情報を得ることがあったたし、インターネットの世界に何が潜んでいるかは誰にもわからない。検索の仕方でうまくヒットすることもあれば、ただ単にとんでもなくラッキーということだってある。

二時間後、ほんの少しだけど、知らないことがわかった。プルート社はいまも存在し、ファミリー企業で小規模ながらも経営は順調、ワシントンDC近郊に本社をもち、健康補助食品を全国的に販売している。

父が亡くなったときに訪ねてきたという当時の社長、父が企業秘密を他社に売っていたと語ったクレイグ・ベンソンは、社長の座を息子のカイル・ベンソンに譲り、自分はCEOになったようだ。年齢は不明だけれど、会社のホームページの写真を見るかぎり、父より五つから十くらい年上で、息子のカイルはギャヴと同年配だ。

販売しているサプリメントはビタミン、ミネラル、ハーブをはじめとして、あらゆる種類を網羅している。それにしても、やはり惑星のロゴには違和感を覚えた。夜空を見上げたところで、サプリメントなんてまったく連想しないのだけど……。でもキャッチコピーによれば、〝プルートのサプリメントであなたの体は天に舞う〟

心を動かされる宣伝文句とはいえない気がした。

クレイグ・ベンソンは父のことを覚えているだろうか。と思ってすぐ、自分で答えを出した。信頼している人間に裏切られたら、わたしだったらけっして忘れない。許すことと忘れることは話が違う。

画面をスクロールしていくと、ビタミンの宣伝がつづいた。免疫力を高め、お肌をきれいにし、もの忘れも軽減される――。右のつま先でいらいらと床を叩き、頭のなかでは小さな疑問がとびかった。クレイグ・ベンソンが間違っていたら？　アンソニー・パラスは企業秘密なんか盗んでいなかったら？　所持品のなかに不当な証拠が故意に押しこまれていたとか？　真犯人に濡れ衣をきせられた可能性は十分にある。母に語ったという〝困った社員〟が特定できれば、真実が見えてくるかもしれない。父を撃った犯人がわかり、汚名をそそぐこともできるかも……。

と、そこまで考えて、いやいや現実を直視した。どちらも二十五年以上まえのことなのだ。役に立ちそうな情報が見つかる確率はきわめて低い。いいや、低いどころかほとんどゼロに近いといっていい。アンソニー・パラスは潔白だと信じたいけど、それを示す証拠はおそらく手に入らないだろう。

狭い部屋の窓の外、薄明かりの残月に目をやった。何もかも納得できない憂鬱《ゆううつ》な気分をなんとかふりはらう。眠れないとき、心がどんないたずらをするかはよくわかっているから。陽光ふりそそぐ昼間ならつまずきもしない小石が、眠れない深い夜には立ちふさがる断崖絶壁に見えたりもする。

また月を見て、アーリントンの父のお墓に何度行っただろうかと考えた。行くたびに、思い出などほとんどない父と心のなかで語りあった。父親を理想の男性だと思うのは、なにもわたしだけではないだろう。でもそろそろ、父もひとりの男だったと認めていいのではないか。欠点もあれば弱さもあったはず。隠しとおそうとする暗い部分も。

父への悲しみと恋しさに心がよじれ、痛くてたまらない。失望をかき消して心をいやす薬は時間だけだろう。

そして、何かに励むこと。わたしはコンピュータに目をもどし、もっと広い範囲で調べてみた。奇妙なこと、釈然としないこと、不合理に感じることを追っていく。だけどそれをメモしながら、袋小路に入った気がした。真実につながるリンクはあるはず、よね？　それとも睡眠不足の脳が、ただの幻想を見ている？

実りのない検索をつづけて目が疲れ、わたしはインターネットをあきらめて、スタート地点に立ち返ることにした。古い靴箱をあけ、父の手紙を大事にそっととりだす。すでに三度読んでいて、丸暗記するつもりだった。さっきテーブルにみんながいるとき、母は手紙の内容をかいつまんで話しただけで、最愛の妻と子に対する父の思いの部分には触れなかった。たぶんわたしにじかに読ませたかったのだろう。最初に読んだときは胸がつぶれそうで、四度めのいまも、最後の部分で目頭が熱くなった。

わたしはこれを台所で書いている。隣の部屋から、小さなオリヴィアに本を読んできかせるきみの声が聞こえてくる。コリン、きみとわたしはこの世に、かけがえのないすばらしいものを生み出したね。これほど好奇心いっぱいの明るい子を、きみはほかに知っているかい？　やさしい心をもち、いいと思ったことには頑固で、きみとわたしの良いところを足し合わせたようだ。しかも、見目麗しい。オリヴィアが大きくなっていくのをこの家で、世界でいちばんの父親になって見守っていけたらどんなにいいか。オリヴィアの無垢《むく》な瞳を通して世界を見ていけたら、と心から思う。

だがくやしいことに、世のなかは思うようにはいかないものだ。今後もし、恐れているかたちになれば、オリヴィアが父親を必要とするときに、わたしはここにいないだろう。想像するだけでも耐えがたい。

成長したオリヴィアが真実を知りたがる日はかならずや来るだろう。きみのことだから、この手紙をオリヴィアに見せるべき時がわかることと思う。きみはわたしという人間を心から信頼してくれている。オリヴィアもそうであるよう願ってやまない。いくら闇が深かろうと、思いを込めて目を凝らせば、真実の光は見えてくる。

父はそこで、コリンとオリヴィアに愛を込めて、と綴り署名していた。

この手紙を通じて、父はわたしに助けを求めていたと思えてならない。父をがっかりさせるわけにはいかない――。

「ずいぶん早起きだな」

ふりかえると、寝室との出入り口にギャヴがいた。綿のTシャツと短パンは皺くちゃなまま、寝てぺしゃんこになった髪を指でかきあげる。いまさらながら窓の外を見ると、ずいぶん明るくなっていた。

「いま何時？」

「そろそろ六時だ。ずっと起きていたのか？」ギャヴはわたしの横に来てコンピュータの画面をのぞきこんだ。「寝たのは浅はかだったな」

「歯を磨いたのね？」顔がすぐそばにあるからいやでもわかる。

ギャヴはわたしの頭のてっぺんにキスして笑った。

「いつ起きたの？」

「歯磨きできるくらいまえに。ちゃんとした朝のご挨拶をしようと思ってね」わたしの膝の靴箱を見下ろす。「何か手掛かりでも？」

「手掛かり？」今度はわたしが笑う番だった。「まるで犯罪捜査みたいね」

ギャヴはしゃがむと、温かい手をわたしの手に重ね、灰色の瞳でさぐるようにわたしを見た。

「まさしくそれをやってたんじゃないのかい？」

「自分でも何をしたいかよくわからないの」

彼はわたしの頬に手を当てた。「それに関しては、あとでゆっくり話そう。ともかくいまは、忘れないでほしいことがひとつだけある」

「ん、何かしら？」

「きみのためなら何でもやってのける男がここにいる、ということだ」

わたしはおでこを彼のおでこにつけて首に手をまわし、「わかってる」とつぶやいた。

「おはよう！」

母の声がして、わたしたちはキスを見つかった十代の子のようにあわてて離れた。母はまだ寝巻姿だったけど、ピンクの部屋着を着て、目はぱっちり覚めている。

「コーヒーでもいかが？」

母はコーヒーをいれおわると、シナモン・ケーキをオーヴンに入れ、ベーコンを焼きはじめた。

「気にせずにどうぞ」と、母はギャヴにいった。「シャワーを浴びたそうに見えるわよ。朝食まではまだ時間があるから」

彼が出ていくと、下の階からあがってきた祖母がドアをあけ、首をのばしてのぞきこんだ。

「いいにおいだね。料理をするのが億劫《おっくう》なおばあちゃんの分もあるかい？」

わたしは母を手伝ってハッシュドポテトをつくり、卵をとりだした。

「朝からこんなにたくさん食べないのはわかってるくせに」

祖母は鼻をくんくんさせた。「オリーが帰ってくると、ついつい甘やかすからね。おまえだって、それでべつに不満はないだろ？」

ゆうべの重い空気は朝日が消し去ってくれたようだった。祖母はマグカップにコーヒーをつぐと、カウンターの前にすわってわたしたちの働きぶりをながめた。

「あのギャヴって人は——」シャワーの音がするほうに顎を振る。「なかなか格好いいね」

「ありがとう、おばあちゃん。わたしとおなじ感想でうれしいわ」

「じつはね、オリー」と、母。「彼を連れてくると聞いたときは、あまりうれしくなかったの」

あら……。

「彼に不満があるわけじゃないのよ」母はあわてた。「今度はきっとオリーに問い詰められると思ったから。アンソニーの……あなたのお父さんのことで。初対面の人の前では話したくなかったのよ」

「ごめんなさい、そういうつもりじゃ――」

「いいのよ、もう。最初は不安だったけれど、彼に会ってみて……」言葉を切り、考えながらベーコンを裏返す。「うまくいえないけれど、彼は信頼できる人だと思ったわ」

わたしは母の腰に腕をまわした。「うれしいわ、お母さん。ギャヴは曲がったことの嫌いな人なの」

母はほほえんだ。「オリーにとてもやさしいしね。あなたも彼にやさしくしなさいよ。トラブルは避けなきゃね、彼のためにも」

「いつだってそのつもりなんだけど」

「だめですよ」母はフライ返しをわたしに向かって振った。「母親に嘘をついてはいけません」

いい返そうとしたら、祖母が割って入った。

「あの人にはすてきなおじいちゃんがいないのかね？」

そこへギャヴがもどってきた。髪は濡れ、Tシャツは新しいのに着替えて下はジーンズ。

わたしは胸がどきどきした。

「ずいぶんすてきね」

「ベーコンのいい香りがするな」わたしの後ろに来て、肩に両手をのせる。「何か手伝おうか？」

母と祖母は目くばせし、ギャヴはもちろん気がついた。というか、あれで気がつかない人はいないだろう。

「もう全部すませたわよ。さあ、すわって」

朝食を食べおえると、母はシャワーを浴びにいった。浴室でお湯の音がしはじめたところで、祖母がマグカップに両手を添えて身をのりだし、そっとささやいた。

「やっとおまえに打ち明けてくれて、ほっとしたよ」ギャヴに目を向ける。「あなたにもね。コリンは長いあいだひとりで抱えて耐えて、さぞかしつらかったろう。オリーの気持ちを思いやって口をつぐんでいたのだろうけど、何であれ、真実を知るのがいちばんいい。コリンもようやく肩の荷をおろすことができたよ。あの子もこの日を待っていたはずだ。わたしならすぐに話したんだけどね、誰もわたしには訊かなかったから」

テーブルに身をのりだし、わたしは祖母の細い腕を軽く叩いた。

「話したいことがあったら――」おなじように声を殺していう。「いつでも話してちょうだい」そして声の大きさをふつうにもどし、「ねえ」といった。「なにもひそひそ声にしなくてもいいんじゃない？　シャワー中にここでの話が聞こえるとは思えないわ」ウインクをひとつ。「子どものころ、何度も試してみたから間違いないわよ」

ギャヴの目が笑いできらきらした。「いくつになっても変わらないものはあるな」

4

客室乗務員がわたしとギャヴの前に揺れる水のグラスを置いた。

「申し訳ありません。乱気流で揺れていますが――」にこやかな笑顔でいった。「すぐにおちつくとパイロットは申しておりますので」

「ありがとう」

わたしは彼女にほほえみ、機内誌を読むのにもどった。といっても、宣伝されているような高級品には興味がない。

「そろそろ盛り上がってもいいんじゃないか?」ギャヴがそんなことをいい、わたしは彼をふりむいた。

「盛り上がる?」

「どんな計画を立てているのか、打ち明けてくれても――」わたしの手荷物を指さす。そこにはあの靴箱が入っていた。「これまでのところ、ずいぶん静かだ」

わたしは機内誌を閉じた。

「最初はともかくユージン・ヴォーンに会わなくては、と思っているの。いまも元気でいるなら、だけど。インターネットで名前を検索したら、いくつか見つかったんだけど、どれも何年かまえのものなのよ。彼を訪ねたところで、時間と労力の無駄になるかもしれないわ」

「それと感情のね」

この列にはわたしたちしかいないものの、あまり細かいことは話したくなかった。ギャヴはそれをくみとってくれ、人とは違う性癖として尊重もしてくれる。と思ったところでつい、ひとり笑いした。彼はわたしのおかしな性癖をまるごと、何もかもうけいれてくれたんじゃない？　初めて会ったときの、傲慢な特別捜査官という印象とはぜんぜん違う人だった。

「いま何を考えている？　顔つきががらりと変わったが」

わたしはぷっと吹き出した。「あなたのことを考えていたの」

どうやらギャヴは喜んでくれたらしい。

「できることは何でもするから、遠慮せずにいうんだよ」

「遠慮なんかしないのはわかってるくせに」

「いずれにせよ、仕事があるからすぐには動けないだろう」機内はおおやけの場だから、〝ホワイトハウスの仕事で〟とはいえない。「休暇中に仕事をいいつけるとは驚きだよ」

わたしは片手を振った。「いいのよ、息子さんがらみだから」ハイデン大統領の長男ジョシュアの名前は出さない。「でなかったら、わたしも休暇中に出勤したりしないわ」彼の腕に腕をからめる。「あの子の名前を出されたら、抵抗しようがないもの」

ギャヴはかぶりをふった。「じつに善意の人だな。きみがいて、あの家族もしあわせだよ」

「たいしたことないわ。たかだか数時間だもの。もし一週間ずっとふたりきりでいたら、あなたはきっとわたしにうんざりするわ」

ギャヴはわたしの腕を引きよせた。「それはない、と断言できる」

そのときふっと思いついて、彼の顔を見上げた。

「あなたはアーリントンに埋葬される資格があるんでしょ？」

ギャヴはうなずいた。「きみの父上にとって、それがどれくらい大切なことだったのかは容易に想像がつくよ。きみのことも信頼している、これから何をする気であろうとね。異なる側面からながめてみても、何かが欠けているような気がしてならない。それも大きな何かが——。資格のない者が〝こっそり〟あそこに埋葬された例など、いまだかつて聞いたことがない。この話には裏がある。そう思えてならないよ」

「勲章をもらった軍人が……」わたしは首を横にふった。「健康補助食品の管理情報システム部に勤務するようになったのよね」

「男は家族をもてば、食わせなくてはいけない。プルート社がどのような条件を提示したのか、給与や手当の程度もわからないが、おそらくかなりのものだったのだろう」

「不名誉除隊した人間なのに？」

ギャヴはため息をついた。「あせらず、地道に調べてつきとめよう——」

——ふたりでいっしょに。わたしはとてもうれしかった。

「手始めに何をすればいい？」

彼は腕時計を見た。「きみは明日……仕事は早いのか?」

「九時なの。ぜんぜん早くないわ」

「着陸時刻を考えれば、今夜はもう動けない。こっちも明日は、すませなくてはいけない用件がいくつかあるから、大問題にとりくむのは水曜から、でどうだ? 計画を立てて、手始めに何をするかを決める」

「頼りにしてるわ、ギャヴ」

「いまの頼り方では不足だ、ときみのお母さんは考えているらしい」

「え?」

「今朝、きみがシャワーを浴びているあいだ、お母さんとおばあちゃんから頼まれたんだよ、きみから目を離さないようにしてほしいと。またトラブルに巻きこまれないように。おふたりとも熱く語ったよ――きみに忠告してくれ、忠告を〝聞く耳〟をきみにもたせてくれとね」

「わたしがいないすきに、陰口をいいまくっていたわけだ」

「ふむ。お母さんがシャワーを浴びているとき、残り三人はお母さんのことを話さなかったか?」わたしに鋭い視線を向け、片手を振る。

「何?」

「自分もシャワーを浴びたからな。一日に一度はかならず浴びる。〝シャワー・ゴシップ〟のネタにされたのは確実、だろ?」目を細めてにらんだけど、口もとは笑っていた。「しらばっくれるのはよして白状しなさい、オリヴィア・パラス。きみはもはや逃げられない」

「ふたりともあなたを気に入ってるわ」彼に告げるのがうれしい。「それも、すっごく」

「ほんとに？」ギャヴはわたしの予想以上にほっとしたようだ。「ありがたいな。お母さんもおばあちゃんもとてもいい人で、きみの家族には温かい、強い絆があるとよくわかった。おふたりともすばらしい女性で、きみを誇りに思っている。当然といえば当然だけどね」

だけどわたしは引っかかった。「ちょっと話をもどしましょう。母たちはギャヴに、わたしがトラブルに巻きこまれないようにしてくれと頼んだのね？」

「そうだよ」

「それであなたはなんて答えたの？」

ギャヴの顔から笑いが消えた。

「正直に話したよ。きみのことはかならず守る、たとえこの身が死の危険にさらされようと」

シカゴ・オヘア空港からレーガン・ワシントン空港まで、たいして時間はかからない。でもそのあいだにわたしは眠ってしまい、機体がゆっくりゲートに向かう途中でギャヴに起こされた。

「パイロットのアナウンスでも着陸でも目が覚めないなんてびっくりだわ」

「寝ずに調べものをしたせいだ」

「ほんとにね」

ギャヴがアパートまで送ってくれた。わたしはあくびをこらえ、軽い夜食でもつくるから部屋に寄っていく？　と尋ねたけれど、彼は首を横にふった。

「きみは明日の朝、出勤だろう。わたしも部屋で済ませたいことがある」

ギャヴはドアの前でおやすみのキスをすると、ドアが確実に閉まるのを確認して帰っていった。

わたしは疲れきっていた。ほとんど寝ていなかったし、気持ちの問題もあって、心身ともにへとへとだ。それでも自分のアパートに着いてほっとして、ベッドに倒れこむように身を投げ出し、あっという間に夢の世界へ——。

「故郷帰りはどうだった？」

ホワイトハウスの厨房に着くと、シアンが声をかけてきた。きょうのコンタクトレンズは紫色で、赤毛はいつものように後ろで結び、大きなミサキーの横にいる。手にしたお玉杓子《レードル》に入っているのは野菜スープのようだ。

ギャヴと話し合い、ふたりの関係はできるかぎり公表しないと決めていたので、厨房仲間もわたしはただシカゴの実家に帰ったとしか思っていない。

「楽しかったわよ。で、ここは順調？」

バッキーはコンロの前でこちらに背を向けていた。片手を腰に当て、強火の上でフライパンを揺すっているけど、後ろから見ると頭の禿げとあいまって、ボウリングのピンみたいだ。身振り手振りの多い人で、本人は隠したくてたまらないようだけど、根はとても思いやり深い。すると彼が、こちらを向いて顔をしかめた。といっても、あれは彼なりのほほえみだ。

「きみがいないあいだ、お友だちのヴァージルは王さま気どりだったよ。きょうは休みだが……」片手をくるくる回す。「自分ほど働き者はいないみたいな顔でさ」意地悪っぽくにやりとした。「彼はオリーがきょう出勤する理由を知らないんだな?」

「ええ、知らないわ」バッキーを指さし、つぎにシアンを指さす。「ふたりとも、どうか教えないでね」

バッキーは火を消して、空いたコンロの上にフライパンを置いた。なかをちらっと見て満足げな顔つき。そしてエプロンで手を拭きながらわたしに視線をもどした。

「どうしてだ? ヴァージルは大統領一家といかに親しいか、年じゅう見せつけたがっているじゃないか。ところがハイデン家は、ジョシュアの相手に彼じゃなくきみを選んだんだ。日ごろのお返しをするいいチャンスなんだから、存分にやっつければいい」

「心をそそられるけど……」というのは口先だけだった。うんざりする自慢話だらけのヴァージルが、わたしがハイデン家の信頼を得て彼の領域に足を踏みこんだと知っていくらがっかりしようと、〝見せつけ〟て気持ちがすっきりするとは思えないからだ。ハイデン家には、ヴァージルよりわたしのほうを気に入ってもらいたい? まあね、それは否定できないけれど、しっぽを振ってご機嫌をとるようなことは、長く仕事をつづけるうえで良いとは思えない。

その点で、ヴァージルを意識しないように努めたいし、努力はかならず報われる、と信じている。実際、サージェントとの関係だって、努力はごくわずかとはいえ報われたのだから。最近の共同仕事と事件のあとで、サージェントはまえよりはわたしへの当たりがよくなった。こちらが我慢できるくらいには、という意味だけど。ちょっとしたことでもすぐ怒る、すばらしく扱いにくい式事室長を多少なりとも軟化させられれば、ほかのどんな人に対しても希望がもてる。

「ヴァージルはオリーがいないあいだ——」と、シアン。「いつになくほがらかで感じがよかったわよ」

「そりゃそうだろ。厨房を仕切っているのは自分だと思えれば機嫌がいい」

バッキーはフライパンを見て顔をしかめた。料理に何か思うところがあったのか、それともいまの自分の指摘にみずから気分が悪くなったのか。ヴァージルがスタッフに加わって以来、指示・報告体制があやふやになってしまった印象がある。もちろんエグゼクティブ・シェフとして、わたしはいまもバッキーを自分の右腕だと考えてはいるけれど。

しかも、尊敬していた総務部長のポール・ヴァスケスが家庭の都合で退職した。いまはダグ・ランバートが総務部長代理を務めているものの、荷が重いのは誰の目にも明らかだった。次期部長が決まるまで、厨房をはじめとする部署は流動的にならざるをえない。

「ジョシュアとは何をつくるつもり？」と、シアン。

「パンプキン・チーズケーキとサラダ類をふたつくらい。ジョシュアは賢いし、熱心だし、何より料理が大好きだから。いくつかルールを決めれば、楽しいお料理勉強会になるわ」

「きっとうまくいくわね」

時計に目をやる。「約束の時間までもう少しあるわ。ほかに何か聞いておくことはない？　木曜からきょうまで、とくに変わったことは？」

「べつに何もないわよ、いつもとおなじ」と、シアン。

バッキーが指を鳴らした。「そうだ、いい忘れるところだった。チケットが届いたよ」

「土曜のフード・エキスポの？　うれしいわ。マルセルはどきどきしてるでしょうね」ペイストリー・シェフのマルセルは、祖国のフランスとここアメリカで全国的に名を知られ、来るフード・エキスポで講演することになっていた。緊張はしても招待されたのはうれしそうで、わたしはかならず行くから、と彼に約束したのだ。

「ただ問題がひとつある」と、バッキー。

シアンは指を二本立てた。「ひとつじゃなくふたつでしょ」

「え、どういうこと？」わたしはシアンを見て、つぎにバッキーを見た。

バッキーはコンピュータのほうへ行くと、その下のひきだしから封筒をとりだしたけど、見れば宛名はわたしになっている。

封筒をうけとって、なかのものを引っぱりだしたらチケットだった。それも何枚かある。たぶんホワイトハウスの住所宛だから、気をきかせて増やしたのだろう。

「何が問題なの？」

シアンはすまなそうな顔をした。

「わたしもエキスポに行くって約束したけど、行けなくなったのよ。土曜に母の施設のお医者さんたちと会わなくてはいけないの。このところ母のようすがおかしいから、今後についての相談なのよ」

「バッキーは？」

彼はしかめ面をした。「ぼくも行けなくなったんだ。ヴァージルが土曜は休むっていいだしてね。だからぼくが厨房にいなくちゃいけない。業務提携《SBA》シェフをふたり呼んでいるから、ほったらかして出かけるわけにはいかないだろ？」

「ヴァージルが休む？」思いがけず、情けない声になった。

「噂では、大統領とゴルフに行くらしい。今回もまた、だ」バッキーは目をくるっと回した。

「ヴァージルはぼくらには説明なしで、ただ休むとしかいわなかった。まあ、それをいっただけでも、多少は気を遣ってくれたと喜ぶべきかな」

「きっとね」わたしはため息をついた。「でもバッキー、わたしが厨房に来るから、あなたはエキスポに行ってもいいわよ」

彼は首を横にふった。「マルセルは、オリーはかならず来ると思っているよ。だから楽しんできてくれ。どっちみちエキスポは、きみの休暇の一環だ」そこでわたしの手に目をやった。「チケットは何枚もあるから……」瞳がきらっと光る。「誰かを誘ったらどうだい？」

「そんな人がいるの？」シアンの瞳もきらめいた。

「何いってるの」ここはうまくかわさなくては。「食の博覧会なのよ。バッキーとシアン以外に誘う人なんかいないわ」

シアンはともかくバッキーは、ギャヴとのことに気づいているかも、と思った。たまに鋭いことをいってくるから、少なくともボーイフレンドの存在を疑ってはいるだろう。でもわたしに認める気はいっさいない。いまのところは、まだ。

チケットで唇をぱたぱた叩きながら考えた。このエキスポは食品業界全体にかかわるもので、食材や加工食品などが紹介、展示され、工場設備のメーカーも参加する。調理のデモンストレーションもあれば販促用のサンプルもあり、さまざまな斬新なアイデアが披露されるから、マルセルの講演を聴くためだけに行くのはもったいない。やっぱりいろいろ見てまわりたいのだけど……。ギャヴもきっと、行きたがるわよね？

と思うのは、ちょっと強引すぎるかも。彼はさほど興味をもたないだろう。でも……だからといって、いっしょに行くのもいやだとはいわないかも。ともかく訊くだけ訊いてみよう、結果はさておき。

時計に目をやった。

「そろそろ準備して、上に行かなくちゃ」

5

大統領家の家族用のキッチンに、ジョシュアが駆けこんできた。目をまんまるにして、肩で息をする。

「ぼく、遅刻した？」

この少年はほんとにかわいい。わたしがホワイトハウスで出会った子どもたちのなかでもとびきり、といっていい。がむしゃらで、ひたむきで、はじけそうなほど元気いっぱいで、ジョシュアが笑うと部屋全体が明るくなる。何カ月かまえ、大きな事件があったとき、ジョシュアはわたしのなかで眠っていた母性を目覚めさせた。以来、母性は目覚めっぱなしだ。

「おはよう、ジョジュア。ぜんぜん遅刻なんかじゃないわよ。きょうはふたりでがんばるんだものね。やることがいっぱいあるわ」

少年につづいてお母さん——アメリカ合衆国のファースト・レディ、ハイデン夫人が現われた。長身で、いつもの穏やかな顔にやさしい笑みが浮かんでいる。

「おはよう、オリー」

「おはようございます」

わたしはホワイトハウスのエグゼクティブ・シェフなのだけど、このプライベート・キッチンに来ると、まるで侵入者の気分になる。下の厨房よりずっと狭く、インテリアから何から、郊外のごく一般的な中流家庭の台所といった雰囲気だ。厨房の作業場はステンレスとタイルだけれど、ここの壁紙は花柄で、食器棚も天然木。ナイフやフォークの類も、わたしのアパートのものとたいして変わらない。

この階は大統領家の私的空間で、シークレット・サービスの護衛もなかった。一家はお客さまを招いたり、パジャマ姿でテレビを見たり、ほかの人間に聞かれるのを気にせず自由におしゃべりできるのだ。

「きょうは何をつくるの？」ジョシュアがわたしに訊いた。

ハイデン夫人からジョシュアの相手をしてほしいといわれたとき、わたしはてっきり少年とふたりきりで料理をし、夫人はいないものと思ったのだけど。

「ちょっとひらめいたのがあるの」と、わたしは少年にいった。

ハイデン新大統領が誕生し、一家がホワイトハウスに引っ越してきた当初、夫人とわたしはいささかぎくしゃくした。でもジョシュアが誘拐され、わたしもそれに巻きこまれた結果、少年がなんとか無事に両親のもとに帰ってからは、母親のわたしに対する気持ちもほぐれたようだ。

「パンプキン・チーズケーキなんだけど、どう？」

そのときはもう、ジョシュアはわたしが持ってきたものをひっかきまわし、ジンジャースナップ・クッキーとローストしたペカンナッツを見つけてとりだしていた。

「これをクラストにするの？」

「はい、そのとおり」

「やったね！　チーズケーキ、大好きだもん。それでね、オリーから出されたフライドチキンの宿題はちゃんとやったよ。もらったレシピを見ながらつくって、最高に楽しい宿題だった。すっごく簡単だったし——」瞳がきらきらする。「抜群においしかった！」

「よかったわ。宿題、お疲れさまでした」

ハイデン夫人は戸口に立ったまま、やさしい笑顔でジョシュアの話を聞いていたけれど、どこか元気がないようにも見えた。何か気になることでもあるのかしら……。

「では、そろそろ始めましょうか」わたしはそういって少年に頼んだ。「クッキーを小さく砕いてくれる？　わたしはフードプロセッサの準備をするから」

「オリー」ハイデン夫人がためらいがちに一歩近づいた。「少し話せるかしら？」

「はい、もちろん」と答えてからジョシュアをふりむく。「ひとりでも大丈夫？」

少年は大袈裟にくるっと目をまわした。「まえにもやったことがあるの、もう忘れちゃった？」

「まさか。とっても上手にできたのを忘れたりしないわよ」

夫人について廊下に出ると、夫人は西側の居間《ウエスト・シッティング・ホール》に入って半月形の窓の前に立ち、わたしをふりむいた。

「お話というのは？」わたしは夫人に尋ねた。

大統領夫人はほほえもうとしたようだけど、口もとはゆがみ、視線は険しい。

「ここだけの話にしてちょうだいね」

「はい」

夫人はきゃしゃな手を握っては開き、ためらいながらつづけた。

「ジョシュアは――」わが子の名前をいとおしそうにいう。「とてもとても、いい子なの」

「はい、ほんとうに」口先だけではなく、本心から。「将来の夢はシェフだと聞いて、いっしょに調理するのが楽しくてなりません」

「その件で話したかったの。じつは主人がね……」指はひっきりなしに動きつづけ、おちついた表情は見せかけだとわかる。「ジョシュアには、もっと大きなことをさせたいというの」と、そこであわてる。「シェフがつまらない仕事だといいたいわけじゃないのよ。そこは誤解しないでちょうだいね」

夫人の目はとても真剣だった。アメリカ合衆国の大統領夫人が、わたしのような料理人に気を遣ってくれている？　思いがけない成り行きに、わたしはとまどいつつも冷静に答えた。

「はい、そのようなことはありません」

「どうか、お願いね。主人はなんというか……ジョシュアに期待しているの。いずれは公職に、大勢の人のためになる仕事をしてほしいと思っているのよ」言葉が途切れ、ふっと息を吐く。「あなたはね、オリー、厨房の仕事以外でもすばらしい成果をあげたわ。だけどそれでも……一市民、なの」

わたしが口を開きかけると、夫人は間を置かずにつづけた。

「あなたはアメリカのトップ・シェフになったといえるでしょう。たぶんアメリカだけでなく、世界のね。そのうえ本職以外でも、いろいろ貢献してくれた。でしょう？」口もとがほころび、わたしも苦笑いした。

「ジョシュアには才能がありますし」と、わたしはいった。「性格もよく、あの年齢にしてはとても粘り強くがんばり屋です。世のなかには才能あふれる人たちが——勤勉で粘り強く、偏見をもたず、わたしなどよりもっとすぐれた人たちがたくさんいることと思います」

あら。これだとわたしも最低限〝すぐれた人〟みたいに聞こえない？

ちょっと心配したけど、夫人は気にとめなかったようで、こっくりとうなずいた。

「そうね、ジョシュアなら、本気でとりくめばどんなことでもやってのけるでしょう。でもまだ九歳なのよ。わたしはあの年ごろには、映画スターになりたいと思っていたわ」さびしげな笑い。「子どもは成長してどんどん変わっていくものよ。視野が広がれば、やりたいことも広がっていく。シェフになる夢はひとつの段階だと思うけれど、わたしは何であれ、後押ししたいの。主人もべつに反対しているわけではないのよ。ただ、ひとつのことに限定せず、いろんな機会を与えたいと考えているの」

「ジョシュアとはお話しになられたのですか？」

「少しだけね。でもあの子、ふてくされてしまって」

それは想像にかたくなかった。「わたしは何をすれば？」

夫人はまたおちつかなくなり、両手を広げた。

「ジョシュアといっしょにいるとき、いい面ばかりを見せないでほしいの。あなたはそんな人じゃないとわかっているし、なんといってもホワイトハウスのエグゼクティブ・シェフだもの。そこまでなるにはたいへんな苦労があって、誰にでもなれるものではないわ。主人はジョシュアに、今後の人生でのりこえなくてはいけないものをしっかりわからせたいのよ。懸命な努力が必要なこと、失望や苦悩があることをね。料理人になりたい――ただそれだけに夢中になるまえに」

わたしは髪をかきあげた。

「わたしに子どもはいません。でも自分が小さいころのことは覚えています。十歳のときにはもう、料理人になるのが夢でした」力なくほほえむ。「ナンシー・ドルーにもなりたいと思っていましたけど……」

「夢はどちらもかなったんじゃない？」

ほっぺたが熱くなり、急いで話を本題にもどした。

「ジョシュアにシェフになるのをあきらめさせろ、とおっしゃっているわけではありませんよね？」なかば断定的に尋ねてみる。

ところが夫人は、答えるのをためらった。

「ジョシュアは賢くて――」わたしはつづけた。「探求心も旺盛なので、わたしが急に料理人の否定的な面を強調すれば、ぴんとくると思いますが」

夫人はため息をついた。「そうなのよね。だからそのあたりはバランスよくしてほしいの」

わたしは「はい、ではそのように」と答えた。

「ありがとう。よろしくお願いしますね」夫人は見るからにほっとしたようだ。そして居間からキッチンへ向かうと、ばたばたっと床を蹴る大きな音がした。どうやら九歳の少年は盗み聞きをしていたらしい。

「ジョシュア」ハイデン夫人は母親の強い口調でいった。「人の会話を陰で聞くのはどういうことか、わかっているはずですよね」

わたしは胸がちくっとした。自分はこれまで数えきれないくらいそれをやり、悪い癖だとわかっていても、ついついまたやってしまう。

ジョシュアはキッチンの真ん中で砕いたクッキーを前に立ち、もどってきたわたしたちをさりげなくふりむいた。と、本人はそのつもりだろうけど、目は見開かれ、口もとはひきつっている。唇が震えはじめるのは時間の問題だろう、母親のつぎの言葉しだいでは。

「立ち聞きしていたのね？」と、ハイデン夫人。

少年はこっくりとうなずいた。

夫人はあきれたため息をついたものの、息子を見る目はやさしくなり、口調もやわらいだ。

「いけないことだとわかっているわね？」

ジョシュアはカウンターの縁を握りしめた。

「お父さんはぼくのつくったものが好きだと思ってた」

夫人はしゃがみ、息子に腕をまわした。

「もちろん好きよ。だからオリーに頼んできょうも来てもらったんでしょ？　ジョシュアは頼もしいわ。オリーもそう思ってるって――」わたしにすがるような視線を向ける。

「ええ、ジョシュアは才能いっぱいだもの」わたしは本心からそういった。

少年は手の甲で鼻をごしごしっとこすり、わたしは一歩近づいた。

「ほんとよ。わたしもね、ジョシュアくらいの歳のとき、シェフになりたくてたまらなかったの」

少年は一瞬目を輝かせたけど、〝泣くと困るからそういってるんだろ〟という顔つきだ。

「もしさっきの話を聞いていたのなら――」どうかほんとに泣き出したりしませんように。

「お父さんもお母さんも、ジョシュアをすごく大切に思っているのがわかったと思うわ。ジョシュアなら、大人になってどんな仕事をしても立派にやれるって信じているの。お父さんはお父さんで考えて、ジョシュアはジョシュアで考えて、どっちがいいとか悪いとかじゃないのよ」どうもうまくいえないのだけど、夫人は変わらずすがるようなまなざしでわたしを見ている。「ジョシュアがずっとシェフになりたいと思いつづけても、途中で違うものになりたいと思ってもかまわないの。いまはこうして――」両腕を大きく広げる。「料理をするってどんなことなのかを試してみればいいわ。お母さんはね、シェフのいいところもいやなところも、両方見せてちょうだいっていってわたしにいったの。ほんとにお母さんのいうとおりよ。

ひとつでもたくさん知っておいたほうがいいに決まってるもの。でしょ？」

少ししゃべりすぎな気もした。ジョシュアは夫人の手をふりほどくと、またクッキーを割りはじめ、顔をあげてこういった。

「ぼく、いやなところだって知りたいもん。ぜーんぶ知りたいもん」なんだか偉そうな顔つきで、ほんとにこの子はかわいい、と思った。「何だってすぐできるなんて、ぼく、一度もいったことないよ」

わたしはにっこりし、しゃがんでいた夫人は立ち上がった。

「よかったわ」心底安心したように。「ジョシュアはお父さんの自慢の子なの。でも何でもお父さんのいうとおりにしなくていいのよ」

ジョシュアの鼻に皺が寄った。「お父さんはバスケットボールが好きだよね。フットボールのほうがずっとおもしろいのは誰だって知ってるのに」

緊張がとけて場がなごみ、ハイデン夫人はわたしにありがとうとささやくとキッチンを出ていった。

それからジョシュアとふたりで調理実習に励んで二時間ほどが過ぎたころ、サラダ用のベリーを洗っていると聞きなれた声がした。

「いい香りがするなあ」

見るとハイデン大統領だった。その後ろには夫人がいる。ふたりのようすと夫人の表情から、大統領は奥さんにせがまれて、激務の合間を縫いキッチンに顔を出したらしい。

「おはようございます、大統領」

わたしが挨拶するなり、ジョシュアはこの二時間で何をしたかを父親に一気に報告しはじめた。元気いっぱいに話しながらも、お父さんの反応をうかがうように、顔つきはほんの少し心配げだ。

大統領のほうも、どこかおちつかないようで、「アメリカのとびきりいちばんのシェフに教わってるんだな」と、わたしのほうに顎をふった。

そんな気遣いは無用なのだけど、大統領はつづけてわたしに話しかけた。

「息子のために休暇中の時間をさいてもらい、妻ともども感謝している」

「とんでもありません、ジョシュアのためなら喜んで」

少年は父親に、オーヴンからラックに出したチーズケーキを自慢したくてたまらない。どうやってつくったのか、ひとつずつ順番を追って熱く語り、大統領はそんな息子の肩を叩きながら、その都度ふさわしい言葉を返している。ただいかにも心ここにあらずで、ジョシュアはそれを感じとったらしい。

少年は声を大きくし、早口になった。父親の手を引っ張って、ようやく大統領も少しは身をいれて聞きはじめる。アメリカ合衆国の、自由世界のリーダーとして、いま大統領の頭のなかには緊急課題が詰まっているのだろう。貴重な時間をさいて顔を出したにちがいない。

父親は精一杯のことをし、息子も全力を尽くしている。ただ残念ながら、それがうまくかみあっていないようだ。わたしは家族の一員ではないから、黙って見守るほかなかった。

九歳の少年に、重要な責務をになった政治家の心中を感じとれるはずもなく、ひたすらかまってほしいだけなのだ。

「きょうのところは、これでほぼ終了です」わたしは大統領に予定を訊かれてそう答えた。「残りはつぎのレッスンということで」

「つぎは、あした？」と、ジョシュア。

「あしたは――」母親が横からいった。「いとこたちのところに行く予定でしょ？」

「あっ、そうだった！」ジョシュアは目をまんまるにした。「金曜に帰ってくるんだよね？　じゃあ、つぎのレッスンは金曜？」

夫人が口を開きかけると、大統領がいった。

「土曜日かな」そしてわたしをふりむいて、「きみは土曜日には職場に復帰するのだろうか？」と訊いた。

「土曜はマルセルがフード・エキスポで講演するので、わたしも出かけることにしています。厨房のほかのスタッフも同行する予定でしたが、どうもそれは無理になったようで……」ヴァージルが急に予定外の休みをとったことは、いいたくても我慢する。「結局、わたしひとりで行くことになりそうです」

ジョシュアの目が輝いた。「ぼくも行っていい？　フード・エキスポなんでしょ？　だったらめちゃくちゃ楽しそうだもん」

大統領の顔がわずかにこわばった。でも少年には、自分の後ろにいる父親の顔は見えない。

「うーん、それはね……」わたしは夫人をちらっと見た。「わたしには決められないのよ」夫人は両手を小さくかかげ、夫をふりむき答えをうながした。大統領は息子の髪をくしゃくしゃっとかいて、目を細める。

「まずはシークレット・サービスに尋ねてみよう。警護の調整はたいへんだからね。それに土曜まであまり日にちがない」

「うん、わかった。だけどぼく、すっごく行きたい」顔つきが真剣になった。「行けばいろんなことを勉強できると思うんだ。楽しいことも……いやなことも」

少年にしてはずいぶん交渉力がある。大統領は夫人を見てから、わたしをふりむいた。

「きみはかまわないのかね？」

「はい、もちろん」そうなったらギャヴを誘えなくなるけど、仕方がない。

大統領は政治家らしい笑みをうかべた。

「ジョシュアもきみといっしょにいれば、何があろうと安全かもしれないな」そしてまた息子の髪をかき、大統領はキッチンを出ていった。

「やったね！」ジョシュアは大喜びだ。

「まだ決まったわけじゃありませんよ」夫人がたしなめた。「シークレット・サービスの返事を聞かないとだめですから」

「でもお父さんがオーケイっていえば、それでいいんじゃないの？　シークレット・サービスもオーケイっていうに決まってるよ！」少年の興奮は冷めない。「やった、やった！」

母親はため息をつき、息子はベリーを洗う作業を再開した。

6

水曜日、目が覚めたときはもうとっくに太陽は昇っていた。わたしには珍しいことで、ホワイトハウスの厨房にはどんなに遅くても七時まえには着くようにしている。でもきょうはまだ休暇中だから、贅沢に眠らせてもらった。寝返りを打ち、窓の外の明るさからたぶん八時くらいだろうと見当をつけて時計を見ると、ほぼそのとおり。

デカダンな気分を満喫する。

一時間後、食事をしてシャワーを浴びて服を着て、出かける道順をネットで確認した。ギャヴに電話をしてメッセージを残す――少し外出するけれど、もどってきたらまた電話しますね。

じつはきのうの夜も電話をかけて、つながるとすぐ留守番電話になった。夜中に折り返しの電話があったときは半分寝ぼけていたのだけど、彼の声が疲れきっているのはいやでも感じた。どこにいるのかははっきりいわなくて、これまでの経験から、そういうときの彼は国の安全保障がからむ大きな任務についている。でもゆうべがそうなのかどうかはわからないし、わたしごときがあれこれ推測し、気をもむのはよそう。

だって、ギャヴを信頼しているから。こうやって信じきれる人がいるだけで、これほど気持ちが自由になり、人生がすばらしいものに思えるなんて……。ギャヴなら、仕事の説明をしてもかまわないときがくれば、かならず説明してくれる。わたしたちはしばらくまえから休暇をとって、彼は少しでも長くいっしょにいようといった。ふたりの関係がおちつくまでずいぶん時間がかかったから、そのぶんをとりもどさなくてはいけない。

アパートの外に出るまで、おなじフロアのウェントワースさんにも、フロント係のジェイムズにも会わなかった。自分の小さな車を目指して、とっくに温まったアスファルトを横切る。きょうはいやに暑くて、軽い服装——緑のノースリーブのブラウスにコットンのカーゴパンツ——にしてよかったと思った。

メリーランド州のベセスダまで地下鉄でも行けるけど、それだと一度乗り換えなくてはいけない。目的地は一般道のすぐそばだから、車のほうが楽に動けるし、運転は好きだし。厨房で働きづめで、この何カ月かはひと息つける暇もなかったので、たっぷりドライブを楽しもうと思った。

二十分後、高速495号線の出口をおりて、とてもすてきな地区に入った。おちついた家々に美しい並木道、ゴルフ場もあればテニス・コートもある。GPSマップに従って走り、細い道をほぼ突き当たりまで行ったところで、住所を再確認した。そう、目当ての家はここで間違いない。母の頼みを聞き入れて、父がアーリントンに埋葬されるようにしてくれた、謎に満ち満ちた退役軍人ユージン・ヴォーンはいまも健在だった。

どういう人であれ、彼は人生の成功者なのだと感じた。家は赤煉瓦のコロニアル様式で、黒い鎧戸《よろいど》のついた大きな格子窓が並び、小さな屋根窓も三つあるから、屋根裏は心地よい寝室になっているのだろう。家の西側にガレージがあり、そこに通じる車寄せに駐車すると、わたしは東へ、玄関へ向かって歩いた。

心臓をどきどきさせながら、真鍮《しんちゅう》のドア・ノッカーをつかんで叩く。ユージン・ヴォーンはどんな人なのだろう。わたしを見てどんな表情になるか。もしかすると名前を告げても、わからないかもしれない。

出てきたのは背の高い女性だった。ブロンドを肩まで垂らし、額は広く、十キロ以上はよぶんなお肉がついた印象。水色の綿のパンツにスニーカーで、明るい模様の半袖シャツはほぼ確実に医療関係者のものだ。

「どんなご用件でしょう？」

「初めまして」もしや病床にあるのでは、と不安になった。「ユージン・ヴォーンさんにお目にかかりたいのですが」

女性は目を細め、口もとがごくわずかにひきしまった。でも声の調子は変わらない。

「お約束はおありですか？」

わたしは大きく息を吸いこんだ。「いいえ。住所はわかりましたが、電話番号はわからなかったもので」

彼女は鼻に皺をよせた。「おおやけにしていませんからね」

「はい。住所だけがなんとかわかったので、直接おうかがいしました」じつは少しコネを利用して調べたのだ。

まだ三十秒とたっていないのに、彼女はいらついた感じになった。

「オリヴィア・パラスと申します。ヴォーンさんは軍隊時代、わたしの父をご存じで、父が亡くなったときは母のためにご尽力くださいました」

女性はいくらかほっとしたようだ。飛びこみのセールスでも政治団体のアピールでもなく、募金集めでもないことがわかったからだろう。

「ヴォーンさんのお力添えに関しては、つい最近、母から聞いたばかりなので、もしお目にかかれるならと思い、うかがいました」

女性はゆっくりとうなずいた。「お客さまはめったにお迎えしないので、ユージンに訊いてきましょう。それでよろしいですね？」

「はい、もちろん」どうか会ってくれますように――。

彼女はわたしの名前をくりかえし、わたしは父の名前もいった。

「ここでお待ちください」彼女は玄関の扉を閉めた。

どれくらい待てばいいのかしら？　と思っているうち、ギャヴにメールを送る間もなく、玄関扉が大きく開いた。

「お入りください」

なかに入ると、レモン・ワックスとコーヒーと消毒液のにおいがした。

「わたしはロバータ」女性は歩きながらいった。「ユージンの介護人よ。さあ、どうぞ」そこはリビングルームだった。

ワインレッドの大きな椅子からわたしをじっと見つめているのがユージン・ヴォーンだろう。太い眉、もじゃもじゃの髪。わたしはアルベルト・アインシュタインを思い出した。

彼は何度かまばたきした。

「あなたの名前をもう一度」

「オリヴィア・パラスです」誰だかわからなくてもここに通してくれたのだろうか？「アンソニー・パラスの娘です」

「アンソニー・パラス……」はるか遠くを見るようなまなざし。「ずいぶん昔の話だ……。もっと近くへ。もっとよく顔を見せてほしい」

わたしは陽光射しこむ広い部屋を歩いていった。薄い茶色の壁に、真っ白な木枠の窓。その大きな窓をふたつ通り過ぎて、白い暖炉のそばへ向かう。あたりにはシナモンの香りがして、木の床のほぼ全面に深紅の高級そうな絨緞《じゅうたん》が敷かれ、ラクダ色のソファには深い赤やベージュ、黄色のクッションが置かれていた。そしてあちこちに蠟燭《ろうそく》があり、シナモンの香りのもとはおそらくこの蠟燭だろう。病人のいる部屋のにおいを消すにはとても効果的だ。ほかにも大きな豪華本や室内飾りが置かれ、とても美しい。

ただテレビはなく、ユージン・ヴォーンの膝には開いた本が置かれていた。わたしの視線を感じたのだろう、彼は片手をあげて「『華氏451度』だ」といった。「とてもおもしろい」

「はい」と、わたしはうなずいた。

「彼女がいうには――」老人はロバータのほうに手をふった。「わたしはこれをまえにも読んだことがあるらしい」首をすくめて前かがみになり、低いテーブルに本を置く。「たしかに、読んだ気がする箇所もある」

「ヴォーンさんにお目にかかれてとてもうれしく思っています」

わたしの顔をしげしげと見て、「まあいいからすわりなさい」と老人はいった。「ユージンと呼んでくれてかまわない。この家で苗字で呼ぶなどナンセンスだ」節くれだった指で、近くの木の椅子を指さした。赤と白のチェックのクッションが置いてある。「さあすわりなさい」

わたしはいわれたとおりにした。

「アンソニーの娘なのだな？　最後に見たときはチビ助だったが、少しは大きくなったか？」

「はい、少しは」

老人は出入り口に立ったままの介護人に目を向けた。

「ロバータ、この家にはお客さんに出す甘い紅茶のひとつもないのか？」

彼女はにっこりした。「あるかどうか見てきますね」

お気遣いなく、といいかけて思いとどまった。お茶を飲んでゆっくり話す気持ちになってくれたのなら、そのほうがありがたい。

「お時間をさいていただき、申し訳ありません」

「はっ！」ばかにした言い方。「時間があるだけまだいい。あの世に行ったあとでは時間も何もないからな。医者にいわせると、いつくたばってもおかしくないらしい。母親は元気か？」

「はい、元気にしています」

瞳に暗いものがよぎった。「亭主が死んだときは、さぞかしつらかったろう」

「でも……」老人を励まそうと思った。「お力添えいただき、とてもありがたかった、と母から聞きました」

「わたしがそんなことを？　まあな……。それにしても、母親そっくりだな。父親にもよく似ている」

「父が殺害されたことは母から聞きましたが」脇道にそれないようにしたかった。「母の知らないこともたくさんあるような気がしました」

老人は同意するもの、と思っていたら、不満げな低いうめき声をもらした。

「だからここに来たのか？」

あせってはいけない。売り言葉に買い言葉的なものかもしれないのだ。老人は射るような視線をわたしに向けた。白内障を患った目のように見えるけれど、そこにはまぎれもない鋭さがある。

「おかげで父はアーリントンに埋葬されました。あのような除隊で――」

「よしなさい」空気を切るように、骨の突き出た手を振る。「ずいぶんせっかちだ。年寄りの頭ではついていけない」ほんとうに？　わたしは首をかしげた。「まず、こちらから話したいことがある。きみの評判についてだ」

「どういうことでしょう？」意外な言葉に驚いた。

「介護人に世話される年寄りでしかないと思っているのだろうが、これでもきみの名前くらいは知っている。いろいろ問題を起こしたのではないか？」

「わたしのことを……ご存じなのですか？」

「DCでアシスタント・シェフを始めたころから知っている。娘がどこで勉強し、どこで働きはじめたかを、きみの母親は手紙に書いてよこした」

わたしは完全に面食らった。「それは知りませんでした」

「だろうな」老人は驚いたようすもない。「誠実な人間だった、きみの父親は。母親も。秘密を秘密として守れる人間だ」眉をひくつかせる。「娘のきみもその血を引いているのだろう。だから騒ぎを起こしても、仕事をつづけていられる」

思いもよらない成り行きに、わたしは額に手を当てた。

「一度も……ご連絡をいただいたことはありませんよね？」

「なぜそんなことをする？　そっちはわたしを知らない」

ロバータがもどってきて、アイスティーの細長いグラスをふたつ、低いテーブルに置いた。

「ほかにご用がなければ、わたしは二階で本でも読んでいますから」

老人は痩せた手をあげ、手首にぶらさがる文字盤の大きな時計を見た。「まだ時間は残っているな?」

ロバータはうなずいた。

「こちらのお嬢さんに――」わたしに向かって顎を振る。「おかしな真似をする気はない。きょうは早く帰って、わが子の世話をしなさい。話し相手ができたから、心配無用だ」

「でも……」

「帰りなさい」強い口調で。「オリヴィアとは積もる話がある。きょうはもういい。明日また来てくれ」

「ではそうさせてもらいますね」ロバータはうれしそうな顔をした。「きょうは子どもたち八人で、お誕生日パーティをやるんですよ。早く帰れると助かります」

彼女はすぐに出ていき、玄関の閉まる音がした。

「軍隊の長い経験から」と、老人。「ほかの者がいるところで話すのは気が進まない。ロバータのような心やさしい人間でもね」

わたしは話の続きを待った。でも老人は黙ったままだ。

「すみません、お話ししていただけますか?」

老人は目をぱちくりさせた。「何を話していたのかな?」

ちょっと躊躇《ちゅうちょ》したものの、気楽な調子にしたほうがむしろ老人は話しやすいかもしれないと思った。

「お願いですから、からかわないでくださいね」

「きみはトラブルメーカーらしい」

「わざとそうしているわけではないんですけど……」甘い紅茶をひと口飲んだ。冷たいグラスの水滴が指につく。「母からおおまかなことは聞きました。でももっと詳しいことを教えていただければと思って」

「どこまで知っている？　思い出そうにも、きっかけがなければ思い出せない」

はやる気持ちを抑え、母から聞いた話をゆっくりくりかえしてから最後に尋ねた。

「なぜ父をアーリントンに埋葬できたのでしょう？　ふつうでは考えられないことですが」

「新聞は読むか？　テレビのニュースは？」

「はい、どちらも」

「ならば、考えられないこともときには起きうるのを知っているだろう」

「でも――」

「どんなことにも、明確な説明を求めるのか？　罪を犯した者が釈放され、潔白の者が投獄されるのはなぜか、説明できるか？」

「いえ、そういうことでは――」

「きみはわたしにそれを求めている」

「どのようにして父をアーリントンに埋葬できたのか、教えていただきたいだけです」

「ほう」目を大きく見開く。「それなら簡単だ。アーリントンにふさわしいからでしかない」

「もう少し具体的に?」

老人はまたどこか遠くを見やった。

「説明できない」暖炉のほうを向き、沈黙がつづいた。わたしがいるのを忘れてしまったかのようで、かなり時間がたってから、ようやくこういった。「わたしは暖炉に火をおこすのを禁じられている。介護人もおこしてくれないだろう。危険だ危険だ、というのだよ」不満げに喉を鳴らして声を大きくする。「わたしが部隊を率いていたころ、まだおむつをつけていたくせにな」大きなため息。「きみの父親はヒーローだった。国のために力を尽くした。それも、みごとなまでに」

「当時の父と親しかった方にそうおっしゃっていただくと、心から信じることができます。でも、それならなぜ不名誉除隊に? 母からは不服従だと聞きましたが」

「不服従ね……」老人は暖炉を見つめたままつぶやいた。

「ヴォーンさんは父の上官だったと聞いたので、そのあたりの事情をご存じではと」

老人は頬の内側を嚙んだだけで、何もいわない。

「母もおなじことを尋ねたのではないでしょうか、当時――」

「お嬢さん、きみの父親に関する事項はすべて部外秘なのだよ」

「でも二十五年以上たっていますから」

「だから?」わたしの言葉に驚いたかのようにまばたきした。「部外秘は部外秘だ」わたしの目をしっかりと見る。「これでもまだ、ぼけてはいない」

「では――」わたしは慎重に尋ねた。「許された範囲内で、教えていただけることはありませんか?」

「たいしたことは何もない」

「父をアーリントンに埋葬させるために、どのようなことをなさったのですか?」

「それが問題か?」

「はい」

「いいか、若いの。あのときはいまよりも、もっと若かっただろう。世のなかのことなどわかりもしない子どもだった」

わたしは苛立ちを懸命にこらえた。「どうか教えてください」

「思い出せない」

「ほかに頼れる方がいないのです」

「この年寄りに、四半世紀も昔のことを思い出せというのか? ほしがっているものは、きみの手の届くところにはない。おそらく、わたしの手も届かない」

「部外秘だとおっしゃいました。ということは、覚えていらっしゃるのでしょう? 思い出せないふりをなさっているだけでは?」

「ばかげたことを」

「二十五年以上もたてば、父に関することを少しは口外してもよいのではありませんか?」

「わたしにはわからない」

老人はわたしの固い決意を感じとったのだろう、目つきが険しくなり、わたしの顔の前で人差し指を振った。

「ひとつ、真実を教えてやろう——記録や書類に何が書かれていようと、きみの父親は立派な男だった。わたしの友であり、この命を預けてもよいほどの人間だった」

「でも父は亡くなりました。二十五年以上もまえに。もはや父が傷つくことはありません」

「ほかの者が傷つくかもしれない」

わたしはびっくりした。

「それは誰ですか？」

老人は首を横に振った。「年寄りの戯《ざ》れ言《ごと》だ。忘れなさい」

忘れたりできない。

「きみの父親は、自分に何が求められているかを知っていた。気に入らなかったが、理解はした。アンソニー・パラスのような人間がもっと多ければ、この世ははるかに良いものになるだろう。わたしが話せるのはそれくらいだ」

これまで背筋をのばし、はっきり話していた老人は、急に背を丸めた。大きな椅子のなかでとても小さく見える。

「それを取ってくれないか」

指さしたのは、近くのソファに掛けられたアフガン織だった。サクランボ色とクリーム色で、インテリアのすてきなアクセントになっている。わたしがそれを持っていくと、老人は両手で広げてから膝に掛けてくるむようにした。

「ありがとう、お嬢さん」

話はこれでおしまい、ということだろう。わたしは露骨に不満げなため息をついた。でも老人は何もいわない。

帰るにしても、どういうかたちで帰ればよいのか。わたしが思案していると、老人がつぶやいた。

「アンソニーは死んだ……とても大きな損失だった」

予期せぬ言葉を聞いて、わたしは静かにつづけた。

「父は職場の男性に手をやいていたようです」

老人は床の絨緞を見つめたまま何もいわない。

「職場というのはプルート社です」

「アンソニー……」

しばらく待ったけれど、その続きはなかった。

「プルート社というのは、健康補助食品会社です」

老人は声をあげて笑った。でもまったく楽しそうではない。

「毎日、食物繊維のサプリメントを飲まされている。製造会社の名は知らないが、調べたほうがいいかな?」

「その男性に、父は悩んでいました」

老人は物思いにふけり、わたしの言葉が聞こえたのかどうかさえわからない。でもここで引き下がってしまったら、きっと後悔すると思った。

「プルート社は父が企業スパイまがいのことをしたと考えました」唇を噛む。「父はそんなことをする人間でしょうか？」

老人の頬がひくついた。でも変わらず無言だ。

「会社から非難されたのは、父が殺害された後のことでした。犯人は〝職場の男性〟かもしれません。自分の悪事を隠すために父を殺した……」

老人は鼻からゆっくり息を吐き、顔をあげてわたしの目をじっと見た。その表情はこれまでとはぜんぜん違い、警戒心に満ち満ちている。

「おもしろい仮説だな」

「ただの想像でしかないでしょうか？」

「ノーコメントだ」

「ヴォーンさん……」

「きみの両親とわたしは古い友人だ。ヴォーンおじさんとでも呼んでくれ」

そんな呼び方はけっしてできないだろう。でもいまの言葉は利用させてもらおうと思った。

「父と古い友人であれば、職場の男性のこともご存じなのでは？　名前はなんというのでしょう？」

「アンソニーがなぜわたしに名前をいうと思うのか？」

「父の親友ですから」

「アンソニーの親友というなら、きみの母親もそうだろう」

「父は母に危険が及ぶようなことはしませんでした。職場の男性は、家族にとっても明らかに危険な存在だったはずです。でもあなたは、父にとって信頼できる友人であるばかりか、軍の上官でした。それだけの力をもつ人だったら、父は相談したはずです」

「理屈は通っている気がするな」

わたしの推測は当たっていたんだ、とぴんときた。

「父が相談したとき、男性の名前をいわなかったでしょうか？」

老人は灰色がかった舌で下唇を軽く舐《な》めた。その顔つきから、職場の男性のこともその名前も知っていると断定していい。

「わたしには語れない」

「どうしてですか？」

老人は魔法でもかけるように、痩せた手を振った。

「人の命を危険にさらすわけにはいかない」

「娘のわたしには、父を殺した犯人を知る権利がないのでしょうか？」

老人は黙りこくった。ふたたび暖炉を見つめつづける。ずいぶん長い時間がたってからようやく視線をあげ、うつろなまなざしで尋ねた。

「ロバータはどこに行った？」

7

ギャヴのアパートは、うちよりかなり狭かった。建物の改築の際に加えられたようで、スタジオよりいくらか広い程度だ。改造設計のため、いったんなかに入ると細い廊下を十五歩ほど歩いて、化粧室の先にやっと居住空間がある。狭くても実用的で、全体はおちついた深紅に統一され、ところどころにアクセントの色がついている。初めて訪れたときはもちろん、その後もここに来るたびにいちばん心惹かれるのは、二十一階の高さから見渡せるワシントンDCの美しい景色だ。

わたしは窓の下枠にもたれかかり、広がる街並みをながめた。

「自分ひとりの胸のうちに全部しまっておくつもりか？」ギャヴがそういいながら、狭いキッチンでボトルを二本かかげた。「赤？　白？」

わたしは赤ワインのほうを指さした。「今夜は暗い赤の気分かしら」

ギャヴはワインの栓を抜きはじめ、わたしは窓の外に目をもどした。

日が沈むのは数時間先だけれど、ワシントン記念塔が屹立《きつりつ》するきらめく夜景を早く見たいと思う。

「ほんとにすばらしい眺めね」

「来るたびにそういうな」

「ええ、その自覚はあるわよ」わたしは笑った。「でも、ここに住んでどれくらい？　とはまだ一度も訊いたことがないでしょ」

ギャヴはコルク抜きをひねりながら、「住人の新規募集があったときだから……」といった。「十年前後かな」

リビング兼ダイニングの部屋と寝室を分けているのは、ガラスブロックの低い仕切り壁だった。寝室といっても、低めの壇にスプリング台とマットレスをのせ、窓際に小さな化粧台があるくらいだ。赤い色調で統一され、わたしはくすっと笑った。

「どうした？」

「ユージン・ヴォーンの部屋もこんな色合いだったの。あちらは伝統的、こちらは現代的だけど、色味はおなじだわ。軍隊を経験すると、赤色系統が好きになるのかしら」

「愛国者、かな」

見まわすと、カウチには青い装飾用のクッションがある。

「きっとそうね。キッチンは白で統一したかったんでしょ？　白い床に白い電化製品、白い食器棚。浮いた色はひとつもなくてよく片づいているわ」

「キッチンがきれいなのは、料理をする人間がいないからだ」ワインのグラスをわたしに持たせる。

「だったらそろそろ習慣を変えなくちゃ」

「そのうちね。自分は外食でもぜんぜん気にならない」

正直いって、わたしもそうだ。さっきも歩いて行けるレストランで、とてもすてきなディナーをいただいた。乾杯の言葉はなく、彼とグラスを軽く合わせて、赤ワインをひと口含む。

「おいしいわ」

「うむ。なかなかだ」自分の部屋を、初めて見るような目で見まわす。「ひょっとすると、ユージン・ヴォーンとおなじデザイナーに頼んだのかもしれないな」

わたしはワインを吹き出しかけた。「インテリア・デザイナーに頼んだの？」

ギャヴはしかめ面になった。「頼んだらおかしいか？」

唇をぬぐい、「いいえ」という。「ただ驚いただけよ」

「一年も二年も留守にするときは、借りてくれる者をさがさなくてはいけない。それには少しでも快適に見せたほうがいいからね」

「浴室もデザイナーに任せたの？」

「なぜそんなことを訊く？」

「ただなんとなく」ワインをもうひと口。

「嘘はよくないぞ、オリヴィア・パラス。浴室のどこが変だ？」

わたしは首をすくめた。でもギャヴの顔つきから、答えるまで解放されないのがわかる。

わたしは言葉を選んだ。

「ほかの部屋と、ちょっと印象が違う気がするだけ」

「もっと具体的に」

「基本は赤や濃い色なのに、浴室は白とベージュ、というか、もとのままで色を塗っていないように見えるし、シャワー・カーテンも……」

「カーテンがどうした？」

「ねえ、話題を変えない？」

ギャヴは笑った。「きみを追及しているみたいだな。あのカーテンはバーゲンセールで買ったんだよ。投げ売りの九割引きだった」

「それで納得したわ」

「おや。風船模様はお嫌いですか？」

目をきらきらさせたギャヴはとってもすてき。素顔の彼は、ホワイトハウスで初めて会ったときの彼とはぜんぜん違う。

「いつか新しいカーテンを買いましょう」

それからふたりでカウチに腰をおろした。

「きみはどんな一日だった？　こちらはたいへんな一日だったよ」

レストランで食事をしながら多少は話したけれど、ごく個人的な内容はほとんどしゃべっていない。隣のテーブルがすぐそばだったから、いつものように、セキュリティを最優先にしたのだ。

「期待したほどの成果はなかったわ。ユージン・ヴォーンはすてきなご老人だったけど、話す内容に波があるの。そしてしっかり覚えていることは、なかなか口にしてくれなくて」そこで訪問のようすを細かく語った。

わたしとギャヴはカウチで向かいあい、彼は話しつづけるわたしの髪を何本か指にからめて見つめながら、「その老人は」といった。「事実を打ち明ける気がないんだろうな。で、これからどうする？」

「ちょっと考えたの。プルート社は家族経営だけど、過去の資料がどこかにあると思わない？」

ギャヴはうなずいた。

「第一候補は図書館だから、明日の午前中にでも出かけて、ライブラリアンに相談してみようと思うの」

「うん、とりあえずそれがいいだろう」

「リファレンス・ライブラリアンなら会社関係の資料に詳しいから、わたしたちにもいろいろ教えてくれるでしょう」

「わたしたち？　ふたりでいっしょに行くのか？　きみは単独調査が専門だとばかり思っていたが？」

からかわないで、といいかけて少し考えた。

「でも今回は、どうやって調べたらいいのか見当もつかないの。事件に巻きこまれて、必要に迫られて仕方なくじゃなく、初めて自発的に調べる気になったのよ。それも、自分自身のために。これまでマスコミが書きたてたような〝世界を救う〟のとは違って、あくまで個人の問題でしょ。だからできれば、あなたにも手伝ってほしいわ」

「休暇中にできるようなこととは思えないな」からかう調子はまったくなかった。

「そうかしら?」

ギャヴはワイングラスを低いテーブルに置いて立ち上がった。

「きみひとりでは無理だろうとは感じていた。当面、緊急事態ではないし……」

彼はキッチンに行くと、冷蔵庫の横のキャビネットをあけた。

「今夜、きみを台所に入れたくない理由は、制止する間もなく、隠してあるものを見つけてしまいそうだからだ」

わたしはグラスを置いて、背筋をのばした。

「何か隠しごとがあるの?」

ギャヴはカウチにもどってくるとわたしの横にすわり、分厚い書類をはさんだ紙のフォルダを自分の膝にのせた。

「きのうもきょうも忙しかったといっただろ?」

「ええ、何をしていたかは聞いていないけど」

「当然、きみのことだから――」横目でわたしを見る。「このフォルダの中身に興味津々だろう」

わたしは彼にじわっと迫った。

「どうしてそんなふうに思うの？」

「記者会見室での特別訓練を覚えているかい？」

忘れるわけがない。「ええ、もちろん」

「隠された爆弾をさがすとき、きみの顔つきは断固として、恐れを知らないように見えた。それとおなじ表情をきみは何度も、シークレット・サービスが不快に思うほど何度も浮かべたよ。そしていまの顔も、そうだ」

「転職して覆面捜査官になるときは、もっと訓練しないとだめね」

彼は、そのとおり、という仕草をした。「きみだって、必要に応じて感情を隠すことができるじゃないか。いまは無防備だが……」やさしい目になる。「そういうきみのほうがいいよ」わたしがでれっと甘える間もなく、彼はつづけた。「きみに伝えたいことが二点ある」フォルダを開かないまま、指を二本立てる。「ただしどちらも、極端に大きな情報というわけではない」

わたしはワインなどそっちのけで、そわそわじりじりした。ギャヴもワインには目もくれず、フォルダを開いた。

「きょうはずいぶん長い時間、ジーン・ブラッケンと過ごしたんだよ。彼女はじつに優秀なリファレンス・ライブラリアンだ」

「調べてくれたの？」

「最低限、プルート社の情報は必要になると思ったからね。二十五年以上まえのことは、インターネットでは調べがつかない場合もある。役員や財務状況とか……」

「そこまでわかったの？」

「全部ではないが、だいたいはね」

おちついた話しぶりから、いい情報をつかんだのだと感じた。

「何かわかった？」

彼は書類の縁に指をはわせた。たぶん五十枚以上はあるだろう。

「きみのお父さんが働いた期間の前後五年を含めた情報だ。それから近況データもね。具体的な調査目的があるわけではないから、多いに越したことはないと考えてコピーした」

わたしはギャヴのそばに寄り、彼はふたりの膝の上にフォルダを広げた。

「そういえば、伝えることは二点、といったわね？」

「ふたつめは、何かを確定するようなものではない」

「というと？」

「きのう、きみがホワイトハウスにいるあいだ、ジョー・ヤブロンスキという人物に会いに行ったんだよ。ジョーは軍隊時代の上官でね、きみのお父さんとユージン・ヴォーンのつながりのように、いまでは大切な友人だ。彼の現在の仕事は……」少し躊躇する。「国防総省関係とだけいっておこうか」

「ずいぶん曖昧だけど、どんな仕事をしているの？」

「それを話しても、きみの知っているような——」

「わかったわ、いいたくてもいえない、ということね」

「ともかく重要な……きわめて、重要な仕事だ。非常に大きな発言力をもっているんだよ。そのジョーが、わたしを信頼できる友人のひとりとみなしてくれている。そこで彼に、きみに会ってほしいと頼んだんだ」

「了解してくれた？」

「明日、会うことになったよ」

「だからきのう、なかなか連絡がつかなかったのね」ようやく納得できた。「その人に拒否された場合を考えて、わたしに期待をもたせてはいけないと思ったんでしょ」

「興味をもてたかい？」

「もちろんよ。決まってるでしょ。父の過去を調べたりしてどうなるかわからないけど……。手掛かりがつかめる可能性があるだけでもうれしいわ。それで入口が開いて、出口も見つかるかもしれないもの」彼の首に手をまわし、キスをする。「ほんとにありがとう、ギャヴ」この人に出会えてしあわせだとつくづく思う。「この件がどれくらい大切なことか、わかってくれるでしょ？」

「ああ、わかるよ。きみは真実を知りたくてたまらない人だしね。きみひとりで奮闘するよりふたりでやったほうが時間の節約になり……トラブルの軽減にもつながる」

「ずいぶんお口が上手だこと」

「では明日、車で行こう」

「ペンタゴンに行くの？」

「ペンタゴンではない。あくまで内密に会いたいからね」

「まるでスパイ小説みたい」

「ジョーは重要人物なんだよ。それを甘く見てはならない」

「その人に迷惑がかかることはない？」

「きみは有名人で、とにもかくにも評判になった。ジョーがきみと接触して、その噂が広まるのは避けたい」

　ひどい言い方ではなかったけれど、やっぱり気になる。

「わたしがその人の評判を傷つけるということ？」

「おそらくね」

　もしそうなら……。

「わたしはあなたの評判も下げるんじゃない？」

　ギャヴは即答できなかった。

「もう下がってる？　わたしの知らないことが何かある？」

「たいしたことは何もない」

「お願い、教えてちょうだい」

　ギャヴは口もとを引き締めた。

「前回の事件のとき、わたしはきみに感情的に入り込みすぎている、と指摘された」

「誰に？」

「気にするな」

「何かあったの？」子どものような不安げな声になる。「何かトラブルでも？」

「トラブルなどない」

わたしは何もいわず、ただ待った。

ギャヴはため息をついた。「大きな任務の話があった。だが不適格とみなされた」

「ごめんなさい」

「いや、それでよかったと思っている。アメリカをまる二年、離れなくてはいけない任務だった」

わたしは彼の目を見つめた。「でもやりがいのある任務だったんじゃないの？」

ギャヴはわたしに腕をまわして抱き寄せた。

「違う人生を選択していたら、引き受けたかもしれない。だがわたしの選択は、これだ」

「上層部はわたしたちの関係を知っているの？」

「ごく一部、知らせるべき人たちだけはね」

「わたしのせいであなたの立場が悪くなるのはいやだわ」

「そんなことはない。気にするなといったはずだ」そしてわたしの表情に何かを感じとったのだろう。「びくびくするな。わたしは自分の意志で、自分の選択で、いまここでこうしている。さあ、せっかくコピーしてきたんだから、プルート社の情報を読もう」

もやもやは消えようもない。わたしのせいで、彼のキャリアに傷がついたらどうする？　でもギャヴはもう耳を貸してくれそうになかった。

そしていわれたとおり書類を読んでみて、ギャヴが必要情報をしっかり調べたうえでまとめてくれたのがよくわかった。プルート社の公表書類、新聞記事、そして社報（これは大きな情報源だった）を一時間ほど読みつづけ、会社の動きを時系列で整理した。

整理にかかった時間は一時間ほど。窓の外に目をやると、町は夕闇にきらめいていた。わたしは立ち上がり、伸びをして、窓際に行った。

「しつこいようだけど、すばらしい眺めだわ。永遠に、いつまでもここにいられそう」

ギャヴはわたしの後ろに来て、両手をわたしの肩にのせた。

「ここは、ふたりには狭いな。ずっと暮らすなら……」言葉が途切れた。

ギャヴがいいよどむのは珍しい。でも彼の思いは想像がつく。たまらなく悲しい出来事を二度も経験すれば、未来について考えるのも、口にするのも恐ろしくなるだろう。わたしは彼の手に自分の手を重ねた。

「たっぷり時間はあるから」

「ああ、そう思いたい」

夜景をのぞむ窓ガラスに、ふたりの姿が映っている。彼の目に満ちる悲しみを拭いさりたい……。任務なら、危険をものともせずに立ち向かえる人。なのに愛情を、すなおに表現するのが怖くてたまらない人。

わたしはふりかえり、彼を見上げた。

「どこにも行かないから。手の届かない遠くへなんか行かないから」

ギャヴはわたしの肩に両手を当てたまま腕をのばした。

「約束できるか？」

「ええ、できるわ。過去は過去。あなたとわたしと、ふたりきりの時間はこれからもたっぷりあるわ」

彼に抱きしめられて、男くさい、熱いにおいを思いきり吸いこむ。彼は胸を震わせた。

「心配なんだよ、オリー。きみは行く先々でトラブルに見舞われる。こっちはどきどきしっぱなしで、心臓がいくつあっても足りないくらいだ」

「おとなしくするから」わたしはほほえんだ。「古い書類を読むくらいで、トラブルなんて起きっこないでしょ？」

8

　翌日、ギャヴのシルバーのホンダ・シビックで出発したときも、彼は目的地をはっきりいわなかった。ふたりとも軽装で、まぶしい陽光にサングラスをかける。北西方向に走り、DCから四十キロほど離れたところで、わたしは年表から目をあげた。これはゆうべ、ギャヴとふたりで作ったものだ。

「ジョー・ヤブロンスキって、どんな感じの人？」

　ギャヴは前方を見つめたまま、「プルート社の書類をずいぶん読みこんでいたな」といった。

「ええ、くりかえし読んで、年表に名前も加えたわ。その月の新入社員とか退職者とか。父とおなじ時期に働いていた人をはっきりさせたくて」大袈裟にまばたきする。「走る車のなかで読むと目が疲れるわ」

「ジョーは個性的な人でね。きみも気に入ると思う」

「あとどれくらい走るの？」

「もうしばらく」

「じゃあ、もっと目を疲れさせるわ」

わたしは書類を再読し、五分ほどしたところで、「ねえ！」と声をあげた。

ギャヴはサングラスを下げて、フレームの上からわたしをのぞいた。

「何かわかったか？」

「たぶん。父が亡くなって三週間後に、部長のひとりが仕事中に大怪我をして、その後は車椅子生活になったの」

「それがどんな関係がある？」

「直接的な関係はないわ。でもこのハロルド・リンカという男性は、いまも自宅をオフィスにして、プルート社の仕事をしているのよ」書類を指さしたけど、ギャヴは正面を向いたままだ。「この人の話を聞いてみたらどうかしら？」

「父親はおなじ会社の人間に殺害された、濡れ衣をきせられたと信じて当時の話を聞けば、古い傷口を開くことになる」

わたしはギャヴをにらんだ。「無茶な真似はしないわ。言葉はちゃんと選ぶわよ。この人が父をよく知らなくても、当時の友人か誰かを教えてくれるかもしれないし」

「記憶というのは時間とともに薄れる。二十五年以上まえの記憶が正確とはかぎらない」

「それはユージン・ヴォーンを訪ねてよくわかってるわ」ハロルド・リンカという名前をメモ用紙に書きとめる。「でもやるだけやってみる」ノートから目を離し、外の景色をながめた。「こんなに遠くまで来たのは久しぶりだわ。あなたは火曜日もここに？」

「いや、彼とはべつの場所で会った。自宅に近いところでね」

「あなたと会うぶんには、その人の評判も傷つかないから？」

「まあね」

「ふうん……」わたしの名前が過去の事件にからんでどんなふうに伝わっているかはあまり考えたくない。ジョー・ヤブロンスキにはできるだけ良い印象をもってもらわなくては——。「きれいな景色をながめていたいけど、書類をもっとしっかり読んでおきたいわ。目的地に近くなったら教えてね」

「まだしばらくはかかる」


ヴァージニア州のラウドン郡に入り、ギャヴはあと十分程度で到着だといった。わたしのほうは書類分析でひと息ついたところだったから、ちょうどいい。

「もうひとり、父と同時期に働いていたらしい人がわかったわ。名前はマイケル・フィッチ」乱れた書類の束とメモ用紙の上で両手を振る。「この時期、離職者がずいぶん多かったみたいなのよね、社長は変わらずクレイグ・ベンソンだけど。ちょっとこれを聞いて——」社報の一部、新規採用した秘書室長の記事を読みあげる。

「それで？」

「これから三カ月後の社報だと……」おなじく新規採用の記事を読んだ。「べつの女性が秘書室長になっているのよ」書類の端をきれいにそろえてまとめ、メモ用紙を置く。「このふたり、リンカとフィッチが有力な候補者よね。会えるといいんだけど」

「そろそろ着くよ」車は砂利道に入り、がたがた揺れながら一キロほど進んだところで停まった。ここがたぶん駐車場なのだろう、横には白漆喰のレンガの平屋が並び、屋根はどれも青い。

周囲を低い山並みに囲まれた低地で、どちらを向いてもぶどう棚がはるか先までつづいている。そばのいちばん大きな建物の前には、木立の下に古びた木製のピクニックテーブルが並んでいた。

駐車場にはもう一台停まっていて、ラブラドールが一頭、ピクニックテーブルの下で日差しを避けて涼んでいたけど、あとは人影ひとつない。

「ここはぶどう園？」わたしは書類を座席に置いて外に出ると、お昼まえの陽光のもとで大きく伸びをした。「きょうは戸外で楽しむのに最高ね。ご友人はこのあたりに住んでいるの？」

ギャヴは答えず、運転席のドアを閉めるとわたしの横に来た。ジーンズにTシャツ、サングラスを頭の上にずらした外見はハンサムな観光客といったところだけど、人をよせつけないような険しさ、油断のなさが全身からあふれている。

二十メートルほど先に田舎家があるから、たぶんそこに行くのだろうと思った。でもギャヴはわたしの背中に手を当て、いちばん近い建物に向かって歩きはじめた。

「あの店は営業時間が短くてね。きょうは正午に閉店だ。ちょっと味見をしよう」

腕時計を見ると、十一時三十分だった。

「わかったわ」白い建物はどれもおなじで、扉は青い金属製、窓には青い縁どりがある。

「ぶどう園の看板を見過ごしたみたいなんだけど」

ギャヴはわたしの耳もとに口をよせてささやいた。「黙ってついて来なさい」

子ども扱いしないでよ、という目で見返したけど、彼は気にもとめない。

「こっちだ」建物の裏手に行くと、青い金属扉のひとつがブロックをストッパーにして開け放たれていた。ドアの横には金色の手書き文字で〝ワイナリー入口〟とある。

まぶしい戸外からなかに入ると、薄暗さに目が慣れるのに少し時間がかかった。日差しは入ってくるものの、窓には木製のブラインドがかかり、空気も気持ちいい。そして室内全体も心地よかった。飾り気のない外観から、カウンターとわずかなワインくらいしか想像できなかったのだけど、入ってみるとても居心地がよさそうだ。せいぜい五、六メートル四方で狭いものの、四隅ではステンドグラスのランプがやさしく輝いている。

床はコンクリートで、高い天井もコンクリートのままだ。でも壁には控え目な美しい模様が描かれていて、そこにワイン棚もある。若いカップルがワインの選択中で、ドアから入って真向かいのカウンターバーには、赤いチェックのシャツにつなぎ服姿の年配の男性がいた。カウンターの右端で壁にもたれ、入ってきたわたしたちをじろじろながめる。たぶんこの人がジョー・ヤブロンスキだろう。

カウンターの向こうにいる年配の女性が手招きした。

「スペンサーぶどう園へようこそ。試飲はいくらでもご自由に」すきっ歯を見せてにっこり笑う。「うちのワインを気に入ってもらえるのはわかっているので、無料にしてるんですよ」

「では試飲させていただこう」と、ギャヴ。「こちらのワインの噂はよく耳にするので」

「どちらからいらしたの？」女性は後ろの棚からグラスをふたつ取ってわたしたちの前に置くと、紙と鉛筆も二セット用意した。「メモに使ってくださいな。わたしはアーメンガード。みんなアーマって呼ぶわ」

「友人を訪ねて、フレデリックから。土産にワインでも、と思ったのでね。お勧めはあるかな？」

アーマはエプロンの首掛けをぴんと伸ばし、胸を張った。

「どれも一級品ですよ」

彼女はとうとうと説明しながら最初のワインをつぎ、わたしは口に含んでじつになめらかだと感じた。

「あなたたちもツアーに参加したらいかが？」アーマは若いカップルのほうに頭を振った。ふたりはワインを三本選び、会計を待っているらしい。「十五分くらいのものだから」そしてカップルに話しかける。「ツアーはどうだった？　楽しかった？」

ふたりは顔を見合わせてから、とても楽しかった、と答えた。

ギャヴはわたしをふりむいた。「どうする、ハニー？」

ハニー？　わたしはワインをごくっと飲みこみ、「ええ、よさそうね」とだけ、なんとか答えた。

壁にもたれていた年配男性は体を起こし、ぶらぶらとドアへ向かった。ギャヴに目をやったけど、ギャヴは飲んだワインについて何やらメモしている。

「いいワインだ」印刷された説明書きを指さし、そこには値段も記されていた。「価格も高すぎないしね」

これは人目を欺くお芝居？　わたしはワインをもうひと口飲んだ。

それからさらに二種類ほど試飲したころ、若いカップルは帰っていった。そして車の走り去る音が聞こえるなり、アーマはにっこりした。

「元気にしてた、ギャヴ？」彼女はカウンターからこちらに出てくると、彼の肩を抱いた。「最近来ないからさびしかったわ」そしてすぐわたしをふりむき、「あなたがオリーね？」といった。

「わたしの名前をご存じ？」ぽかんとして、間抜けなことを訊いてしまった。「すみません、はい、オリーです」

「あなたの噂はさんざん聞かされたから」彼女はわたしを抱きしめた。「ギャヴったら、うるさいくらい話すんだもの」

ギャヴの頰が真っ赤になった。

「ほんとに久しぶりだな。ここを使わせてもらって感謝してるよ。ジョーはもう着いてるんだろ？」

「ビルが呼びにいったわ」ギャヴを頭からつま先までながめ、「元気そうね」というと、わたしをふりむいた。「きっとあなたのおかげだわ」

わたしの頭はフル回転した。ギャヴから聞いた話だと、子どものころは中西部で何カ所かの里親に預けられたらしい。確信はないけれど、このアーマとビルはその一組だろう、たぶん。

「ここに来るまで、何も話してくれないんだもの」わたしはギャヴにいった。

「店に誰がいるかわからなかったからね」ドアに手を振る。「もし万が一……やあ！」入ってきたのは、カウンター端で壁にもたれていた男性で、この人がたぶんビルだろう。そしてもうひとり、男の人がいる。ギャヴはつかつかとそちらへ行くとビルと抱き合い、ふたりは男っぽく背中を叩きあった。それからギャヴはにこにこして、ジョー・ヤブロンスキと力をこめた握手をする。これほどすなおに喜ぶギャヴを見たのは初めてで、わたしも自然と笑みがこぼれた。

「こちらがオリー」ギャヴはふたりを奥に通しながら紹介した。「オリー、こちらがビルだ」一歩さがって、わたしと彼に握手をさせる。「ビルとアーマはわたしの……」表情にふっと影がよぎった。「古い知り合いだ。家族同然でね」

ビルとわたしは笑顔で会釈したけれど、この年配の男性はまだわたしを採点中なのだと感じた。

「そしてこちらが——」ギャヴはわたしを引き寄せた。「ジョー・ヤブロンスキだ」

ジョー・ヤブロンスキは大柄な人だったけど、それ以外は想像どおりだ。ギャヴより背が高く、肩幅も広い。胸板は厚く、首は太くてシャツの襟からはみでそうだった。年齢は五十代なかばあたり？　いまはポロシャツにふつうの綿ズボンをはいているけど、軍人の正装軍服のほうがはるかに似合うだろう。

「お目にかかれて光栄です」わたしは挨拶した。

彼は大きな手でわたしの小さな手を握った。

「こちらこそ光栄です、ミズ・パラス」

「どうか、オリーと呼んでください」

ジョー・ヤブロンスキはギャヴをふりむき、「おちついて話せる場所はあるかな？」と実務的な口調で訊いた。

「もちろんですよ」アーマがすぐさま反応した。「時間が限られているでしょうから、ビルに閉店の看板を出してもらいますよ。ここをみなさんだけでお好きに使ってくださいな」

ギャヴは両手を握って少しあとずさった。ジョー・ヤブロンスキが首を横に振るのを見ても驚いたようすはない。

「それよりも――」と、ギャヴ。「歩きながら話そうか。ぶどう園を散歩してもかまわないかな？」

「ええ、ええ、どうぞ」アーマは夫の意見も訊かずに答え、夫のビルは低い声でつぶやいた。

「どっちにしても、閉店の看板は出しておこう」

ヤブロンスキについて陽光ふりそそぐ外に出た。彼は長い足で五歩くらい歩くと立ち止まり、左の方角をしばらくながめ、それから右手をながめると片腕をのばした。

「あちらへ行こう」

百メートルほど進んで砂利道に出たところで、ヤブロンスキはわたしが遅れているのに気づいた。わたしなりにがんばったつもりだけど、ふたりのペースについていくには倍の歩数が必要だ。

「すまなかったな」彼は立ち止まってあやまった。

それからはもっとのんびり歩いて、しばらくすると、ぶどう棚が一面に広がる場所に出た。あたりは静かで、空気もさわやかだ。

「よし、いいだろう」ヤブロンスキは周囲を見まわしながらいった。「ここなら人に聞かれずにすむ」

用心深さは半端じゃないわ。わたしは心のなかでつぶやいた。

「わたしのことはレナードから聞いているな?」ヤブロンスキはまるでギャヴがここにいないような調子でいった。ギャヴはレナードという名前を使われるのをいやがるから、わたしは一度も口にしたことがない。

「はい、彼の上官だったと。そして信頼できる友人であるとも聞きました」

「ほかには?」

「国防総省関係のお仕事をなさっていると」

「しかし？」ヤブロンスキはわたしの表情を読んだらしい。

「それがほんとうかどうかはわかりません」

ヤブロンスキはいささか驚いたようだ。

「まあいいだろう。そういうことにしておいてくれたまえ。で、きみの友人の――」ギャヴに顔を向ける。「話では、きみは厳重注意されてもなお、国の安全にかかわるような事件に関与する傾向があるらしい。それについて、自分なりの意見があるかね？」

わたしは助け舟を求めてギャヴを見た。でも彼の目は、自分の思うようにしなさい、といっている。ヤブロンスキという人は、わたしを信頼しないかぎり手を貸してはくれないだろう。

「メディアの報道の仕方や世間の噂には、否定できない部分もあります」わたしは正直に認めた。「ホワイトハウスの料理人が陰謀や爆弾の脅威やテロリストの策略にかかわるなんて……」そこでいったん言葉をきる。「非常識きわまりない、と思われるでしょう。たしかに、否定はできません。でも、そのときどきの背景を、事情を知っていただければ、わたしがなぜかかわったのかも理解していただけるように思います」

ヤブロンスキはわたしを凝視している。「きみの関与を、このわたしが大目に見ると思うのか？」

「それはたぶん……ないですよね」つい苦笑いが漏れた。「わたしはギャヴィン特別捜査官にも、そこまでは望んでいません」彼のまなざしに励まされる。「でも成り行きは、経緯は、わかっていただけると信じます」背筋をのばし、胸を張る。「国や政府を揺るがす事態を軽く見るつもりなど毛頭ありません。つねに良き市民でありたいと思っています。何かをするときは、かならずシークレット・サービスに伝えていますし、その点はギャヴに確認していただければ」

「レナードに訊いても、無難な答えしかいわないだろう。まあいい。きみの主張を裏づける者はほかにもいる。上層部に親しい者がいるようだからね」太い指を一本立てる。「だからといって、きみといっしょにいるところを目撃されたくはない。どうか悪く思わないでくれ」

「ここなら立ち聞きする人もいませんし」

「そう、立ち聞きもね」ヤブロンスキの唇がうっすらと笑った。「ここにいるきみの友人は、わたしに手を貸せと迫っているが」また太い指を振る。「そのための条件は二点ある。まず、わたしがかかわることをいっさい口外しないこと。進捗状況を漏らさず伝えることだ。すでに聞いた説明では、国の安全を揺るがすことでもなければ、軍事機密とも無関係のようだ。しかし何らかの障害がある、とわたしが判断した場合、きみはただちに調査を中止しなくてはいけない」

「わたしはただ、父の身にふりかかったことを知りたいだけです」

ギャヴは押し黙ったままだ。

ヤブロンスキはまた歩き出した。でもすぐに思い出し、スピードをおとしてくれる。ゆるい上り坂だったけど、息を切らすようすもなかった。そして上りきると目の前には、そして眼下にも、果てしなく広がるぶどうの園――。

ヤブロンスキは大きな鼻を広げて息を吸い、吐いた。

「ここはじつにすばらしい」と、いきなり射るような目でわたしを見つめた。「誓約がほしい。わたしが調査をやめろと指示すれば、ただちに中止するか？」

「はい、理由を教えていただけるなら」口もとをひきしめる。「わたしが納得できる正当な理由です。その点は、引けません」思いがこみあげ、言葉に詰まる。「わたしにとって、父の死を明らかにするのはとても重要なことで……どんな小さな手掛かりでも見つけたい、と思っています。一方的な中止命令に従うという約束はできません。たとえそれでご協力が得られないとしても」

ヤブロンスキはギャヴに目をやり、ギャヴは〝いったとおりでしょう〟という目で見返した。

「よし、いいだろう」と、ヤブロンスキ。「慎重な人間なものでね、念には念をいれた。レナードには返しきれないほどの借りがある。協力できることは協力しよう。きみの父親が亡くなったのは二十五年以上もまえだ、いまに至る障害があるとは考えにくい」

肩から力が抜けて、自分がいかに緊張していたかを実感した。たぶんこれはテストだったのだろう。そしてなんとかパスしたらしい。ヤブロンスキのほうも、さっきよりはリラックスして見えた。

合意がなされたところで、ギャヴが初めて口を開いた。

「ふたりは気が合うとわかっていたよ」

わたしは口から出かけた言葉をのみこんだ。〝気が合う〟という表現はちょっと違うんじゃない？

「ジョーにはおととい、事情を説明しておいた」と、ギャヴ。「ただ、きみがお父さんの以前の上官とどんな話をしたのかはまだだ。わたし自身、詳しくは聞いていないからね。ようすを話してくれないか？」

「ええ」

「いや、そのまえに」と、ヤブロンスキ。「レナードから事情を聞いたあと、プルート社について多少調べてみたのだよ」

わたしは驚いた。「何かほかに理由があってですか？」

ヤブロンスキは首を横に振った。

「これまでにも何度か社名を耳にしたことはあったが、管轄外だったからね、まったく気に留めなかった。わたしのような仕事では、指揮命令系統は厳守し、よその管轄には首をつっこまない」

皮肉っぽく聞こえたけど、気にしないことにする。

「それでプルート社について、何かわかったでしょうか？」

「残念ながら、たいしたことは何も。しかし不明部分にこそ、意味がある。海外との取引が多い会社だからね、わたしの部署にも資料はあるんだが、完全なものではなかった。肝心の部分が抜けていて、必要であればべつの部署に連絡するように、となっていた」

「それはどこですか？」

「そこまではいえない」

「わかりました」

「プルート社のオーナーのクレイグ・ベンソンはCEOだから、会社の顔といえる」

それはわたしも知っているけど、何もいわず話を聞くだけにした。

「実務を仕切っているのは息子のカイルだが、経営手腕はあるようだ」

「父の死と何か関係が？」

「おそらく無関係だろう」

ヤブロンスキはわたしをじらして楽しんでいる？　ではなぜプルート社を調べたのか、とわたしが訊くのを待っているとか？　まいったわね、と思いつつ、わたしはにっこりした。

「それでなぜ、お調べになったのですか？」

ヤブロンスキの目がきらっと光った。興味か反感かはわからない。

「そういう質《たち》なものでね。全体の構図をはっきりさせるには――今回の場合はきみの父親が殺害された理由と犯人だ――徹底した調査を行なう。では、かつての上官と会ったときの話を聞かせてもらおうか」

「あまり積極的には話してくれませんでした。名前はユージン・ヴォーンです」するとここで、ヤブロンスキの表情が少し変化した。「ご存じなのですか？」

「ああ、知っている。残念ながら、おなじ部隊に所属したことはないが」いかにも興味をそそられたようにいう。「父親をアーリントンに埋葬する手配をしたのは、ユージン・ヴォーンなのだな？」

ようやく話の核心部分に入った。

「母から聞くかぎり、そうだと思います」

「彼はきみに何を話した？」

「全体的に曖昧なことが多くて……。ご高齢のせいか、でなければ意図してそうだったのか。ただこれだけはきっぱりとおっしゃいました。わたしの父はアーリントンに埋葬されてしかるべきだと」

ヤブロンスキは顎をつんと上げてわたしを見下ろした。

「レナードからアーリントンの話を聞いたときは、首をひねった。異例というより、ありえないといっていい。事実関係に間違いはないのか？」

「アーリントンの父のお墓には何度も行きましたし、母から不名誉除隊の書類も見せられました」

ヤブロンスキは考えこんだ顔つきになった。「同姓同名の別人の墓、という可能性は？」

「生没年と、その日にちまでまったくおなじ別人がいるでしょうか」

「そうだな……。ところで、きみはなぜ調べる気になった？　わが国でもっとも聖なる場所に不当に埋葬された証拠が出れば、わたしは全力を尽くして是正する。それは承知しているかね？」

今度はわたしが顎をつんと上げる番だった。

「もちろんわかっています」

「それでも調べるか？」

「父はアーリントンにふさわしい人だった。それを証明したいと思っています」

「もしそうでなかったら？　母親は嘆き悲しむのではないか？」

そこがいちばんつらい点だった。

「かならず証明できます」

「なぜ断言できる？」

わたしはヤブロンスキから視線をそらし、ぶどう園をながめた。風が運ぶ夏のにおい、抜けるように青い空――。人間には心の奥深くで、魂を込めて信じるものがある。それは何がどうあろうと、真実でなくてはいけないもの。もしそうでなかったら、この世界までも真実でないように思えてしまうほど、大切なもの。

わたしはヤブロンスキに視線をもどした。

「自分のことはわかっているつもりです。自分は誰か、両親はどういう人間か。母は父がべつの人間だったら愛していなかったでしょう。父は勇敢な軍人でした。それは記録にも残っています」

「同時に、不名誉な記録もね」

「大きな誤解があったにちがいありません。わたしは確信しています」

ヤブロンスキはじっとわたしを見た。

「きみはその確信だけで、すべてを危険にさらすのだな？」

母を悲しませる結果になったら……。それを思うと体が震える。でも大丈夫。父を信じている。悲しい結果にはけっしてならない。

「はい、そうです」

ヤブロンスキは小さくうなずいた。

「ミズ・パラス、きみと話せてよかったよ。今後はレナード経由で連絡しよう」温かみのない、かたちばかりの笑みを浮かべる。「先に車まで帰ってもらえるかな。わたしはここでもう少し、レナードとふたりきりで話したい」

わたしは来た道をひとりでもどった。不安と不満がわきあがる。ギャヴはなぜほとんど口を開かなかった？　ええ、わたしもギャヴとふたりきりで話したいことがある。

9

車にもどりながら携帯電話をチェックした。ホワイトハウスから着信がひとつ。すぐに折り返してみる。

「電話をくれた？」

「うん、したよ」ダグはきょうも疲れているようだ。総務部長の臨時代理になってから二カ月近くたつけど、まだ仕事に慣れないらしい。「ちょっと待ってくれ。メモをさがすから……」

かしゃかしゃ紙の音がした。坂の上をふりかえると、ギャヴとヤブロンスキは向かい合ってしゃべり、そのようすは、三人でいたときとは違ってずいぶん親しげだ。声までは聞こえないけど、ヤブロンスキは笑っている。さっきは笑いの感覚などもちあわせていないように見えたのだけど。

「よし、見つかった」ダグの声がした。「ファースト・レディがあした、きみに会いたいそうだ」

「えっ、あした？」気の重さが声に出た。「何かあったの？」

「驚天動地のことはないよ。だけどフード・エキスポの話をしたのは、きみ自身なんじゃないか？」

「でもマルセルの講演は――」ダグも知っているはずだけど？「あしたじゃなくて土曜よ」

電話の向こうで大きなため息。「そう、土曜だよね。ジョシュアがきみにくっついていくから、シークレット・サービスは警備の予定を変更するしかなくなった」

「それはもう決まったのね？」

「ほんとにまいるよな。ファースト・レディの話だと、きみが誘ってからというもの、ジョシュアはその話しかしないらしい」

わたしはたまたま口にしただけで、ジョシュアを誘ってなどいない。ファースト・レディかシークレット・サービス、あるいはその両方が許可しないと思っていたくらいだ。

「シークレット・サービスが――」と、ダグ。「あした、きみと打ち合わせたいそうだ。シークレット・サービスとしては、急な予定変更で下見もほとんどできないまま、大統領の息子を人が大勢集まるイベントに連れていくのは気が進まないらしい」

「それであした、わたしと打ち合わせるの？」どうも腑に落ちない。

「ほかに手はないんだよ」ダグはおもしろがっているようだ。「準備期間が足りないから、きみとジョシュアには変装して身分を隠してもらうしかない」

「変装？」

「十一時にコンサルタントが来て、きみの衣装を考える」

「ねえ、まじめな話なの？　ほんとに変装するの？」

「あしたの朝、十一時だ」

わたしはため息をついた。

「わかったわ」

わたしが電話で話すのを家のなかから見ていたのだろう、終わるなりアーマとビルが飛び出してきた。というか、アーマのほうは早足で、ビルはその後ろについてくる。

「用事がすんだらすぐ帰るのでしょう？」アーマはわたしの両腕をつかんだ。「ワインを何本か、車のなかに入れておいたわ」少しためらってから、おずおずとつづける。「うれしかったわよ、しあわせそうなギャヴを見て。つらいことを経験して、ようやくね」

わたしはまたふりかえった。ギャヴとヤブロンスキは丘を下ってきて、ふたりともじつに楽しそうだ。

「わたしもお目にかかれてよかったです」もちろん正直な気持ちだ。「おふたりは、ギャヴとは古くからのお知り合いですか？」

アーマはちらっと夫を見た。

「ギャヴはいい男だ」ビルはつっけんどんにいった。「わたしもアーマもギャヴを誇りに思っている」そして背を向け、ビルは家にもどった。

ギャヴたちはまだ到着していないのに、アーマは聞かれるのを心配するように顔を寄せて尋ねた。

「ギャヴから、その……過去について聞いていないの？」

その言い方から、アーマの目に浮かぶ悲しみから、わたしははっと気づいた。

「ごめんなさい」アーマの手を握る。「気がつかずに申し訳ありません。お嬢さんは……」

ギャヴは二度婚約し、相手の女性はどちらも悲劇的な死を迎えた。アーマはそのどちらかのお母さんなのだろう。でも、尋ねる言葉が見つからない。

「ジェニファーよ」アーマはわたしの思いをくんでくれたらしい。「あの子が亡くなったときはほんとに……」声が詰まった。「何年たっても、きのうのことのようにつらくてね」エプロンのポケットからティッシュをとりだし、握りしめる。「でもギャヴは忘れずにいてくれるの。わたしたちにとっては息子とおんなじよ。恋人ができたと知って、ほんとうにうれしかったわ。それにね……」言葉がつづかない。

「お気持ち、お察しします」

アーマはぎごちなくほほえんだ。「ギャヴは半端な気持ちでわたしたちに紹介したりしないもの。ふたりはほんとにお似合いよ。いい人を見つけたわね」

ギャヴとヤブロンスキが近くまで来て、アーマはわたしを抱きしめささやいた。

「ギャヴはあなたのものよ」

「ギャヴは……」わたしはささやき返した。「あなたとわたしのものです」

アーマは体を離し、気をとりなおした。

「そろそろ行かなくちゃ。またいつか会いましょうね」

アーマは早足で去り、ギャヴたちの前でいったん止まると短く何か話してから、ギャヴを抱きしめた。わたしはふたりの姿に胸が詰まった。いまこのときまで、ギャヴの過去はギャヴのものでしかなかった。でもアーマとビルに会い、生身の声を聞いて、ギャヴの人生がもっと鮮明に、かたちをもったものとして見えてきた気がする。

わたしの母や祖母に会ったとき、彼もおなじように感じただろうか。アーマとビルは、わたしが出会ったなかで、ギャヴの両親にもっとも近い存在だ。

彼はヤブロンスキを家の前に残し、こちらへ走ってきた。わたしは会話してもなお謎めいて見えるギャヴの友人にさよならの手を振った。

「彼はまだ帰らないの？」

「ヤブロンスキか？」ギャヴは笑った。「ジョーと呼んでかまわないよ。そう、時間をずらして帰る。万が一に備えてね」

「ずいぶん用心深い人ね」

ギャヴは車のドアをあけてくれ、なかば笑いながら訊いた。

「ジョーは何歳だと思う？」

「そうねえ……」わたしは助手席にすわり、ギャヴがドアを閉めて運転席に乗りこむのを待った。「六十歳手前くらい？」

「六十七だよ。世界各地で三十年以上、極秘任務についてきた。用心深さのおかげで生き延びてこられたんだよ、文字どおりの意味でね」

車は走り出した。タイヤが砂利をはじきとばし、車体は揺れる。

「ビルとはほとんどしゃべってないけど、アーマはいい人ね、ほんとに」

ギャヴは横目でちらっとわたしを見た。「アーマは自分のことを何か話したか？」

「ええ。聞くまえに、なんとなくそんな気はしたけど」

「きみらしいな」ギャヴはうなずいた。「ふたりともメリーランドから出たことはなかったんだよ……ジェニファーがあんなことになるまでは。その後は、思い出がありすぎてつらいと、ここに越してきた」

「あなたの存在は大きかったのではない？　息子のように感じているみたいだわ」

「きみは、いやじゃないか？」

わたしはしばし考えた。「ううん。アーマとビルはあなたを愛しているもの。ふたりにとって、あなたは家族よ」

「逆もまた真なりでね」

「モーガンの家族は？」

車内の空気が重くなった。でも避けてはいけない話題でもある。

「連絡はとっているが、アーマたちとはようすが違ってね。きみもいつか……会うかもしれないし、会わないかもしれない」

長い沈黙がつづき、何キロか走ったところで、わたしはつぶやいた。

「あの、ヤブロンスキという人……」

ギャヴは笑った。「好きになれなかったか？」

「なんだかよくわからないわ」

「彼はきみを気に入ったよ」

「考えにくいけど」

ギャヴはすぐには答えなかった。

「ともかく、彼はやれることをやってくれる。あの地位なら、大きな力だ」

「わたしたちが話しているあいだ、あなたはほとんどしゃべらなかったわね」

ギャヴは大きくうなずいた。

「たぶん気づいていないだろうが、きみとジョーはよく似ているよ。彼は相手を見極めないかぎり、手を貸す人間ではない。そしてきみも、相手を簡単にはうけいれない。しっかり見定めてからじゃないとね」

「まあ、そうかも」

「きみの長所は、〝いい人〟と〝信じられる人〟を混同しないところだ」

「どういうこと？」

ギャヴはほほえんだ。「何年かまえ、きみはじつにうんざりした顔でわたしを見た。嫌悪感まる出しだったよ」

「そんなことないわ」

「いいや、あったね。だがお互い、自分の仕事をまっとうするためにホワイトハウスにいる、とわかってからは、信頼してくれるようになった」

「ようやく？」

「そう、ようやく。それでも好意をもってくれたのは、ずいぶんあとになってからだ」サングラスのフレームの上からわたしをのぞく。「あくまで推測だけどね」

「だったらそのうち——」わたしはにやっとした。「いけすかないヤブロンスキを好きになってしまうかもね」

「きみはあの厳しい視線によく耐えたよ。経験からいわせてもらえば、きみは少数派のひとりだ」

DCまで残り半分というあたりで、わたしはあしたの朝、ホワイトハウスで打ち合わせがあることをギャヴに伝えた。変装するらしい、といってもギャヴは驚きもしない。

「ホワイトハウスでの生活がどんなものかはよく知っているだろう？　カメラマンたちが四六時中、ファースト・ファミリーの喜怒哀楽を狙っている。おかしな真似をしないかと待ちかまえ、すればネタにして儲ける」鼻でふっと息を吐く。「写真がインターネットで公開されると、たちまちああだこうだと解釈があふれるしね。ハイデン大統領の両脇で陸軍将校たちが敬礼しているのに、大統領自身は手もあげていない写真を見たかい？」

わたしは見ていない。「何かの間違いよ、きっと。でなければ、大統領が敬礼しないのにはちゃんとした理由があると思うわ」

「これには第二幕があってね。じつはこのとき、海兵隊の音楽隊が〈大統領に敬礼を〉を演奏していたんだよ。それを聴きながら大統領が敬礼したら驚きだ」ギャヴの皮肉は辛辣《しんらつ》になっていく。「ところが写真のキャプションを見ると、大統領の愛国心がいかほどのものか想像がつく、とあった。偏向報道もいいところだ」

「ハイデン大統領に投票したの？」

「いいや」またちらっとわたしを見る。「だが事実は事実だ。いくら相手に不満があったところで、虚実ないまぜにいいふらしてはいけない」

「たしかにね」

それから話題はヤブロンスキに移り、わたしはやっぱり彼をジョーとは呼べないわ、といった。そして話の行きつく先はプルート社で、わたしはまた書類をひっぱりだした。

「一度、訪ねてみようと思うの」

「訪ねてどうする？」

「うーん……」

「父は産業スパイまがいのことなどしていません、といったところで、いやな顔をされるだけだぞ」

ギャヴは苦笑し、わたしは窓の外、通り過ぎる景色をぼんやりながめた。そして書類にある会社の住所に視線をおとし、声に出して読んでみる。

「そのプラネタリー・パークウェイというのはどのあたりだ？」ギャヴは携帯電話で調べはじめたわたしに訊いた。「フェアファクスにあるのはまちがいないだろうが」

「プルートは……会社じゃなくて冥王星《プルート》のほうは、いまも論争があるんでしょ？　惑星から準惑星になって、また惑星になるのかしら？」

「さあどうだろう。あまり興味がないからな」

そこで場所がわかった。「66号線からそう遠くないわ」

「行ってみるか？」

「もしよければ」

三十分と走らずに、プルート社に着いた。少しでも人目を引きたかったのだろう、建物は両翼のあるU字形で、広葉樹とさまざまな色の花が咲いてはいたものの、際立ってモダンなビルという印象はなかった。

U字の内側部分は駐車場で、両翼が従業員や訪問者の車を囲むかたちになっている。

「冬はいいでしょうね、多少は風がさえぎられて」ギャヴの視線を感じ、首をすくめる。

「ちょっと感想をいってみただけ」

「緊張している？」

それには答えず、「正面玄関の前を通ってもらえる？」と頼んだ。

白と銀で統一された広い受付エリアが見えただけで、ほかはよくわからない。

「どうだ？」通り過ぎてからギャヴが訊いた。

「なかに入るまえに、もっとよく知っておきたいんだけど」

「それでどうする？」

「もう一度、ぐるっと回ってから駐車してちょうだい」

ギャヴの眉がぴくりと動いた。

「なかに入って何をする気だ?」

「わからない。でもじきに思いつくでしょう」

10

「プルート社へようこそ」ガラスとスチールのデスクの向こうで、受付の若い女性が声をかけてきた。丸顔でほっそりして、黒髪をひっつめているから、頭全体がまん丸に見える。くぼんだ目を光らせて、「どのようなご用件でしょうか?」と尋ねた。

わたしは笑顔をつくり、名前を名乗った。できるだけやわらかい印象にしたほうがいいだろう。この会社の誰かと会うには、感じよくするに越したことはない。

「ずいぶんまえなのですが、父はこちらの社員でした。近くまで来たので——」無邪気な顔でギャヴをふりむく。「立ち寄らせていただきました」

「そうですか、お父さまが。何年くらいまえですか?」

正直に答える。

受付係は目を丸くした。「そんなに……。わたしはまだ生まれてもいませんでした」と、そこで、いぶかしげな表情になる。「ご訪問の理由は?」

「父はわたしが子どものころに亡くなり、最後の職場がこちらだったので」他意はない、というように首をすくめる。「もし父をご存じの方がいらしたら、と思っただけなんです。お邪魔してごめんなさいね」

「いいえ、そんなことはありません」受付係は急に態度をなごませた。「お父さまはお若くして亡くなられたんですね……。部署はご存じですか？」

「管理情報システム部です。いまならITというところでしょうか。母の話では、部長だったそうです」

わたしの話しぶりと振る舞いに、ギャヴは澄ました顔を保つのがつらそうだ。

この先はどうすればいい？　と悩む間もなく受付係が訊いてきた。

「お父さまは役員だったのですね？」

「ええ」

「では、ベンソンが存じ上げているのではと思います」

「CEOのベンソンさん？」

「はい。きょうはたまたま出社しています。カイルに引き継いでからはめったにないことなので、すばらしい偶然ですね。ベンソンも喜ぶことでしょう。とてもやさしい人ですから」すぐに受話器をとる。「ミスター・ベンソン？」応答があったらしく、彼女はわたしを見上げてにっこりした。「こちら受付ですが、お父さまが以前役員だったという女性が、ぜひお目にかかりたいとのことです」ほほえんだまま受話器を置いた。「どうぞ、おすわりください。ベンソンはすぐこちらにまいりますので」丸い頭が風船のように揺れる。「ほんとうに心やさしい人なんですよ」

近くにガラスとスチールのコーヒーテーブルと、ソファがあった。テーブルには業界誌が重ねてある。わたしとギャヴは目を見合わせ、立ったままでいようと暗黙の了解をした。

「いつごろから、こちらで働いてるの？」わたしは受付係の女性に尋ねた。

「学校を卒業して、五月からです」少し恥ずかしげに首をすくめる。「専攻は経済だったんですが、見つかったのはこの仕事だけで……」はっとしたようにまばたきする。「不満はぜんぜんありません。とても良い職場です」

「それはよかった」

時間つぶしの会話にギャヴが参加し、学校はどこかと尋ねて、わたしは胸をなでおろした。じつは、心臓が飛び出しそうなほどどきどきしていたのだ。いまからクレイグ・ベンソンに、父をよく知っている人に会えるなんて思ってもみなかった。何をどんなふうに尋ねるかで、結果は大きく違ってくるだろう。うまくやれば、すばらしいチャンス。台無しにするわけにはいかない。

「あなたのお仕事は？」受付係はギャヴに尋ねた。

「保障関係でね」ギャヴは即答した。

受付係は細い眉をぴくりとあげたけれど、彼はそれ以上の説明はしない。

「あなたはこの職場が気に入っているようだね」

わたしはふたりの会話を聞いているふりをした。でも時間的にたいしたことはなく、遠くでドアの閉まる音がしてロビーにこだまするると、会話が止まった。年配の男性がこちらに向かってくる。受付の女性は誇らしげに、「ベンソンがまいりました」といった。

わたしは男性のほうへ歩き、手をのばした。

「ベンソンさん、お忙しいなか申し訳ありません」

ひと目見て、ユージン・ヴォーンとはずいぶん違うと思った。どちらも父の知り合いで年齢的にも近いはずだけど、ユージン・ヴォーンには介護人がつき、記憶をたどるのに苦労していた。一方このクレイグ・ベンソンは、いかにも自信に満ちあふれている。ネイビーブルーのダブルのスーツに、靴はぴかぴかのウィングチップ。堂々として大きく見えるけど、実際の身長は百七十センチくらいだろうか。禿げた頭に白髪の残りをひと房なでつけ、心配事があるのか睡眠不足か、目にはくまができていたものの、いかにもお金持ちといった風貌だ。

「エリカはお名前をいわなかったが」彼は握手しながら、わたしの肩ごしにギャヴを見た。

立派な服装をべつにして、わたしは《アダムス・ファミリー》のフェスターを思い出した。

目が好奇心に光り、値踏みするようにギャヴを見つづける。

「オリヴィアと申します」と、わたしはいった。「父がずいぶん以前、こちらの会社に勤めていました。おそらくご存じだと思うのですが？」ベンソンがわたしに気持ちを集中してくれるのを待つ。「父の名は、アンソニー・パラスです」

ベンソンは、ごくわずかとはいえ、のけぞった。

「アンソニー？」そこに答えがあるかのように、ギャヴの顔をちらっと見る。おちつきをとりもどすのに、ほんの少し時間を要した。「いや、まったく……」彼は口に片手を当てた。

視界の隅で、エリカという受付嬢は顔面蒼白になっていた。自分がよけいなことをしたせいで上司は気まずい思いをしている、と感じたのだろう。でもベソンソンのつぎの言葉で、彼女の不安はかき消えた。

「古い話だ。あなたはまだちっちゃかったよ」横にずれて腕をのばし、「さあ、わたしのオフィスへ」といった。「ゆっくり話そう」

ベンソンについていくと、さして歩きもしないうちに、彼は立ち止まってふりかえった。

「失礼だが――」ギャヴに片手を差し出す。「わたしはクレイグ・ベンソン。きみは?」

ギャヴは彼と握手した。「レン・ギャヴィンといいます。オリヴィアの友人です」

「友人ね」ベンソンは歩きだし、奥の廊下を進んで銀色のドアをあけた。「この先だよ」

ドアを抜けるとまた通路があり、そこはこれまでの印象とはまるで違った。左右の壁は美しい青灰色で、ワシントンDCの名所のモノクロ写真が額入りでずらりと飾られている。それを見ながら長い通路を行くと、T字の行き止まりになった。通路は左右にのびている。

「きれいですねえ」アンティークのテーブルには生花を活けた古い壺があり、スポットライトまで当たっていた。ここだけ、モダンなビルとは正反対だ。

「二年まえ、内装に手を入れてね」と、ベンソン。「息子のアイデアなんだよ」横目で壺を見るようすから、彼自身はあまり賛成ではないらしい。「まあ、目立ちはするが」

つきあたりを左に曲がり、ドアをあけると、そこがベンソンのオフィスだった。

「ここだけは内装をいじらせなかった」ベンソンは目を細め、口をゆがめた。

おそらく、父が勤めていたころとたいして変わらないのだろう。絨緞は金糸の細かい格子模様があるネイビーブルー、壁はクリーム色、調度類はどれも古い木製だ。そして部屋の一割くらいを占めるほどの、大きなマホガニーのデスクがあった。四面の壁のうち三面には、クレイグ・ベンソンがさまざまな人と握手をしている写真が飾られ、そのうち数人は名のある政治家で、著名人もひとりふたりいたものの、ほかはわたしの知らない人ばかりだった。残り一面には扉があり、その先は洗面所か、もしくはT字の反対側のオフィスにつづくのかもしれない。

部屋の隅、窓の横にアメリカ国旗、逆側の隅にはどこか他国の国旗があり、その中間に置かれた古い木のデスクには額入りの家族写真が一ダース以上。

ベンソンはわたしたちに腰をおろすよういいながら、わたしが旗を見つめているのに気づいた。

「両親はカブリガ出身でね。ルーツを忘れないよう、旗を置いている」

「ご両親はお喜びでしょうね」

「そう思いたいが」ベンソンは椅子にすわった。「では、ミズ・パラス――オリヴィアと呼んでもよいだろうか？」

「はい、そうしてください」ひとつ大きく息を吸ってからつづける。「突然のことで驚かれたと思います。じつは先週、こちらのギャヴとふたりでシカゴに行き、母から当時のことを――」

「ほう！」ベンソンは額に手を当てた。「お母さんはいかがお過ごしかな？」

「はい、元気にしています」わたしはおちつかなくなった。

ベンソンは両手を組んだ。「あなたは？　DCにお住まいか？」

「はい、いまはDCで暮らしています」話を父のことにもどしたかったけど、できなかった。

「よければ、もう少しあなたのことを教えてくれないか？　お父さんの自慢の娘だったよ。いまはどんな仕事を？」ギャヴに向かってほほえむ。「きみはずいぶん腰がすわっているな」

仕方がない。とりあえずこの流れで話すしかなさそうだ。

「料理人です」ちょっとためらったけど、付け加える。「ホワイトハウスの」

ベンソンは目を丸くした。そして「ふうむ」と眉根をよせて、真剣な顔つきになる。「いま気づいたよ、申し訳ない。あなたはエグゼクティブ・シェフのオリヴィア・パラスだな？　新聞やテレビで何度も写真を見たんだが……。あなたはお父さんによく似ている。もっと早くに気づくべきだった」そして改まった態度で、「昇進、おめでとう」といった。「たゆまぬ努力と才能ゆえだろう」

「ありがとうございます」

彼はギャヴに目をやった。「こちらの男性は私的なご友人かな？　それとも武器を持った護衛か？」

「友人です」雑談をしに来たわけではないのだ。本筋にもどらねば。「母はこれまで一度も話してくれませんでした。父がプルート社に勤めていたころのことや、父の死について——。

ようやく先週、教えてくれたのです」

「そういうことか」ベンソンは目をつむった。「来た理由がわかったよ」

わかった？　ただ思いつきで寄ってみただけなのに――。

「わたし自身、自分でも理由がよくわからずにうかがいました」

ベンソンはデスクのガラス面に両肘をつき、わたしに向かって身をのりだした。近くで見ると、目の下の太いたるみは紫色だ。

「わかるよ、もちろん」やさしい声で。「あなたはけじめをつけたかった。娘としては当然だろう」

「もしよろしければ、当時のことを話していただけませんか」

ベンソンはギャヴをふりむいたけど、ギャヴはみごとなまでの無表情だ。

「お気遣いは不要です」わたしはベンソンの注意をこちらにもどした。「たとえどのような内容でも冷静に聞けますので」

「あなたならそうだろうね」彼は椅子の背にもたれ、膝の上で両手を組んだ。「国を揺るがしかねない大きな事件を経験し、間一髪で助かったようだから」

わたしは頰の内側を嚙んだ。「すみません、父のことを話していただければ……」

ベンソンはさぐるように目を細めた。「お父さんが亡くなった後でどんなことが判明したか、お母さんは話さなかったのかな？」

「ライバル会社に企業秘密を売っていたらしい、というのは聞きました」

「だったら――」組んでいた両手をあげて広げる。「わたしから付け加えることは何もない」

「父を殺害したのが誰なのかはわかっていません。わたしはそれを知りたいのです」

「ずいぶんはっきりいう人だな。事件が未解決なのはお母さんから聞いたはずだ。これでもね、何か進展はないか、手掛かりはないかと、毎年警察に尋ねてはいるんだよ」両手のひらをデスクのガラスにつける。「いまのところひとつもないが、それでも忘れられては困るから、尋ねることにしている」

「背信行為をしたと信じている者のために、そこまでなさるとは――」

ベンソンは椅子に深くすわり、冷たい目を向けた。

「これは友好的な訪問ではなかったのかな？」

わたしは反省した。「すみません、深く考えずに口にする悪い癖があるもので」

「その点は、こちらもおなじだ」そしてギャヴをふりむく。「きみはじつに静かだな」

ギャヴはおちついた声で応じた。「オリヴィアの家族の話ですから。自分はただの付き添いです」

「よし、いいだろう、お嬢さん」ベンソンはまた身をのりだした。「あなたの望んでいる話をしよう。もってまわった言い方はせず、単刀直入なところが気に入ったよ。いったように、あなたの父親の殺害事件に関して進展があるのかないのかを確認している。それも毎年ね。こう見えても親切な人間なんだよ。だがあなたが疑問に思うとおり、親切心だけでやってはいない。わたしは根っからの実業家でね。訊いてもらえば、みんな口をそろえてそういうだろう。あなたの父親を殺害した犯人につかまってもらいたいのはもちろんだが、同時に安心もしたいのだよ。凶行はあくまで金品目当てであって、うちの会社とは無関係だと確認したい」

わたしの勘は当たっているかもしれない、と思えた。

「つまり父は、知り合いに殺された可能性がある、ということでしょうか？」

「勝手に言い換えないでほしいね。わたしは謎解きそのものには興味がないんだ。未解決の殺人事件はその典型だろう？」

「父の死を望む人がいたのでしょうか？　たとえば、おなじ職場のなかに？」

ベンソンは両手の人差し指を立てた。「うちの社にそこまでやりそうな人間がいたら、わたしは即刻、厳しい処分を下す」

「父はあなたとプルート社を裏切り、ライバル会社に情報を売ったかもしれないのに？」

「そうだ」

「そんな父を殺害した犯人が、おなじあなたの部下でも警察に通報しますか？」

ベンソンは即答せず、首をかしげた。「何をいいたい？」

「いえ、とくに何かというわけでは……」うまく切り抜けなければ。「母から思いがけないことを聞いたので、父の死について知りうるかぎりのことを知りたかっただけで……。おっしゃるように、けじめをつけたいと思いました」

ベンソンの表情がやわらいだ。「あなたのお父さんの事件を知ったとき、社員はみな涙を流し、警察には精一杯の協力をした。きょう、ここまで話すつらさを、どうかわかってほしい。あなたは娘さんで、真実を知る権利がある。だがそれでもね、わが社にとっては、できれば思い出したくない過去なのだよ」

「父は背信行為をしたと、いまでも信じておられますか？」

ベンソンはさびしげな笑みを浮かべた。

「あなたの気持ちはわかる。わたしも……違うと思いたい」

「それでも——」

ベンソンの口もとがひきしまり、しぼりだすようにいった。

「たまらなくいたましい事件だったが……過去は過去だ。あなたには前を向いて歩んでほしいと思う」

彼の表情から、これ以上話すことはない、というのが伝わってきた。たとえ、もっといいたいことがあるにせよ——。わたしは静かに立ち上がり、いうべきことをいった。

「ありがとうございます。お忙しいところ、申し訳ありませんでした」

「こちらこそ。どうかわかってもらいたい」

すなおには、うなずけなかった。

ギャヴとふたりで車にもどり、通り過ぎる街並みをぼんやりながめてつぶやいた。

「成果はなかったわね」

ギャヴはわたしの手を握りしめた。

11

「休暇中のはずなのに、ずいぶん働き者ね」翌朝、シアンがそんな言葉でわたしを迎えてくれた。彼女はトマトの種取りの最中で、横には生のバジル。

「なんともいいようがないわ。みんなに会いたいからかしら。何をつくってるの？」

「ゴートチーズとマッシュルームでブルスケッタの試作。バジルは乾燥じゃなく生にして、まずはローマトマトの種取り」

コンピュータの前でバッキーがふりかえった。

「残念ながら朝食は終わったよ」時計を見上げる。「これからランチだが、準備はほとんどすませている。まさか表敬訪問ってわけじゃないだろ？」

中央のステンレス・カウンターでメモをとっていたヴァージルが顔をあげた。

「またジョシュアと――」しかめ面でわたしをふりむく。「料理教室をするのか？」

「まあ似たようなものね」わたしは曖昧に答えた。ヴァージルは口が軽いから、ジョシュアとフード・エキスポに行くことはいわないほうがいいだろう。「とりあえずダグと会う約束があるの」

シアンはにやっとし、バッキーは首を振りながらコンピュータに向きなおった。ありがたいことに、ヴァージルには聞こえなかったらしい。それでもメモを書きながらわたしにこんなことをいった。

「きみはハイデン家にとりいって、ぼくをクビにしたいんだろう。でもいっておくが、そんなにうまくはいかないよ」

ヴァージルはハイデン家のことになると、似たような台詞《せりふ》をくりかえす。わたしはほとほとうんざりした。

「あのね、まえにもいったと思うけど、大統領一家の食事を担当してもらえて助かってるの。とくに今度の政権は公式晩餐会が多くて大忙しだから」カウンターの向かいに立ち、彼の顔をのぞきこむ。「期待を裏切るようで申し訳ないけど、わたしはスタッフの力に頼りたいし、そのスタッフのなかにはあなたもいるの。ひとりだってクビにしたくはないわ」

ヴァージルはむっとして、自分の持ち場にもどった。

彼の言動がこうなりがちなのは、わたしと張りあっているから？　きみが張りあってくるからやりかえしてるだけだ、と彼は思っているのかもしれない。職場の人間関係としては改善が必要だけど……。

「ダグとは何時の約束？」場の空気をやわらげようと、シアンが訊いた。

「あと五分くらい」

「どういう用件なのか興味津々」シアンはからかうように笑った。

「何の話だ？」ピーター・エヴェレット・サージェント三世が現われた。どうやらシアンより彼のほうが興味津々らしい。

「おはようございます」わたしは挨拶した。

「早めに来たんだな。それでよろしい。きみは明日、ジョシュアと外出するとダグから聞いた」

ヴァージルが、つと顔をあげた。シアンとバッキーもわたしをふりむく。サージェントはそんなことは気にもせずつづけた。

「正直なところ、非常に驚いたよ。きみたちは変装するそうだな」

部屋にいる全員の視線を浴びて、わたしは両手をあげた。

「はい、わたしも多少驚きました」仲間たちに、とくにヴァージルに注意する。「これは部外秘よ。いいわね？　けっして口外しないように」

「あの子をフード・エキスポに連れていくのか？」ヴァージルはわたしの言葉が聞こえなかったかのようにいった。

「きみは彼らに伝えていなかったのか」サージェントは苦々しげにいうと口をゆがめた。

「いつでもなんでも、スタッフにはしゃべりまくるのにな。まさか話していなかったとは」

「気にしないでください、ピーター」責任逃れの言葉が飛び出さないうちにいった。また、ああだこうだと始まるのはつらい。そしてヴァージルに向かい、「ええ、そうなの、ジョシュアといっしょに行くの」と答えてから念を押す。「他言無用でよろしくね」それからサージェントに向きなおった。「それにしても、どうしてダグは話したのかしら？　式事室の業務とは関係ないでしょ？」

「ああ、関係はない。しかしファースト・レディから、わたしも顔を出せと指示された。理由は不明だが、ファースト・レディにさからうわけにはいかない」

「それはそうですけど……」

「しかも」いつになくにこやかな表情になる。「われらが総務部長代理は、わたしがそばにいればきみが喜ぶと思っているらしい」どうだ、驚いただろう？　といわんばかりに。「これはまじめな話だよ」両手を広げて胸に当てる。

「ピーター」わたしはにっこりした。「冗談をまじめな顔でいってみただけ……よね？」

「いいや、冗談ではない」両手を合わせ、いつもの嫌味な調子がもどった。「毎度のこととはいえ、ミズ・パラス、きみの判断は誤っている」

「あら、そう……」

サージェントは目を細めた。でも苛立ちの色は消え、おちついている。

「もっと慎重に、用心深くなるよう心がけたほうがいい」

シアンはわたしとサージェントの〝かけあい〟を信じられないといった顔で聞いていた。

彼女はここしばらくわたしに、しつこく何度も尋ねていたのだ――サージェントとの関係が軟化したのはなぜ？　あの事件をきっかけに、たしかに軟化したとは思うけど、自分でもうまく説明できない。ともに死の危険に直面すれば敵意も薄らぐのよ、と答えるのがせいぜいだった。

「ダグはすでに執務室にいる」サージェントは腕時計を叩いた。「長く待たせるものではない。彼はわたしほど忍耐強くはないからね」

これにはつい笑ってしまった。「はい、では参りましょう」

エントランス・ホールに上がって総務部長室へ行くと、ダグはきょうも疲れた顔をしていた。

「やあ、ようやく来てくれたか」まるでわたしたちをさがしまわったかのように、ほっと息を吐く。こっそり腕時計を見てみたら、十時五十九分。一分早めの到着だった。

「おはようございます」お互い挨拶はちゃんとしないと、というつもりでやさしくいった。そして両手をほっぺたに当てる。「いつでもお化粧できる顔よ」

ダグはにこりともしない。

「どうしたの？　大丈夫？」

そういったらサージェントに肘でつつかれたけど、その理由がわからなかった。

「子どもたちは帰宅している」と、ダグ。「家庭教師と勉強中だ。だがアビゲイルはまさしくティーンエイジャーになってね」冷たい笑みが浮かんだ。

「彼女とはこの何週間かずいぶん話したけど、明るいいい子じゃない？」

「弟を寄せつけない点を除けばね」

「どういうこと？」

サージェントはこの話にかかわりたくないのか、一歩あとずさった。ダグのほうは自然に声が大きくなる。

「アビゲイルはなぜか急に弟の相手をしなくなったんだよ。友人を呼ぶか、友人の家に遊びに行くか、そのどちらかだ」

「そういうことは、兄弟姉妹のあいだではわりとあるんじゃないの？」大統領の家族のことをこんなふうに話すなんてちょっと驚きだった。「それに夏休みで自由時間が増えたから、アビゲイルも活動範囲を広げるでしょう」

「ふん。それで何が問題だと思う？　毎日毎日、ジョシュアはひとりでここに来て、父親に会いに行きたいとぼくにせがむんだ。大統領の息子に、お父さんはとても忙しいから会えないといいきかせるのがどんなに大変か、想像がつくかい？　それも毎日だ」

答えようがなかった。でもダグも答えをほしがっているふうではなく、ともかく発散したいだけらしい。わたしは話題を変えることにした。

「それで、コンサルタントとはどこで打ち合わせるの？」

「いまサンルームで待機中だ」

「サンルーム？」かなり意外だった。東棟《イースト・ウイング》の人の出入りが少ない部屋でこっそりやるものとばかり思っていたからだ。サンルームは大統領家の私室が並ぶ階にあり、家族がプライベートな時間を過ごすときに使われる。

「ほんとにサンルーム？」

ダグは恐ろしい目つきでわたしを見た。サージェントはさっきからずっとそっぽを向いて、壁にかかった絵を鑑賞している。

「ほんとだよ」と、ダグ。「きみはポールが総務部長のときも、そうやって毎回確認していたのか？」

わたしはひとつ息をついてから、「ごめんなさい」とあやまった。「予想外で驚いたの」

ダグのデスクには各標準時帯《タイムゾーン》に合わせた時計が並んでいて、彼はそのひとつに目をやると、いくらかおちついた声でいった。

「ぼくも三分まえに知ったばかりでね。さあ、ふたりともすぐに行ってくれ。彼女には、十一時十五分には開始できると伝えてある」

〝彼女〟の名前を訊くのは控えた。会えばわかるだろうし、また質問したらダグは怒鳴るにちがいない。

サージェントとふたりで階段をあがった。サージェントは人がいないのを確認してからわたしに顔を寄せ、ささやいた。

「総務部長の任は彼には重いな」

「そうかもね」

階段を二階ぶん、淡々とあがっていくと、いつもは雑談などしないサージェントが急にこんなことをいった。

「今週は休暇をとっていたんじゃないか？」

「仕方ないわよ、ホワイトハウスから呼び出されたら」

サージェントはうなずいた。「きみのすてきな男性は？」

「そ、それは……」咳ばらいをして、どう答えればよいかを考える。「マッケンジー捜査官とはずいぶんまえに――」

「尋ねたのは、マッケンジー捜査官のことではない」

わたしは踊り場で立ち止まった。「だったら誰のこと？」

サージェントは片方の眉をぴくりとあげて、わたしをじっと見た。

「甘く見てはいけない、オリヴィア。わたしは何事にも感度よく反応しなくてはいけない式事室の室長だ」〝オリヴィア〟と呼ばれ、わたしは心のなかでのけぞった。「この何週間かで起きた出来事を考え合わせると、きみの愛情が向かう先は――」階段の上を、つぎに下を見て、ふたりきりなのを確かめる。「某特別捜査官としか考えられない」

サージェントは階段をあがりはじめ、わたしは彼の腕をつかんだ。

「ちょっと待って」

サージェントはわたしの手の下に指を二本つっこみ、袖からひきはがした。

「ほら、ほら。このわたしがまぐれで、人の痛いところを突くと思うか？」

彼の表情は読みとれなかった。たしかに、わたしたちの関係は軟化したものの、それがずっとつづく保証はない。サージェントはユーモアとは無縁の人だけど、さっきの厨房での会話は彼なりのジョークだと思った。でもいまここで、わたしはどう反応すればいい？

ギャヴとの交際は、いまのところおおやけにする予定はなかった。なのに、よりにもよってサージェントに勘づかれるなんて最悪中の最悪だ。とはいえ、全面否定するのはまずいだろう。そんなことをすれば、もっと面倒くさいことになる。

「誰かとそんな話をしたの？」

サージェントは無言で階段をあがり、わたしはついていった。

「きみの秘密を漏らしたりはしない」

「じゃあ、誰とも話していないのね？」

サージェントはわたしの顔を見つめた。いまも変わらず無表情。

「わたしに気づかれ、おたおたしているか？」

「そ、そんなことは……」

最上階に着き、左に曲がる。センターホールを横切ってサンルームへ。

「癖になりそうだな」と、サージェント。

わたしはまた彼の腕をつかんで引き止めた。

「何が？」

「気分転換にきみをおたおたさせることだ」

「わたしがピーターに一度でもそんなことをした？」

「さあ行こう」細い通路をつかつかと歩いていく。「待たせてはいけない」

わたしは彼の背中をにらみつけ、小走りで追いついた。

「オリー！」わたしたちがサンルームに到着すると、ジョシュアが駆け寄ってきた。「すごいよ！　ほんものの変装なんだって。鼻を選べるんだよ」少年は自慢げに笑った。「意味わかる？　好きな鼻に変えられるんだ！」

わたしも笑った。「じゃあ、きれいな鼻にしてもらおう」

ジョシュアはわたしの手をつかんで奥に引っ張っていった。一九二〇年代、クーリッジ大統領夫人は眺望がすばらしいことから、ここを〝スカイ・パーラー〟と呼んだ。そして五〇年代にトルーマン大統領が、周囲を大きなガラス窓に改装。以来、陽光ふりそそぐ広々した空間は大統領家の憩いの場となった。

わたしたちは四人の視線に迎えられた。萎縮してはいけない、と自分にいいきかせる。ハイデン夫人は花柄のソファにすわって足を組み、背後の大窓の向こうにはDCの南側の光景が広がっていた。部屋の中央には、誰もすわっていない空っぽのディレクターズチェアが三つある。

ジョシュアに引っ張られて四人のほうへ行き、わたしはまずハイデン夫人に「おはようございます」と挨拶してから、ほかの人たちに顔を向けた。三人はディレクターズチェアの後ろにまとまって立ち、椅子が囲んでいる背の高いテーブルには、釣り用のタックルボックスふうのものが置いてある。そこには小さな容器や瓶、ペンやブラシが詰まっていた。

「はじめまして、オリーです」

男性ひとりと女性ひとりは二十代なかばだろうか、服はどちらも黒で統一され、髪も黒くて肌は白い。ひょっとするときょうだいかも、と思った。三人めは年配の女性で、親しげな笑みを浮かべている。

「こちらがピーター・エヴェレット・サージェント三世です」わたしは彼のほうに手をのばして紹介した。

「お目にかかれて光栄です」と、年配の女性。年齢は五、六十代だろうか、ずいぶん背が高かった。彼女もおなじく全身黒ずくめだ。ただし、紫とピンクと青緑色の大きなショールをかけている。かなり長身のわりに体つきはきゃしゃで、ほほえんでできた皺は自信にあふれているように見えた。この人の年齢くらいになったら、わたしもこうありたい、と思う。

彼女は優雅な身ごなしで少しだけ前に出てきて、わたしの手を温かい両手で包んだ。

「ソーラといいます」そしてサージェントをふりむき、笑った。「お目にかかれてうれしいわ、ピーター」

サージェントは顔を赤らめた。「お目にかかれてわたしもうれしい、ミズ・ソーラ」

ふたりは握手をし、彼女が手を離してショールを整えると、それはケープのようにふわりとふくらんだ。

「お願いだから、とってつけたような〝ミズ〟はよして、これからはソーラだけにしてね。こちらの若いふたりはゾーイとアダム。わたしのアシスタントよ」

ふたりは握手の手を差し出さなかったけれど、しっかり相手の目を見て会釈した。ジョシュアは待ちきれなくてぴょんぴょん跳ねている。

「この人たち、変装会社の人なんだよ。ぼくたち、衣装を着て変身するんだ」

ハイデン夫人はやさしい顔でほほえんでいる。

「でもね、ジョシュア、スーパーヒーローの格好をするわけじゃありませんからね。それよりも、できるだけ目立たないようにするの」

「だけど――」

「いい子だから」ハイデン夫人はやさしく、でもきっぱりといい、少年は肩をおとした。

ソーラが走りより、ジョシュアの背中に腕をまわした。

「それでも楽しいこと、うけあいよ」

少年はぶすっとしたままだ。

サージェントがドアに向かいながら、「わたしはそろそろ失礼しよう」といった。「それでは、また」

「あら、帰っちゃだめよ、ピーター」

ソーラは困惑顔のサージェントのところへ行った。並ぶと式事室の室長より、背が二十センチは高い。そして彼の肘に手をかけて連れもどした。

「ホワイトハウスの外では顔を知られていなくても、あなたも扮装するの」

サージェントはわたしをふりむき、わたしは首をすくめた。

「ミスター・サージェント」ハイデン夫人がいった。「フード・エキスポには、ジョシュアとミズ・パラスとあなたと、三人で行ってもらいます」

部屋が静まりかえった。

「どういうこと、でしょうか……」サージェントはしどろもどろになった。

動揺しているのは一目瞭然だったけれど、ハイデン夫人は気づかないふりをして答えた。

「あの件で、あなたを誤解していたことがはっきりしたので——」あの件とは、サージェントの業務ミスに見えたものが、じつはソーシャル・エイドによる策略だったことが判明した件だ。「あなたの職務範囲をもう少し広げてみたらどうかと考えたの。責任度の向上というのかしら。その手始めが、今回のフード・エキスポよ」

サージェントは背筋をぴんとのばし、顎をあげた。

「了解いたしました」

「それにね」と、夫人。「ジョシュアにはいろいろな交際、交渉術を肌で知ってもらいたい、と主人はいつもいっているの。今回はそのいい機会になるでしょう。ふたりのようすを一度に見られるんですもの」

大統領は息子に、料理以外のものにも関心を向けさせたい——とまではいわなかったけれど、この斬新なアイデアが誕生した裏にはそれがあるのだろう。

「あなたとミズ・パラスはたった一度で、最強のコンビであることを証明したでしょう。二度めの機会をもうけないのはもったいないとも思ったの」

夫人は冗談をいっている？ でもやさしい笑みを見るかぎり、冗談ではなさそうだ。

そしてわたしとサージェントの表情を読み違えたらしく、夫人はあわてて付け加えた。

「心配しないで。また危険な目にあうようなことはありませんから。そんな場所にジョシュアを行かせたりしませんもの。シークレット・サービスが目を離さずに警護します」

「わかりました」と、わたしはいった。でも厨房での会話を思い出し、確認のためにいっておく。「ただ、ヴァージルもこの件を知っています。前回のように、マスコミに漏らさなければよいのですが」

夫人は眉をひそめた。「ジョシュアがいっしょなのは知っている?」

「はい」

「では、わたしから念を押しておきましょう」

「ありがとうございます」

「そろそろ始めましょうか?」ソーラが軽く両手を叩いた。若いアシスタントふたりの目が輝く。「きょうは計画、実行はあした!」明るくいうなり、わたしを中央の椅子にすわらせた。サージェントはわたしの左で、ジョシュアは右の椅子によじのぼる。「さあ、始めますよ!」

二時間後、ジョシュアには残念なことに、三人とも鼻はまえとおんなじだった。耳も、眉毛もしかり。なのにどういうわけか、別人のようになった。

外見のあまりの違いに、わたしはジョシュアを何回も見なおした。自分の顔も、自分ではないみたいだ。

「これなら誰もジョシュアだと思わないわ」

少年は部屋の端にあるスタンドミラーまで走って全身を映し、ハイデン夫人もその後ろでながめる。

「わが目を疑うわ」

ジョシュアはにこにこ自分をながめた。「すっごい！」

少年は大変身していた。三人のなかで、もっとも過激といっていい。ソーラのチームは、細身の少年に分厚い下着を着せ、その上に緑と白の横縞のTシャツとだぶだぶのズボンをかぶせた。顔には小道具を使わず、メーキャップの技でぽっちゃり顔に見せる。ともかくお見事！　のひと言しかない。履き古したスニーカー、ワシントン・レッドスキンズのロゴがあるキャップ、そして黒縁の眼鏡で仕上げも完璧だ。

「ほんと、まったく別人ねえ……」わたしはため息をついた。

ジョシュアははしゃいで笑い声をあげた。「オリーだってぜんぜん違うよ」

「わたしも彼と同意見だ、ミズ・パラス」サージェントが首を横に振った。「きみは鮮やかに変身したよ。まあ、わたしに関しては――」両手を広げる。「こんな帽子をかぶらされようと、べつに気にもしないがね」

サージェントのキャップもジョシュアとおなじものだけど、もっと新しくてきれいだ。ジョシュアのほうは少年らしく、つばを鋭角にぐっと曲げて、縁もぼろぼろだった。

「よく似合ってるわよ、ピーター」

サージェントはにこりともしない。「こういってはなんだが――」ソーラをふりむく。「室内で帽子をかぶるのはいかがなものか。係員から注意されないよう、フード・エキスポの会場に入ったらすぐ脱がせてもらう」

「いいえ、かぶったままでいてちょうだい」と、ソーラ。

「いや、はなはだしいマナー違反だ」

ソーラは彼の肩を叩いた。「公共の場は例外よ。フード・エキスポもそうじゃない？ それに身の安全を考えても、キャップは脱がないで」

「気に入らんな」

ソーラは笑いをこらえ、「口ひげはお気に召した？」と話題を変えた。

サージェントは手鏡で、自分の顔をしげしげと見る。

「最低限、下品で不潔な無精ひげではない」眉は太く濃くなり、朝剃ったひげが夕方に生えてきた、という感じだった。

「自然に生やしたほうがいいんだけど」と、ソーラ。「でも急な話でそれは無理だから、せめてあしたの朝は剃らないでね」

「ひげを剃るなと？」サージェントは窒息しかけた。

ソーラはサージェントの反応を無視し、目を細めて唇を叩きながら考えこんだ。

そして首をかしげ、「夜も剃るのが習慣かしら？」と訊いた。

下着の種類を訊かれたわけでもあるまいに、サージェントの顔がひきつった。

「頼むよ、お願いだ」

「ひげが濃いタイプよね。今夜か明朝は剃らないでほしいわ。それからいま、服を試着してほしいのだけど、どうしてもいやだというなら仕方ないわ。でも、あしたは――」サージェントの椅子の背に掛けられた衣装のほうへ指を振る。「かならず、あれを着てもらいますからね」サージェントが反論する暇もなく、彼女はわたしをふりむいた。「この人、とってもかわいいわね？」

わたしの頭は一瞬、混乱した。鏡の前でポーズをとっているジョシュアじゃなく、サージエントのこと？

「はい」わたしは満面の笑みでうなずいた。「たしかに」

サージェントは低いうなり声をあげ、背を向けた。

「あなたはどう？」と、ソーラ。「ご感想は？」

するとジョシュアが間髪いれず、「学校の先生みたいだよ」といった。

「まだよくわからなくて……」わたしがスタンドミラーの前へ行くと、ジョシュアが脇にどいた。

自分の姿を見て、思わず口に手を当てる。指の隙間から小さな声が漏れた。

「生まれてから一度も金髪になったことはないし……こういう服も着たことはないし……」

肩まで垂らしたブロンドはすごく自然で、とてもウィッグには見えなかった。ウェーブのかかった金髪をおそるおそる撫でてみる。ふむ……。これはわたしじゃない、他人の頭だ。

「しばらくすると慣れるから」ソーラは明るくきっぱりといった。「ジョシュアのいうとおりだけど、あえていえば、教師を演じるリース・ウィザースプーンってところかしらね」

静かに見守るだけだったハイデン夫人が口を開いた。

「ジュリー・ボーウェンのほうが近くない？」

「眼鏡がなければね」と、ハイデン夫人とソーラは同時にいった。

自分ではどちらにも似ていないと思うけど、教師っぽいのは間違いない。その印象はそばにいるサージェントの外見でいっそう強調され、彼が不満に思うのももっともだと思った。人は毎日鏡に向かっては、そこに自分が予想できる自分の姿を見る。でもきょう、わたしたち三人は、鏡の向こうからまったくべつの人間が見返してくるのを経験した。ジョシュアはそれを楽しみ、わたしはどこかおちつかない。

ソーラが用意していた衣類は（サイズは事前に知らされていたようだ）、ふだんのわたしが絶対に選ばないようなものだった。

「よくわからないのですが――」わたしはソーラに訊いた。「この三人がいっしょに行動するなら、外見のイメージもおなじようにしなくていいんですか？」着せられたピンクのVネックのワンピースをつまんでみる。といっても、体にぴったりだから、つまむのもむずかしかった。柄のあるノースリーブで、丈は膝上までしかなく、そこからおしゃれなハイヒールまで生身の足がむきだしだ。

ランチを食べるまえでほっとした。少しでも体重が増えたら、縫い目がはじけてしまうか

にかわいくない。

も。

「わたしはしゃれた外出着で、男性ふたりはカジュアルですが」

もう一度鏡を見る。ピンクのワンピース、金髪のロングヘア、ストラップ付きのハイヒール。格好だけは《キューティ・ブロンド》のリース・ウィザースプーンだけど、顔はあんなにかわいくない。

ソーラはわたしの疑問にも平然としている。

「この演出ではね、ピーターがあなたのお父さん、ジョシュアがあなたの息子なの」

「なんだと?」サージェントが大声をあげた。「わたしはそんな歳ではない」

ソーラは彼に腕をまわした。「ええ、そうね、実際はね」わたしに向かってウインクする。

「でもこれはお芝居だから」

わたしはまぶたをこすろうとして、指が眼鏡の縁に当たった。そうだ、眼鏡だ、ともう一度鏡を見る。ずいぶん大きいけれど粋なフレームで、外出するたび身なりに異常に気を配る女性の典型といったところだ。ふだんのわたしとは大違い。

「お芝居ですね」わたしはつぶやいた。

あのとき、ハイデン大統領にフード・エキスポの話をしなければよかった、と深く後悔した。

12

「心の準備は？」その日の午後、ギャヴは車のなかで訊いた。

「ええ、大丈夫」

ギャヴは車をハロルド・リンカの自宅そばに駐車し、これからふたりで彼を訪ね、昔の話を訊くつもりだった。場所はプルート社から十五分くらいの比較的新しい高級住宅地で、まだ二十年はたっていないだろう。

「話すのを拒否される可能性もある」

「そうね。でもまだマイケル・フィッチもいるし」持っている書類を指で叩きながら考えた。「このところ、つづけて人に会っている気がするわ。まずユージン・ヴォーンでしょ」指を一本立てる。「それからジョー・ヤブロンスキ、クレイグ・ベンソン。そして今度の人」ため息が漏れた。「ほとんど進展なしよね。わたしたち、無駄なことをしているのかもしれない」

ギャヴは小さく笑った。

「何がおかしいの？」

「いいかい、ちょっと考えてみてくれ。きみは陰謀だの爆弾騒ぎだの、最近では殺人事件だの、いろんなことにかかわった」

自分から望んだわけではない、と反論したかったけど、ギャヴは話しつづけた。

「しかし、みずから積極的に事件を調べはじめたのは、これが最初だ。それもただの事件ではない、自分の父親の殺害事件だ。今回は自分自身の問題でもあるから、きみはどうしても解答がほしい。不名誉除隊に関して調べるのは、それが事実誤認の結果ではないか、もしくは父の名誉を傷つけるための誰かの策略ではないか、と信じているからだ。ここまでに何か反論は？」

わたしは返事をしなかった。するまでもないと思った。

「以前、きみはテロリストや爆弾犯、口を封じようとする犯罪者に狙われた。だがそのあいだも、自由世界のリーダーたちに食べてもらう料理をつくりつづけた」いったん言葉をきる。「ここまでは？」

わたしはうなずいた。

「警察をはじめ、法律関係の人間は誰でもおなじことをいうだろう——警官は退職するまで、たとえ緊急時でも、よほどのことがないかぎり銃の引き金はひかない、とね。シークレット・サービスが細心の注意をもって準備する理由は、脅威を最小限に抑えて銃を抜かずにすむようにするためだ。調査では地道に足を使って歩きまわり、忍耐が欠かせない。いいかえると、きみがこれまで何度か経験した恐怖や不安、興奮は例外的な、常軌を逸したものなんだよ」

「常軌を逸した？　まえにもわたしに関して、その言葉を使ったわよね」

ギャヴはほほえんだ。「きょうの訪問は、通常の調査そのものといえるだろう。成果があろうとなかろうと、ともかく手掛かりを追っていく。細い一本の糸を頼りに真実をさがし、事実を積み重ねて意味をもたせる。きみは気がせいているようで、それも無理はないとは思う。きみの経験は鈍行ではなく特急だったからね」

「わたしだっておちついて、のんびりしたいわ」

「一段ずつ上がっていこう。いまだって、スピードは遅くてもじっくりやれている。なんといっても、二十五年以上もまえのことなんだから。着実に前進しているよ」

「ほんとにそう思う？」

「ああ、思っている」

書きためたメモは、車に置いていくことにした。ペンとメモ用紙くらいは持っていきたいけど、ハロルド・リンカに警戒心を抱かせるのだけは避けたい。そうなったらほぼ確実に追い出されるだろう。

「プルート社の古い時代を思い出してくれるといいけど……。昔話は誰でも好きなものよね？」

ギャヴは納得しかねる顔つきでわたしを見た。

「昔の自慢話を聞きたいわけではないだろう？　お父さんの殺害犯の手掛かりをさがしてい

るんだ」

「ええ……」

「きみが訪ねてくれれば、目的はいやでもわかる」

「ひとつずつ情報を集めるしかないわね、手掛かりになるかどうかは関係なく。結果はさておき、答えを見つける努力はしないと」ふっと息を吐いてまぶしい青空をながめる。日暮れまではまだ数時間あるだろう。「やれるかぎりのことはすべてやったと心から思えたら、そのときはあきらめるわ」

「そんなことがきみにできるか？」

わたしはまぶたをこすった。「だって仕方ないでしょう」

「まあね、それはそうかもしれない」ギャヴはタウンハウスの玄関に目をやった。「では、行くとしようか」

運転席のドアをあけようとするギャヴの腕を、わたしはつかんだ。

「ちょっと待って」

ギャヴはふりかえり、鋭い視線を向けた。「ここで怖気《おじけ》づくなんて、きみらしくないぞ」

「ううん。あなたにお礼をいいたかったの。ずいぶん助けてくれて、ずいぶん励ましてくれて」思いがこみあげて口ごもる。「あなたがいなかったら、ここまでできなかった」

ギャヴの目がやさしくなった。「きみのためだ。なんだってやるよ」

車椅子用のスロープがあったけど、短めの階段をあがっていく。

「リンカはわたしたちの訪問を知っているのね？」

ギャヴはうなずいた。「プルート社に関して尋ねたいことがあると伝えた」

「それ以上の詳しいことは話していない？」

ギャヴはわたしの前に出て、玄関のベルを押した。扉の向こうでチャイムが鳴るのが聞こえる。

「彼は知りたがったが、終始ぼかした。うやむやなままだよ」

「もしそうなら――」

玄関が開いた。五十代後半くらいの女性がほほえんでいる。ヨガ・パンツにピンクのタンクトップ、金髪をシニョンにして魅力的な人だ。

「レナード・ギャヴィンさんね？」ためらわずにそういうとわたしに視線を向けた。でもギャヴは黙ったままで、わたしを紹介しようとしない。「ハロルド・リンカの家内で、ケイトといいます。さあ、お入りください。お待ちしておりました」

ここは平屋で、奥さんの案内がなくてもどこに行けばいいかわかるほど、仕切り壁は少なく現代的なオープンな屋内だった。通路も広々し、壁はパステルカラーで、よけいな置き物などなくすっきりしている。リビングとダイニングとキッチンがいっしょになったような場所を通りすぎ、車椅子生活の人にとっては理想的なバリアフリーの家だと感じた。チーク材の床をさらに進むと広間ふうの場所があり、その先がよりプライベートな部屋になっているようだ。そしてそこに、近づくわたしたちを見つめるハロルド・リンカがいた。

椅子にすわっていても、長身なのはわかる。奥さんとおなじく金髪で、年齢のわりに髪はふさふさだった。彼の背後にはフレンチドアがあり、そのガラスの向こうにこぢんまりした中庭が見える。いくつも置かれたプランターでは色もさまざまなペチュニアが美しく咲いていた。

ハロルド・リンカの膝には、長毛の白い犬。

「いらっしゃい」リンカの声は驚くほど力強かった。「知らない人を迎えることはほとんどないからね、電話をもらったときは躊躇したよ」

リンカは身構えた、さぐるような目つきをし、ギャヴは前に進み出ると握手をした。

「お時間をいただき感謝しています」

わたしは会釈をしてから、握手をしようと近づいた。

リンカは眉をひそめ、わたしの手を握った。

「あなたのことは承知していないが——。ミスター・ギャヴィン、こちらの女性はきみの奥さんかな？」

「いえ、いまはまだ」

いまはまだ？　わたしはギャヴをふりむいた。

彼は小さくほほえんで首をすくめ、「オリヴィア・パラスといいます」と紹介した。

リンカの握手の手に力がこもった。「オリヴィア・パラス？」

「はい、そうです」わたしはうなずいた。

リンカは手を握ったまま放さず、目をすがめてギャヴに尋ねた。

「何かの記事に向けた取材ではないのか？」

ギャヴは大きく息を吸いこんだ。「記事の取材と申し上げたことはないかと」

「ふむ……そうだな、いわなかった。わたしの推測でしかない。きみが仕向けた推測だ」視線をもどし、ようやくわたしの手を放した。「顔をよく見せてくれ。ひょっとしてあなたは……アンソニーのお嬢さんではないか？」

すぐには声が出なかった。「はい、娘です」

わたしたちの後ろにいた奥さんが夫に尋ねた。

「どなたなの？」

「アンソニーは友人だ。かなり昔のことだが」外へ手を振る。「おまえは今夜、教室があるだろう。このおふたりはわたしに危害を加えるわけではないから、気にせず自分のことをやりなさい」

奥さんは腕を組んだ。「わたしは邪魔なの？」

リンカはにっこりした。「ああ、邪魔だ。行きなさい」

奥さんはわたしたちにほほえんで、「どうぞごゆっくり」というと、小さなバッグを取って出ていった。

「おすわりなさい」リンカは長い指で薄いオレンジ色のソファをさした。

わたしたちは腰をおろし、リンカは犬を撫でる。

「オリヴィア・パラス……。お父さんはしょっちゅう娘の話をしていたよ」

胸が苦しくなった。どんな話をしていたのか聞きたくてたまらない。小さいころに親を亡くした人たちはみんなこんな思いをするのだろうか。父の記憶がさしてないまま大人になり、父とおなじ職場だった人を目の前にしたいま、その頭のなかに、心のなかにもぐりこみたい。父がそこに残したものを残らず知りたくてたまらない。母にはしょっちゅうそれをねだった。ユージン・ヴォーンは記憶が曖昧だったけれど、このハロルド・リンカはもっと教えてくれるのではないか。どうか、ご存じのことをすべて、何もかも教えてください——。でも口をついて出た言葉はこれだった。

「父がわたしの話を？」

「自慢の娘だったよ」皺の刻まれた顔がほほえむ。「だからあなたはここに来たのだろう。プルート社などどうでもよく、父親のことを聞きたい。どうだ、違うか？」

プルート社のことも聞きたかったけれど、うなずく。

「父を覚えていてくださって、とてもうれしいです」

「アンソニーを？　忘れるわけがないよ」椅子に深くすわりなおし、わたしの顔をじっと見てしみじみという。「あなたはお父さんによく似ている。すぐに気づいてもいいくらいだった」

穏やかな感じなのでほっとして、わたしはソファに浅くすわったまま頼んだ。

「ミスター・リンカ、父の話をしていただけませんか」

彼はごつい手を振った。「ハロルドでいい。お父さんくらいの年齢ではあるが、ミスターなどを付けられると、年寄りになったのを実感する。みんなハロルドと呼ぶよ」

「では遠慮なく――」わたしはほほえんだ。「ハロルドにお目にかかれたうれしさは言葉ではいい表わせません、生前の父を知っている方ですので」そこで首をすくめた。「母はもちろん知っていますが」

「アンソニーは奥さんのこともよく話したよ。何より家族を愛する男だった。お母さんはお元気か？」

心が震え、温まった。するとギャヴがわたしの膝に手を触れた。意味はわかっている。ここに来た目的は父のプルート社でのようすと殺害事件に関する情報を得ることだ。いろんな思い出話を聞きたい衝動はこらえ、気持ちを集中しなくてはいけない。

「はい、元気にしています」母と祖母はシカゴのおなじ家で暮らしているといいかけて、ギャヴのやさしい手を感じ、無駄なおしゃべりは控えた。

「わたしがこちらにうかがって驚かれたと思います」それとなく話題を変える。「友人のギャヴはあなたがプルート社で働いていらしたころ、事故にあわれる以前のようすを聞かせていただきたいといったかと思います」リンカがうなずくのを待つ。そしてうなずいたとき、その目には鋭さがあった。「少しお聞かせ願えませんか。当時のプルート社はどんなようすだったのでしょう？」

リンカは膝の犬を見下ろし、大きな両手で小さな頭をいとおしげに撫でた。犬はきれいな白い毛に囲まれたまん丸な目でわたしたちを見る。ちっちゃな桃色の舌がのぞき、まるでぬいぐるみのようだ。

「マルチーズのオスでね、名前はバーニー」

リンカはだしぬけにいい、わたしはとまどった。

「とってもかわいいですね」

リンカは視線を上げた。「話だけはアンソニーから聞いたが、直接お母さんに会ったことはない。お母さんがわたしを知っているとも考えにくい。ましてや、わたしが事故にあったことを知る由もないだろう」こちらに答える暇を与えずつづけた。「どうやって事故のことを知った?」

膝のギャヴの手に少し力がこもった。わたしは彼をふりむきたいのをぐっとこらえる。ここはほんとうのことをいったほうがよいだろう。

「下調べをしてきました」

リンカは驚いたようで、目つきが険しくなった。

「なぜそこまでのことを?」

いささかあわてた。ここに来たのは質問するためで、答えるためではない。最善の防御は攻撃につながるという言葉を思い出し、大袈裟にもじもじしてみせた。

「すみません。詮索好きなもので……。みんなによくいわれます」

「こういってはなんだが、それは遺伝だな」

ただの印象か、それとも父を非難しているのかはわからない。でもここで会話を閉ざしてはいけないと思った。

「母は長いあいだ、父の死についてまったく語ってくれませんでした。ようやく話してくれたのはつい最近のことです」

リンカの表情が少しこわばった。

「母はおそらく――」わたしはつづけた。「娘に事実を告げるのが怖かったのだと思います。父が家から遠い場所で、それもふだんなら避けるような通りで殺されたということを」

「それが事実だ」

「母の話では、父が亡くなった後、生前は企業秘密を売っていたと告げられたそうです。プルート社はその証拠をつかんだと」

リンカは愛犬を撫でるのをいつの間にかやめていた。

重い沈黙が流れ、バーニーは主人を見上げると何かを察したらしく膝から飛び降りた。そしてかさかさ床をこすってキッチンへ行き、音をたてて水を飲む。

リンカはわたしを見すえた。「お母さんに話したのはクレイグ・ベンソンか?」

「はい、二十何年もまえに」鼓動が速まった。彼は疑うような口調でいったから、そんな話はばかげている、信じられないと否定してくれるのではないか。

「驚いたな」と、リンカはいった。「クレイグはその種のことを外に漏らしたりしないと思っていたが」

「それとも冷笑？」

彼の目に浮かんだのは哀れみ？　それとも冷笑？

「お気の毒だが、それが真実だ」

見下したような言い方に足が震え、怒りをぐっとのみこんだ。

「そうは思えません」声にさっきほどの力はなかった。ひょっとしてという思いがよぎり、よぎった自分に腹がたって力を込められない。

リンカはため息をついた。「あなたの気持ちはわかるが、背信行為が判明したとき、わたしもその場にいたのだよ。彼が……不利な証拠を誰にも見られないうちに処分するつもりでいたのは確かだろう。だが、処分するまえにあんなことになった」

「犯人は誰でしょうか？」反射的に口にした。「父を撃った人間をご存じではないですか？」

彼は肩を少しくねらせた。「犯人を名指しなどできないよ、わたしは現場にいなかったのだから」

「断定はしないという意味でしょうか？」無神経な女だと思われてもかまわない。ともかく答えを知りたいのだ。「目撃はしていなくても、犯人の見当がついていらっしゃるのでは？」

リンカはぎこちない笑みを浮かべた。「あなたにとっては、さぞかしつらいことだろう。最近になって初めて知ったのであればなおさらね。真実を知りたいのはわかる。いま話しているのはあなたのお父さんのことなのだから、わたしもできるかぎりのことは伝えたいが……」ずいぶん長い時間、唇を舐める。「最初にあなたの確約を得たい」

わたしは緊張した。「どのような?」

「あなたは評判の人だ。ホワイトハウスで手柄をたてたと、新聞で名前を見たことがある。あなたの意欲と頑張りは賞賛しよう。だが同時に、厳しい教訓を学びつつここまで生きてきた者の務めとして、ひとつ忠告しておきたい――〝信じたいこと〟はかならずしも〝信ずべきこと〟ではない。この件はこれ以上追究しないと確約するなら、知っていることを話そう」

「それはお約束できません」

リンカは両手をあげた。「では、わたしは協力しない」

「そんな――」ソファの上で身をのりだした。あと一センチ前に行けば床に落ちていただろう。「それは理不尽と思います」

「父親は潔白だと、あなたは信じたい。だが彼は潔白ではなかった。あなたは誰が引き金をひいたのかを知りたい。だがけっして知ることはないだろう。彼について覚えていることは喜んで話す。あなたはここにいる男性とともにそれを持ち帰り、過去は過去としてうけいれるがいい」

まるでプルート社のクレイグ・ベンソンのようだった。

「ミスター・ギャヴィン」リンカはギャヴをふりむいた。「わたしはこの車椅子がなくては暮らせないが、ほかの力まで失ったわけではない」ギャヴに向かってウインクする。「きみはこの女性に夢中なだけでなく、全力で守りぬこうとし、わたしの推測では……」ギャヴの全身をながめまわす。「きみは大学教師か、でなければ警察関係だろう。従軍経験があるのはいやでもわかる。オリヴィアは、専門外の手に負えない状況にかかわって名をなした。しかし、この件を今後も継続して調べることが彼女のためになる、とはわたしには思えない。いまオリヴィアは腹を立てているようだ」リンカはわたしをふりむいた。「否定してもむだだ。その目を見れば、仕草を見れば、よくわかる。自分の体は思うように動かせないが、人の体の動きには敏感でね」

わたしが腹を立てている？　ううん、いまの気分はその程度じゃない。

リンカはギャヴに顔をもどした。「今夜か明日か、きみなら彼女をなだめることができるだろう」

わたしはまともに口がきける状態ではなく、代わりにギャヴがいってくれた。

「あなたのおっしゃることで、一点は当たっています」彼は立ち上がってわたしに手を差し出し、わたしも立ち上がった。「この女性に夢中、という点です。彼女が自分の父親に何があったかをもっと知りたいと思えば、いくらでも手を貸すつもりでいます。あなたの協力があろうとなかろうと」

リンカは眉をひそめた。「どうか、悪くとらないでほしい」

「誰にでも――」と、わたしはいった。「真実を知る権利はあるはずと思っています。ましてや、自分の父のことです。でもこれ以上お願いしても無理なようなので、失礼します」

わたしたちはドアへ向かった。マルチーズのバーニーが引き止めているのか、早く帰れといっているのか、吠えながらちょこちょこついてきた。

ドアの外に出て、バーニーが部屋のなかで止まったのを確認していると、リンカの大きな声がした。

「わたしなりにあなたを助けたいだけだ」

「はい、わかっています」

わたしはいいかえし、ギャヴがドアを閉めた。

「助けたいだけ？　ほんとに？」

ぶつぶついいながら玄関へ向かう。ギャヴとわたしは、外で露骨な愛情表現はほとんどしない。でもこのとき、ギャヴはわたしを強く抱きしめ、頭のてっぺんに思いきりキスをした。

「きみは強いよ」彼はびっくりして見上げるわたしに誇らしげな笑みを浮かべた。「きみを愛している」

心臓が破裂しそうだった。リンカへの怒りも沸騰からぐつぐつ煮になる。わたしは彼のウエストに腕をまわしてぎゅっと引き寄せた。

「愛してる、わたしも」

13

土曜の朝、わたしは浴室で変装の最終仕上げをした。予定では、サージェントとジョシュア、シークレット・サービスの護衛官と、ホワイトハウスに十時に集合だ。鏡を見ながら金髪のウィッグを調整し、これが自分とはほんとうに思えなかった。

「いつまでやってるんだ?」ドアの向こうからギャヴの声がした。彼にはどんな姿に変わるかをいっさい話していない。事前情報なしで見たときの反応が楽しみだから。

「あと一分」

「十分まえもそういったぞ」

思わず吹き出した。そして鏡からこちらを見返してくる女性が、外見は違っても感情の表われ方はわたしとおなじなのにちょっとびっくりする。鼻と口はほとんど変わっていないからだろうか。ソーラの指示で、いつもよりかなり厚化粧だけど、顔そのものはおなじだ。なのに別人に見えるのは、眼鏡の効果が大きいのかもしれない。そしてもうひとつ、ショッキングピンクの口紅も。あのときソーラは、ドレスにぴったりね、と大喜びした。眼鏡だけで十分、わたしの正体はばれないような気がするけれど……。ただなんといっても、今回のコースの主菜は金髪だ。

「もうちょっと辛抱して」わたしは大きな声でいった。

「辛抱しっぱなしだが」

そう、彼は辛抱強い人だった。きのうの夜も、リンカの自宅からの帰り道、車を運転しながらずっとわたしの愚痴を聞きつづけ、リンカは絶対何かを隠しているといったときは同意してくれた。でも彼自身の意見を訊いても、「いまのところはまだ何も」としかいわなかった。

わたしは鏡から見返してくる女性に尋ねた。「ほかに何かしようがあったかしら?」

彼女は答えない。

「ギャヴはハロルド・リンカを観察していたらしいの。そうしたら、リンカがわたしの反応をうかがっているのは確実で、ギャヴはそれが気に入らなかったみたい」

鏡の女性は片方の眉をあげた。

「ええ、とても興味深いわよね」

「誰と話してるんだ?」ドアの向こうからギャヴの声がした。

「あなたにぜひ会ってもらいたい人よ」わたしは大きく深呼吸すると、顔に笑顔をはりつけて勢いよくドアをあけた。

ギャヴが動揺することは、めったにないといっていい。つねに自制心を保ち、冷静でうろたえたりしない。でも、今度ばかりは違った。

わたしはハイヒールの片足だけのばして外の絨緞を踏むと、ピンクのワンピースのお尻に両手を当てた。笑えるほどおかしかったのは、ギャヴがまずわたしの背後に目をやったことだ。オリヴィア・パラスは金髪女性の後ろに隠れているとでも思った？

ギャヴはぽかんとした。「いったい彼らに何をされた？」

「すごいでしょ」

ギャヴはわたしのまわりをゆっくりと一周した。

「まったくこれは……」顔が皺くちゃになり、「きみはきみで……」とつぶやいた。そしてあとずさって腕を組む。皺はほとんど消えていた。珍しく動揺したのは間違いないけど、それもほんの短い時間でしかなかった。

「みごとな変装だ。きみだとはわからないよ」背をかがめ、わたしの顔を正面から見る。「変装することを知っている者が、それを念頭にきみをさがさないかぎりはね。まあ、これならきょうは問題なく終わるだろう」

ギャヴはわたしを見つめたまま背をのばした。

「気に入らない？」

彼は無表情で、「ああ、ぜんぜん」と答え、わたしは笑った。

「どうして？　通説では、金髪のほうがもてるのに」

ギャヴはにこりともしなかった。「その格好はいつまでだ？」

「フード・エキスポに行くあいだだけよ。リース・ウィザースプーンっぽいっていわれたん

「あの女優は、きみとはぜんぜん違うよ」首を横にふる。「リビングルームにいるから、出かける支度ができたら教えてくれ」

ちょっと驚いたけど、なんだかうれしかった。彼の反応に心がじわっと温かくなる。わたしはわたしのままでいたほうがいい、と思ってくれているようで、もうそれだけでしあわせだった。

リビングに行くと、ギャヴはまた首を横にふった。

「誤解しないでくれよ。どんな格好をしてもきみはすてきだ。いつもと違うだけでね」

わたしは着替えを入れたバッグを手にとり、逆の手をギャヴの腕にからめた。

「ありがと」

彼は車をホワイトハウスの裏手につけ、その先で女性のシークレット・サービス、以前にも警護してくれたローズナウが待っていた。ここまで変装していれば、たとえIDを持っていようと、わたしひとりではゲートを通過できない。

「おはようございます、ミズ・パラス。事前に聞いていなかったら、あなただとはわかりませんでした」

「効果ありってことね。フード・エキスポにもいっしょに行ってくれるんでしょ？」

彼女はうなずき、歩きはじめた。

「わたしのほかにはミーンズとクィンです。会ったことはありますか？」

どちらも会ったことはない。だけどいくら変装したところで、スーツとサングラスとイヤホンのシークレット・サービスが何人もあとをついてくれば見破られないだろうか?

わたしの気持ちを察したのだろう、ローズナウはすぐこういった。

「出発まえに、みんなスーツから軽装に着替えますので。ほかにも数人はりつきますが、どうかご心配なく。景色にとけこみますから」

とけこむという点で、わたしの衣装はいささか怪しいと思ったけれど、べつに気にしなくてもいいのだろう。目的はジョシュアを隠すことなのだ。それさえ達成できれば問題ない。白い調理服やブルージーンズが多いフード・エキスポの会場を、たとえピンクのタイトなワンピースで歩きまわろうと——。

ローズナウは十五分以内にまた迎えにくるといい、わたしたちは厨房の前で別れた。

「おはよう」バッキーに声をかけた。彼はこちらに背を向け、火にかけた鍋を混ぜている。

「これからエキスポか?」バッキーは顔もあげずにそういった。そしてかき混ぜる手を休め、こちらをふりむき目をむいた。「いや、申し訳ない、てっきり……」とうろたえる。

わたしはくすくす笑った。

バッキーは鍋の火を消し、こちらにやってきた。

「え? オリーなのか?」

「いかが?」くるっと回転してみせる。

「一式まるまる買いそろえるのはたいへんだったろうなあ」

予想外の反応――。

「どういうこと？　気に入らないの？」

彼は笑いながら首をふった。「あんまりね。だけどそっちのほうがいいだろう。さんざんトラブルに巻きこまれてきたんだ。変装すれば、さらなるトラブルを避けられる」

「ご意見ありがとう、バッキー」

そこへジョシュアが現われた。準備段階を知っているから、すぐにわたしだとわかる。

「おはよう、オリー！　準備オーケイ？　みんなすごいんだよ。ほら、この人たち、見てみて」

ジョシュアの後ろには長身の男性がふたりいた。若いほうは二十代の後半だろうか、ジョシュアと似たようなキャップをかぶり、下はブルージーンズに履きふるしたスニーカー。白いTシャツの文字は〝ただいま料理のお勉強中〟で、その上に調理服を着てはいるけど、ボタンは留めていない。何かのときは、胸に隠した銃をすぐ抜けるようにしているのだ。

「なかなかのTシャツね」と、わたしはいった。「ほんとに調理に興味があるの？　それともサイズがたまたま合っただけ？」

「任務ですから」と、彼。「ミーンズといいます。自分たちは少年の警護にあたりますので、その点、ご理解お願いします」

「ええ、もちろん」要するに、わたしとサージェントも警護しつつ、緊急事態になればジョシュア最優先であることを理解せよ、ということだ。わたしは二の次。サージェントもそう。

「ではあなたがクィン捜査官？」わたしはもうひとりに尋ねた。ミーンズ捜査官より年上で、わたしの年齢に近いだろうか。こちらの服装はビジネスカジュアルで、綿のパンツにボタンダウンのシャツ、スポーツジャケットだ。郊外に住むハンサムなお父さんといったところで、リラックスした表情だけど、目つきは鋭い。

「はい、クィンです」手を差し出し、握手する。「よろしくお願いします」

「まとまっては歩かないのでしょ？　ひとつのグループには見えないものね」

これにはミーンズが答えた。「クィン捜査官が護衛対象を……」自分を見上げる大統領の息子に視線をおとす。「ジョシュアの警護をします。あなたとジョシュア、クィン捜査官は家族で会場に来たかたちです。ミスター・サージェントは――」

「わたしは何の役だ？」

全員がふりむいた。

「まっ！」わたしはあわてて口をふさいだ。指示されたとおり、サージェントはひげを剃っていなかった。でも無精ひげは妙に似合って、むしろいつもより人間らしく見える。黒いジーンズにこげ茶色のスニーカー。カジュアルな服装に違和感はぜんぜんなかった。ただし、黒いTシャツの胸に描かれたプリズムと虹は、ピンク・フロイドの大ヒット・アルバム〈狂気〉のジャケット絵で、これにはさすがにうめき声が漏れた。Tシャツはサイズが大きめで、裾はジーンズのなかにたくしこみ、ベルトはシルバーのチェーンベルトだ。でもこの格好でいちばんしゃれているのは、なんといっても白髪まじりの髪をひとつに結び、かぶっているキャップの後ろの穴から外に出していることだろう。ソーラはおそらく、サージェントがキャップを脱ぎたくても脱げないようにする策としてこうしたにちがいない。

サージェントは恐ろしい目つきでゆっくりこちらに寄ってきた。

「わたしをネタに笑ったりしないように」声まで恐ろしいけど、この台詞はわたしひとりに向かっていったものだろう。サージェントは片手をあげ、ミーンズ捜査官を促した。「さきほどの話の続きは？」

ミーンズは式事室の室長に会釈してからつづけた。

「クィン捜査官を加えた四人はまとまって行動し、その後ろにローズナウ捜査官がついていきます。四人は周囲の目に、母、父、息子、粋な祖父に見えるでしょう」

「サージェント室長は――」と、わたしはいった。「人気者の叔父さん、のほうがよくない？」

ミーンズ捜査官は眉をひそめたけど、わたしが目くばせしたらうなずいた。

「はい。叔父ですね。そちらのほうがよいでしょう」

フード・エキスポに来るのは久しぶりだった。最後に来たのはたしか、ヘンリーの下で副料理長をしていたころだ。ヘンリーとは最近話していないから、近いうちに電話でご機嫌うかがいしてみよう。

「わあっ！」ジョシュアが声をあげた。入口でチケットを渡し、会場の大ホールに入ったところだ。「すっごく広い！」

たしかに。照明がきらめく広大な会場では、一日ではまわりきれないほど多種多彩なかたちで食材や調理技術を体験でき、まさしく〝食のお祭り〟といえた。入ってすぐは真新しい絨緞の香りがし、進むにつれておいしい香りがあちこちから漂ってくる。調理コーナーではシェフたちが美味なる料理をつくってお客さんたちに試食させ、製品を配る人あり、パンフレットを配る人あり——。

ジョシュアは驚き、感激し、その表情を見ているだけで、わたしの顔もほころんだ。自分が初めてこの種のイベントに来たときのことを思い出す。ジョシュアには存分に楽しんでもらわなきゃ。

クィン捜査官は入口で渡された、試供品などを入れるビニール袋をふたつ持っている。わたしは案内書を二冊とってひとつをジョシュアに渡すと、すぐに中央を開き、会場マップを見せた。

「出展者のブースには番号がついているの」頭上の長いバナーを指さす。「どの通路にあるかがわかれば、それを頼りに見たい場所へ行けるわ」案内書のページをぱらぱらっとめくってみせた。「ざっと見て、行きたい場所があったら教えてちょうだい」

ジョシュアは夢中になってめくりはじめた。

サージェントは身の置き場がないのだろう、そっと耳打ちしてきた。

「わたしは何をすればいい？　このような非常識な身なりで？　母親は息子に、外交を学ばせたかったのではないか？」

なんとも答えようがなかった。わたし自身、会場を歩きまわりたかったけれど、ジョシュアが楽しむのを最優先にしなくてはいけない。充実した時間を過ごせるよう、付き添いとして精一杯の努力をすれば、夫人もきっと認めてくれるだろう。

ジョシュアは案内書を読みながらも、早くあちこち見てまわりたいようだ。わたしは少年の肩に手を置いた。

「あっちへ行ってみようか？」テレビ局や大企業は注目スポットに集まる傾向にある。わたしたちも最初はそこから始め、あとは順次考えていけばいい。「でもね、マルセルの講演をはずすことはできないからね」

ジョシュアはきょろきょろしながら、気もそぞろに「うん」といった。「ぼくも講演、聴きたい」

ほんもののキッチンをそのまま持ってきたような区画もあれば、はるか頭上の黒い天井には巨大スクリーンもある。でもそれより何より驚いたのは、会場を訪れている人たちの多くが、わたしと似たような服装だったことだ。色がピンクかどうかはさておき、一部の子どもを除いて、ほとんどの人がビジネススーツか、そうでなくても最低限、きちんとおしゃれをしている。わたしが最後にフード・エキスポに来たときはラフなジーンズ・スタイルで、全体にアットホームな感じだったけれど。

クィン捜査官はジョシュアのそばから離れず、愛情あふれる父親役を演じている。サージエントはなぜかずっとわたしの横にいて、ローズナウ捜査官はわたしたちの後ろを白い調理服姿でぶらぶら歩いていた。もっと多くの捜査官がまぎれこんでいるのだろうけど、それが何人なのかもわたしは知らない。こちらの捜査官三人はなんらかの方法で仲間と連絡をとりあっているはずで、人の声が充満するこれほど広い場所では、かなりたいへんだろうと思った。

クィン捜査官がジョシュアの頭ごしに手をのばし、ノースリーブのわたしの腕に触れた。とりあえず夫婦のふりをしてはいるけど、やっぱりさわられるとちょっと引く。

「マルセルの講演は何時だ？」

「一時よ」わたしはジョシュアの肩から手を離さなかったけど、捜査官はとくに気にはしていない。「それまでにできるだけたくさん見てまわりたいわ」

ジョシュアが混雑するブースの先、遠くのメインステージを指さした。

「ほんもののテリー・ラッシュ？」

エキスポに出展している有名シェフのひとり、テリー・ラッシュが代表作のフライドチキンと付け合わせを実演調理していた。キャンベル政権時代、ホワイトハウスを訪れたラッシュと二度ほど会ったことがあり、話すと感じのいい人だった。まあ、ある程度までは——。

いま、元気いっぱいのハンサムなシェフは、メインステージの仮設カウンター前に立っている。観客用の折りたたみ椅子は二百ほどあり、ほぼ満席だった。

「行ってみようか」わたしは後ろの列を指さした。まとまった空席が四つ、もう少し先にはふたつある。ジョシュアとクィン捜査官とわたしは並んですわり、ローズナウ捜査官はジョシュアの隣に腰をおろした。サージェントはひとり離れた席に行き、ミーンズ捜査官はわたしたちの後ろだ。

ジョシュアは天井の巨大スクリーンを感動したように見上げた。テリー・ラッシュの調理のようすが、ごくわずかの遅れでそこに映しだされているのだ。

「すごいなあ……」ジョシュアはスクリーンを少しでも近くから見ようと背をのばし、椅子のなかでもぞもぞした。大画面なら、最前列で見ているような気分になれる。

それから何分かすると、最初の感動もおちついたらしく、ジョシュアはわたしの膝の上にのってきた。

「のってもいい？」お尻をしっかりおちつけたあとで訊く。

「ええ、いいわよ」わたしはほほえんだ。子どもは苦手だったのに、ジョシュアと出会ってからは変わった。たった九つの子が心の壁をとりはらったのだ。でもそう遠くないうちに、少年は徐々に大人たちから遠ざかり、新しい友人たちと過ごすようになるだろう。さびしいけれど、仕方のないこと。

わたしはジョシュアの肩に両手をのせ、ささやいた。

「タマネギのみじん切りをあんなふうに速くきれいにできるのは、努力と練習のおかげよ」

ジョシュアはうなずいた。

「なんでも時間をかけてがんばらないとね」

クィン捜査官がわたしの椅子の背に腕をかけた。くつろいだ夫の動作として、事前に考えていたものだろう。一瞬たりとも気を抜かず周囲を警戒し、何かおかしなことに気づいたら、すぐさまわたしたちを床に押しつけるにちがいない。それでも背中に腕をまわされるとおちつかなくて、わたしは背筋をのばした。

テリー・ラッシュの実演が終わり、その後は一時間ほどあちこちのブースを見てまわった。どこでも連絡先を教えてほしいといわれたけれど、そのたびに断わる。そして気がつけば、そろそろマルセルの講演時間だ。

メインステージにもどると、前のほうに空席があった。マルセルがこんな格好のわたしに気づくはずもないけれど、近くにいたことをあとで伝えたい。だけどクィン捜査官は同意しなかった。

「背後に人が少ないほうがいいでしょう」

そこで空席がたくさんある後ろのほうへ行き、ジョシュアはまたわたしの膝にのった。わたしの隣にローズナウ捜査官、その向こうにサージェント。ミーンズ捜査官はここでも少し離れた場所に立った。観客が増えはじめ、女性がサージェントの肩に軽く触れた。

「こちらの席は空いています？」

「ああ、どうぞ」と、サージェント。

クィン捜査官は鋭い目つきで女性を観察したけど、何もいわない。シークレット・サービスにとっては、確実に安心できないかぎり、誰も彼もが怪しい人間なのだ。その女性はサージェントよりもわたしの年齢のほうに近く、背はもちろんわたしより高い。そしてともかく目をひいたのは、栗色の髪にまじるホットピンクだった。まぶしいピンク色の髪がひと房、右耳の後ろから肩まで垂れているのだ。わたしならあんなことはしないけど、この女性には似合っていて、すてきだった。

サージェントはローズナウ捜査官を越えてわたしにささやいた。

「ファースト・ファミリーに気に入られたら――」ジョシュアにちらっと目をやったけど、嫌味な感じではない。「職の心配はせずにすむな」

わたしはほほえんだ。「そうともかぎらないわ」小さな声でいったけど、ジョシュアはクイン捜査官とおしゃべりしているからあまり気にしなくていいだろう。「ヴァージルが加わったときは心配したもの。でもいまのところ問題なさそうね」

サージェントは体をもどした。「高慢とは、彼のような人間をいうのだろう」

返事をしようとして、やめた。ステージでマルセルが紹介されたからだ。

「ボンジュール!」ホワイトハウスのペイストリー・シェフがマイクの前で挨拶した。ハンサムな黒い肌と強いフランス語訛《なま》りに聴衆がざわつき、マルセルの話しぶりから緊張しているのがわかる。

「きょうはここでいちばんむずかしいこと、生地を焼くときのコツについて話します。しかしながら、そのまえに――」ステージの右を見て小さく会釈し、左を見ておなじことをする。

「美しい日の午後に、わたしを招いてくださった主催者に感謝したいと思います。また、友人であり同僚でもある、わが国のホワイトハウスのエグゼクティブ・シェフ、オリヴィア・パラスにも感謝します。きょう、ここに来ているはずですが……」額に手をかざし、聴衆のなかにわたしをさがす。

ジョシュアが膝の上でふりむき、「ここにいるのにね」といった。そして両手で口をふさぎ、あやまるようにクィン捜査官を見る。

クィンは険しい表情で、「どうか反応しないように」と小声で注意した。

マルセルはさがしつづけ、わたしは〝立ってくれ〟といわれないよう願った。

「やあ、そこにいたのか」マルセルはステージの前に進み出た。「でもみなさんに見られるのは恥ずかしいだろうね」フランス人っぽく両手を広げて首をすくめ、マルセルは作業台に行った。

わたしはジョシュアの背中に手を当てたまま、「誰にも聞かれていないわ」と隣のクィン捜査官にささやいた。でもさっとあたりを見まわし、あのピンク髪の女性が気になった。こっちをふりむいたわけではないけど、その体の、そのようすのどこかが変わったように感じる。

クィン捜査官はゆっくり、じっくりと周囲を見ている。「大丈夫でしょう」

マルセルの実演が半分ほど過ぎたころ、あの女性がサージェントに何かささやいて立ち上がり、どこかへ行った。

「何をいわれたの？」わたしはサージェントに尋ねた。

「休憩時間が終わったらしい。たぶん、出展社の社員か何かだろう。なぜ気になる？」

「ただなんとなく」

「きみという人は」たしなめる調子で。「ほんとうにうるさいな」

クィン捜査官はわたしの椅子の背にずっと腕をかけていた。

マルセルの講演が終わり、大きな拍手のなかで彼がお辞儀をし、わたしたちもこれで帰ることになる。でもジョシュアはいろんなことを見聞きして頭のなかがいっぱいのようだから、あまりせかすのはよそう。わたしはといえば、見たいものはほとんど見たし、午後の残りはギャヴと過ごしたかった。

「たっぷり楽しめた？」わたしはジョシュアに話しかけ、それから数分、少年は何がおもしろかったか、つまらなかったかを語った。それがじつに的を射ているのに内心驚き、「最後にこれだけは見ておきたい、というのはある？」と尋ねた。

ジョシュアは会場を見まわして、首を横にふった。

「ううん、べつにない。でも一度も歩かなかった通路で帰ろうよ。そうしたら途中のブースも見られるから。おんなじブースはもう見なくていい」

「じゃあそうしよう」滞りなくいけば、三時くらいには帰宅できるだろう。「どの通路にする？」

ジョシュアは顎に人差し指を当て、右を見て左を見て考えた。そして端から二本めを指さす。

「あれにする」

「はい、では出発」わたしたちは二番通路へ向かった。

「すっごくいっぱいあるんだね」おなじ台詞はこれで十回を超えるだろう。「食べものやお菓子をつくる会社がみんなここに集まったみたいだ」

「大きな会社はたいてい参加するのよ。ブランドを少しでもたくさんの人に、できるだけ詳しく知ってもらうの。買ってみようかな、という気になってもらえるように。くりかえし、それをやるのよ。だけどずいぶん規模が大きくなったわねえ……。わたしが最後に来たときはこんなに大々的ではなくて、新興企業も多かったけど」

ジョシュアには少し話がむずかしかった？「まえに来たときはね、調理器具の会社が多くて、有名な食品会社は二つか三つくらいだったの。でもきょうはキャンディやチョコレートの会社のブースもあったし、ビタミン会社のもあったわね。まえとはずいぶん違ってるわ」

「食べたいなあ……」この台詞も十回以上だ。ジョシュアのビニール袋にはもらったサンプルがたくさん入っているけど、安全確認ができるまでひと口も食べてはいけないと、クィンの捜査官から厳しくいわれていた。大統領の息子が会場にいるのを知られたとは考えにくいものの、どんなことであれ、シークレット・サービスは完璧を求める。

「ハロウィーンでお菓子をねだるみたいね？」と、わたしはからかった。「お母さんだって、ジョシュアが食べるまえにかならず確かめるんじゃない？」

少年はむっつりとうなずいた。「今度のハロウィーンは、よその家に行かせてもらえないね、きっと」

わたしが答えに窮すると、クィン捜査官が身をかがめていった。

「家に帰ったら、どんなものが入っているのか、お母さんといっしょに見てみようよ」体を起こし、わたしに向かってさびしげにほほえむ。実質的な自由がほとんどなくなった少年に同情しているのかもしれない。「もらった試食品は、ハロウィーンのキャンディじゃなく調理したものだからね」

だけど慎重に処理された包装済みの食品よ、とわたしはいいたかった。ジョシュアにはそういうものしか許されず、生の食品だったら、ビニール袋には入れられるわけもない。どうかジョシュアがあとで存分に楽しめますように——。

二番通路をのんびり進む。ジョシュアはすべてのブースで立ち止まり、短い時間を最大限に活用したけど、わたしはぼんやりながめて歩くだけだ。と、思いがけない会社のブースが目にとまり、膝が震えた。クィン捜査官をふりむいて尋ねる。

「少しだけ、あのブースに立ち寄ってもいいかしら？」

彼の顔に警戒心がよぎった。「理由は？」

ほんとうのことを話すわけにはいかない。「まえから関心があった会社なの」

捜査官は大きな会社ロゴを見た。「健康補助食品に関心がある？」

「ええ、友人がね」彼が何かいうまえに、わたしはプルート社の緑色のブースに向かった。

パンフレットか何かあればもらうつもりだ。診療所のような作りのブースにお客さんらしき人は見当たらず、奥のほうで栗色の髪の女性がひとり、こちらに背を向けていた。ガラス棚に並ぶ製品サンプルの照明を調整しているようだ。

彼女にわざわざ声をかけなくてもいいだろう。カウンターにプラスチックのケースがあり、そこにパンフレット類が重ねてあった。たいして役には立たないと思うけど、手に入るものはなんでも集めておきたい。

人の気配を感じたのか、女性がふりかえった。

わたしはびっくりして棒立ちになる。

その女性は、あのピンクの髪の人だった。

「こんにちは」と、彼女はいった。「ホワイトハウスのペイストリー・シェフの講演はすばらしかったわね」

14

「え、ええ」悪さを見つかった子どものように、わたしはしどろもどろになった。「いい講演だったわ」

彼女はゆっくり近づいてくると、わたしが手にしたパンフレットに目をやった。

「サプリメントに興味があるの？」

「というか、プルート社に興味があって……」それは本当だ。でも、ここはしっかりした嘘を考えなくては。「その……ダイエットと食事に……料理にも関心があって、このブースに来てみたの」はにかんだように、自嘲ぎみに笑ってみせる。と、そこでひらめいた。「プルート社は社員の満足度が高いって聞いたから、下調べのつもりもあって」

「あら、求職中？」

わたしがホワイトハウスの職員なのを知らないようだけど、断定はできない。怪訝《けげん》な顔つきに見えるのは、わたしの後ろめたさゆえか、それともほんとうにわたしを怪しんでいるのか——。

「そんなところ」と、わたし。「しばらく働いていないから」

「職種は？」

ここは事実を語ろう。「料理人なの。外国でも仕事をしたことがあるのよ。でも最近は就職難だから」

「ほんとにね」同情したようにいうと、奥の棚からたたんだ書類をとりだし、わたしに差し出した。「就職申込書よ。ここで書いてもいいし、よかったらあとで郵送してちょうだい。うちの会社は、職場としてはなかなかいいわよ。エキスポが終わったら急いで後片づけをするんだけど、書類がどこかにまぎれたら困るから——」

「だったら郵送にするわね。ほんとにありがとう」

背を向けたわたしに彼女はいった。

「あなたの名前は？　書類が届いたときにすぐわかるから」

どうしよう……。「リヴィよ」オリヴィアの愛称に近い名前をいう。

「苗字は？」

バッキーが知ったら大笑いするのを覚悟のうえで名前を拝借する。

「リード。リヴィ・リードよ」

「わたしはサリー・バーンズ」ここで握手をする。「また機会があればね、リヴィ」

「ええ、こちらこそ」視界の隅っこに、クィン捜査官とジョシュアが見える。「家族が待っているので失礼するわね。ありがとうございました」

「お元気で」

わたしがもどるなり、クィン捜査官がいった。

「どういうことでしょうか？」

「まったくだよ」と、サージェント。「あの女性はさっき、わたしの横にすわっていた。こちらの正体を知っているのか？」

「知らないみたいだったけど……」

「だったらなぜ、あのブースに行った？　予定外の行動だ」

「止まらず歩きましょう」とクィン捜査官がいい、彼とわたしがジョシュアをはさんで、わたしたち三人をローズナウ捜査官とミーンズ捜査官がはさむ。サージェントはわたしたちの後ろだ。車に着くまで、通りすがりの人たちは誰ひとり、わたしたちには見向きもしない。その点は、これまでとおなじだった。

でもサージェントはしつこい。全員が車に乗って駐車場から出ると、話をむしかえしたのだ。

「なぜあの女性と話した？　何があった？」

「わたしは何にでも首を突っこむといいたいんでしょ？」話をそらすつもりでいったのだけど、今度はクィン捜査官が訊いてきた。

「わたしも非常に興味があります。あの書類は就職の申込書では？」明るい車内でさえ、彼の瞳がきらっと光るのがわかった。

「話せば長くなるし、エキスポともあなたたちとも関係のないことだから、できれば……」

サージェントは冷たい表情で腕を組み、窓の外をながめた。

「では好きにしなさい」

「あなたは――」と、クィン捜査官。「新しい仕事をさがしているわけではありませんね?」

「だめだよ、そんなの」ジョシュアがわたしの横でいった。「ホワイトハウスからいなくなったりしないよね?」

不安そうな声と熱いまなざし、シートベルトいっぱいに身をのりだす姿に胸をつかれ、わたしはジョシュアに腕をまわした。

「ええ、いなくなったりしないわ。あの女の人が勘違いしただけよ。でも失礼になるから、書類はもらっておいたの」

ホワイトハウスのサウス・エントランスに到着すると、ジョシュアは車から降りるまえに、ビニール袋の試食品はどうするの? とクィン捜査官に尋ね、一時間以内にはかならずジョシュアに返すと捜査官は約束した。

わたしが自分のビニール袋を持って車から降りかけると、クィン捜査官に袋の端をつかまれた。

「これも検査します」

わたしは笑った。「そこまでするの? わたしはファースト・ファミリーじゃないのに?」

「用心するに越したことはありません」

サージェントがわたしの後ろを通って車から降りた。

「この醜い服を一刻も早く脱ぎたい」ぶるっと身を震わせる。「啓発的な冒険を楽しませてもらったよ。わたしの存在が少年の経験をさぞかし豊かにしたことだろう」

痛烈な皮肉だった。サージェントはほとんどジョシュアとしゃべっていないのだ。でもハイデン夫人はそれでもかまわないだろう。夫の大統領の手前、式事室の室長をむりやり冒険に参加させただけだと思う。息子は何かしらの外交を学んだと大統領が信じ、少年は食品業界について楽しく学んだということで、関係者はみんな満足だ。ただし、サージェントを除いて――。

式事室の室長はそそくさとその場を去った。

「わたしの袋はいつごろもどってくるの？」クィン捜査官に訊いたら、彼がにやりとしたのでつい調子にのった。「パンフレット類を見たいだけだから、試食品はあなたが食べちゃってもいいわよ」

捜査官の目が笑った。「では、ミズ・パラス、袋の返却は一時間ほど後に。それでかまいませんか？　自分が厨房に持っていきますよ」

服を着替えなくてはいけないから、時間的にはそれくらいでいい。

「ええ、じゃあそれでお願いします」

顔を洗って、ジーンズと綿のブラウスに着替えた。ようやく自分にもどれた気がしてほっとして、厨房に向かった。きょうはソーラの姿がなく、ウィッグとピンクのワンピースをどこに返却すればいいのかわからない。ソーラのチームがいつもどってくるのかも知らないから、とりあえずジム・バッグに入れて自宅に持って帰ることにした。

クィン捜査官がビニール袋を持って現われるのを待つあいだ、バッキーにマルセルの講演について報告し、献立プランを話し合った。今夜は大統領夫妻が各地の市長を奥さん同伴で招待した夕食会が開かれる。合計で十六人。そのためSBAシェフをふたり雇い、いまふたりは準備に励んでくれていた。

そこでわたしも何か作業をするわ、といったらバッキーに一蹴された。

「まだ休暇中のはずだろ。それにひと言いわせてもらえば――」目がきらりと光る。「最近のオリーはいやに機嫌がいい」

あら……。わたしは両手を胸に当てた。「どういうこと？　いつものわたしは不満だらけ？」

バッキーは人差し指を振った。「とぼけるんじゃないよ。わかってるくせに」

「いいえ、ぜんぜん」

「ではは っきりいおう」一歩わたしに近づく。「パートナーと呼べるやつができたんじゃないか？」

「よしてよ」ばからしい、というように手を振る。「あなたは自分が見てみたいものを見ているだけ」

「へえ」こちらにもっと近づいてくる。これならSBAシェフには聞こえないだろう。「きみはぼくの追及を逃れようとしている。だがそのわりに、けっして否定はしない」

ずいぶん鋭いことをいう。だけどまだ打ち明けるつもりはなかった。

「わたしはね、ただ――」

「オリー」きわめて冷静に。「ぼくはきみともう何年もいっしょに働いている」と、そこでウインクをひとつ。「いやでもわかるよ」

ごまかすのは気がひけた。でも告白するわけにもいかない。

ありがたいことに、バッキーは察してくれたようだ。

「相手が誰なのか知らないし、見当もつかない。ただ以前、もしやと思ったことは……」その先はいわなかった。「まあ、誰でもいいさ。オリーがしあわせなら、ぼくらもしあわせだ」

「ぼくら？」

「シアンと話したんだよ」

「わたしの恋愛について？」

禿げた後頭部をぽりぽり搔いてにっこりする。「きみがいないあいだ、会話の種がつきてね。心配しなくていいよ、ヴァージルに聞かれないよう気をつけたから」

「お気遣い感謝するわ」

バッキーは両手をあげた。「で、誰なんだい？」

「誰でもいいんじゃなかった？」

「ぼくらの知っているやつか？」

わたしは首を横に振った。「ノーコメント」

「だからさ、ヒントだけでも」

「ノーコメント、よ」

「ミズ・パラス――」入口からクィン捜査官の声がした。

彼はSBAシェフの横を通り過ぎてこちらに向かい、わたしが近づいていくとビニール袋を差し出した。〝お父さん〟の服装のままだけど、シークレット・サービスのピンは付けていて、耳に無線のコードもある。

「わざわざありがとうございます、捜査官」袋のなかにプルート社のパンフレットがあるのを確かめた。

「どういたしまして」

「何かおかしなものはあった？」

「いいえ、何も」

バッキーはわたしたちのようすを観察している。あんな会話をしたばかりだから、わたしはべつに驚かなかった。おかしな格好のよく知らない捜査官が〝誰か〟の可能性はないかと分析中なのだろう。

クィン捜査官はといえば、すぐ厨房を出ていこうとはしなかった。

「ありがとう、お疲れさまでした」といってみる。

でも彼は動こうとはせず、少し首をかしげていった。

「ふたりきりで少し話せませんか？」

バッキーは内心喜んだかも——と思いつつ、「いいわよ」と答えた。

厨房を出て、石のアーチの下へ行った。ここには一八一四年のイギリス軍による焼き討ちの跡がいまも残っている。

クィン捜査官は長身だけど、ギャヴほどではなかった。それでもギャヴと初めて会ったときとおなじ、射ぬくような視線で見つめられた。お説教の類が始まるのは間違いない。

「ミズ・パラス」彼が話しはじめ、わたしは心の準備をした。「オリヴィアと呼ばせてもらってもいいかな？」

意外な言葉にびっくりして、わたしは「もちろん」と答えた。「それよりオリーと呼んでちょうだい」

「ありがとう」と、小さくうなずく。「きょう、あなたはひとりでプルート社のブースに行き、社員と話しこんだ。事前にその意向を伝えておいてもらえば、自分たちも驚かずにすんだのですが」

シークレット・サービスの訓戒にしては穏やかなほうだろう。

「プルート社のブースがあることは事前に知らなかったの。知っていたら出かけるまえに伝えていたわ。何か問題が起きたのなら謝罪しなきゃ」

「いいえ、大丈夫ですよ」わたしは不思議な気がした。シークレット・サービスの捜査官はふつう、事前の打ち合わせから逸脱した行為は冒瀆《ぼうとく》だと考える。なのにクィン捜査官はずいぶんやさしい。

「さしつかえなければ、プルート社に興味をもつ理由を教えてください。詮索する気はないのですが……」片目を細めてじっとわたしを見る。

「政府が関係するようなことじゃないわ。それは信じてちょうだい。ずいぶんまえ、父がプルート社で働いていたの。それを思い出して好奇心がわいただけ」

彼は納得したようだった。「そうですか。わかりました。正直に話してくれてありがとう」まじめな顔でそういって、わたしの言葉を疑うふうではない。

「また何かあればいつでも、クイン捜査官」

そういうと、彼は帰ってよろしいというように、通路のほうへ腕をのばした。

「厨房のスタッフが待っているでしょう。時間をとらせてすみません。また何か質問があったら、オリー……」少しためらいつつ、初めてわたしの名を口にした。「どうかよろしく」

「ええ」わたしはにっこりした。「あしたまで休暇をとっているけど」彼はこれにとまどったらしい。「きょうは特別なの。ジョシュアをエキスポに連れていくよう、ファースト・レディに頼まれたから」腕時計をちらっと見る。「つぎの出勤は月曜になるわ」

「わかりました」眉間に皺がよったけど、どういう意味かはわからなかった。「では、よい休暇を」

15

「さあ、行こうか」

ギャヴがいい、わたしはふっと息を吐いた。

「今度はうまくいくといいけど」

たそがれのなか、わたしたちはでこぼこ道を歩いてマイケル・フィッチの自宅へ向かった。車は曲がりくねった道の途中、傷だらけのピックアックと錆《さ》びた青いセダンのあいだに停めてきた。そこしかスペースがなかったのだ。

このあたりもかつては、五十年くらいまえには、栄えていたのだろう。家屋の大半がランチ様式か中二階建てで、ほとんど手入れはされていないけど、老朽化というほどではない。新築の建物がないぶん緑は豊かで、飛行機のタイヤくらい太い幹の大木が葉を茂らせていた。嵐の前触れで、頭上の大枝のあいだから突風が吹きおろし、わたしは引き返そうかとさえ何度も思った。

家々の前庭では子どもたちが縄跳びやボール遊びをしていたけど、わたしたちに気づくと珍しそうにながめた。

「このあたりには、よその人があまり来ないのね、きっと」

「何が気になる？　いつものきみらしくないな。神経質になっているようだ」

わたしは答えなかった。

「安全な地区だよ。くたびれてはいるが、犯罪の温床のような地域ではない」

「そうじゃなくて……」葉の隙間からわずかにのぞく空を見上げた。「フィッチが協力してくれなかったら、振り出しにもどるしかないわ。それを考えると……」

ギャヴは無言だった。車がタイヤをきしませてカーブを曲がり、走ってくる。通りすぎるとき、開いた窓からラジオの大声が響きわたり、心臓が縮んだ。

「リンカの自宅がある地区とはずいぶん違うわね」

ギャヴは考えこんだ顔つきになった。

「どうしたの？」

「フィッチに関しては、いい感触をもっているんだよ」

「いい感触？」

ギャヴは苦笑いした。「人物ではなく、協力的かどうかに関してだ。理由は自分でもよくわからないんだが、協力してくれそうな予感がある」

「そう願いたいわ」

マイケル・フィッチの家の前で立ち止まり、ながめてみる。この地区には珍しく巨木が一本もなかった。全体が青色の平屋で、屋根にはひさしがあり、屋根裏部屋の開いた窓から無地のカーテンが外へひらめいていた。

芝地ではメヒシバと雑草がのび放題で、殺風景な敷地には葉が茂る低木すら一本もない。コンクリートの三段の階段をあがって玄関前に立つと、わたしはギャヴをふりむき首をすくめた。

「駄目でもともとよね」ひびの入ったプラスチックのチャイムを押す。

でも玄関の向こうで音が鳴る気配はなかった。

「このチャイム、壊れてるのかしら？」

ギャヴは鉄の手すりから身をのりだし、三つある窓のひとつをノックした。枠ががたがた震え、彼はゆがんだアルミの日よけを見上げた。

「補修工事をしたほうがいいな。ひどい暴風雨に襲われたみたいだ。かなり年月もたっている」

ノックが聞こえたらしく、家のなかで足音がした。錆びた蝶番がきしんで扉が開き、顔を見せたのは女性だった。見知らぬ男女を前にして、黒い瞳が左右に動く。わたしはいやでもリンカの奥さんと比べてしまった。あちらはヨガ・パンツにタンクトップだったけれど、この女性は明るい色のカプリパンツに灰色のだぶだぶのTシャツ、アイロンで貼るワッペンには皺が寄り、いまにもはがれそうだ。

「フィッチ夫人でらっしゃいますか？」わたしは尋ねた。

髪を染めたのはずいぶんまえなのだろう、五センチくらい、根元だけ色が違っている。するとおなじことを思ったのか、女性は肩まである髪を恥ずかしそうに指で撫でた。お化粧はしていなかったけれど、ほっそりした顔だちで、若いころはさぞかしすてきだったにちがいない。ドアはあけても網戸はあけず、彼女はこういった。

「用件は？　何も買わないわよ」

わたしはギャヴを見上げた。彼は威圧感を与えないよう一歩後ろにさがり、両手をお腹の前で握った。お行儀のいい小学生のようで、雰囲気はやさしく、瞳は好奇心でいっぱいに見える。

「オリヴィア・パラスといいます。父がご主人とおなじ会社で働いていました」

彼女は首を振りながら家のなかへ少しあとずさった。

「主人はもう長いあいだ働いていませんよ。悪いわね」

彼女は赤っぽく荒れた手でノブを握り、ドアを閉めかけた。

「会社は――」わたしはあわてていった。「プルート社です」

ドアを閉める手が止まった。彼女はわたしとギャヴを交互に見ると、警戒した顔つきで訊いてきた。

「あなた、名前はなんていいました？」

「オリヴィア・パラスです。父はアンソニー・パラス」

彼女の瞳に何かがよぎった。「名前に覚えがあるわ」唇を嚙みしめる。「どういう人かまでは知らないけど……よく聞いた名前よ。どれくらいまえのこと？」

「かなり古い話です。ご主人にお目にかかりたいのですが」なかば強引にやらなくてはチャンスの糸が切れてしまうと思った。

彼女は唇をゆがめ、わたしが何か持っていないか確認し、ギャヴのほうに顎を振った。

「この人は？」

「わたしの友人です。なかに入れていただけませんか？」

「主人は話したがらないかもしれないわよ。でも、まあ……」気乗りしないように首をすくめる。「わたしが行ったり来たりするより、主人があなたの顔をじかに見て決めたほうが早いわね」網戸をあけて手招きする。「ドアを早く閉めさせて。台所はウィンドエアコンなのよ。涼しい空気が逃げちゃうわ」

なかに入ってすぐ、何かのにおいがつんと鼻をついた。子どものころ、母といっしょに友だちの家を訪ねたとき、これとおなじにおいをかいだ気がする。子どもなりに礼儀を守り、母とふたりだけのときにこっそり訊くと、おそらくお鍋の取っ手がコンロの火に焼けたのだろうとのこと。これはプラスチックが燃えたにおいだと母はいった。

「ちょうど夕飯を食べおえて――」薄暗いリビングを通りながらフィッチの奥さんがいった。「お皿を洗っていたところだったのよ」壁ぎわにベージュのカウチがあり、その向かいには真新しい大きな画面のテレビがあった。ソファの上の壁にはオレンジ色のプラスチックの日時計と、その両脇に額なしの油絵が飾られている。部屋の広さのわりにずいぶん小さな絵で、たぶん素人の手になるものだろう。描かれているのはひと房のぶどう、いびつな形のりんご、一冊の本とワインの瓶。

灰色のラグが敷かれていたけど、踏むと下の木床がきしむのを感じた。安楽椅子も古く、五十年近く使われているのではないか。家具調度はどれもすりきれ、ぼろぼろだった。でもテーブルの上やカウチのクッションの後ろには、マットやナプキンがきれいに敷かれている。もうそれだけで、古びた室内に人間の温かみが伝わってくるようだった。

ダイニングルームはリビングの真裏で、照明はついていない。ただ暗いなかでも、マホガニーのテーブルとキャビネットがあるのはわかる。そしてここの壁にも、素人の絵がいくつも飾られていた。

「絵はどなたが?」

「主人よ」奥さんは苦笑した。「いくらいっても、絵はあきらめられないみたい」右に曲がって、プラスチックのアコーディオン・カーテンをあけると、その先は明るい台所だった。かなり狭く、壁のタイルは灰色の縁どりがある黄色で、プラスチックの焼けたようなにおいがひどい。そして真新しい煙草のにおいも——。マイケル・フィッチは台所のテーブルで煙草を吸い、わたしは煙に目をしばたたかせた。

奥さんはなかに入ると、「冷気を逃がさないようにしないとね」といってアコーディオン・カーテンを閉めてから、夫にわたしのことを伝えた。

「この人のお父さんがね、プルート社で働いてたらしいわ」

マイケル・フィッチはニコチン依存症を疑いたくなるほど白目が黄色く、痩せて顔色もよくなかった。

「ああ、わかっている。きのうあたり、来るんじゃないかと思っていたが」フィッチは咳をしながら、テーブルの向かいの椅子を足で押しやった。椅子は汚れたリノリウムの床をこすり、いまにも倒れそうだ。「そこにすわりなさい」フィッチはそういうと、煙草を一服、胸いっぱいに吸った。テーブルはかなり古いけど高級品のようで、いまも上品な趣をたたえている。

わたしは椅子の青いビニール座面に腰をおろすと、テーブルのクロムメッキの縁を撫でた。

「きれいですね。とても大切に使ってらっしゃる」

「このテーブルは、わたしが子どものころから使ってるの」奥さんはうれしそうにいった。「遅くなったけど、わたしはマイケルの家内のイングリッドよ」

北欧系の名前はきゃしゃで優雅なイメージがあるけど、この奥さんも美人だから、若いころはさぞかしエレガントで魅力的だったにちがいない。

「あなた、この人が来るのを知っていたの？」奥さんは夫に訊いた。

マイケル・フィッチはわたしを凝視したまま無言で、ギャヴがわたしの左の椅子にすわっても気づきすらしないようだ。

「飲みものは何がいい？」奥さんはわたしたちの顔をのぞきこむようにして訊いた。「紅茶か水なら冷たいのがあるわよ」

「この人たちは長居はしない」フィッチは煙草をくわえなおした。「おれには話して聞かせることが何もないからな」

「飲みものは結構です、ありがとうございます」わたしはフィッチの言葉が聞こえなかったかのように奥さんに答えた。だけど話せることが何もないなら、どうして椅子を勧めたりしたの？

奥さんはギャヴの背後のシンクに行くと、水栓をひねってお皿を洗いはじめた。でも会話を聞くためか、水の流れは弱い。

「わたしの訪問をどうしてご存じだったんですか？」フィッチに尋ねてみたけど、答えは想像がつく。

「リンカから連絡があった」フィッチは予想どおりの答えをいった。テーブルに肘をつき、腕を組む。「古い話をむしかえしてどうする？　あんたにどんな関係がある？」

リンカは何もいわなかった？　「アンソニー・パラスはわたしの父です」それだけで十分だと思った。

「彼のことはよく覚えている」ふっと表情がくもったのは、煙草がけむい以上の何かがあるように思えてならない。「安らかな眠りについたんだろ？　そのまま寝かせてやるといい」

わたしが口を開く間もなくつづけた。「お嬢ちゃんの気まぐれでひっかきまわすのは感心しないね」フィッチは煙の輪をひとつ、天井に向かって吹いた。

わたしは彼を真似て青いテーブルに肘をつき、腕を組んでしっかりと目を合わせた。

「父ははたして安らかに眠れたのでしょうか。わたしは疑問に思っていますし、あなたもそうではないですか？」

　フィッチは目をそらした。

　やはり会話を聞いていたらしく、奥さんがお皿洗いをやめて夫をふりむいた。

「ひょっとして、あの殺された人の話？」喉に手を当てる。「そうみたいね。わたしもよく覚えているわ。かわいそうに……」奥さんはわたしの顔を見た。「あなたのお父さんだったのね？」

「よしなさい」フィッチがぴしゃりといった。

　でも奥さんは気にとめない。「当時はあなた、まだ小さかったでしょう？」この件でやさしい思いを示してくれたのは、この人が初めてだった。ほかの人にとっては古い、忘れたい話でしかない。

「ええ。父の記憶はほとんどないくらいです」

「だったらなぜ来た？」と、フィッチ。わたしはそれには答えず、出て行けと怒鳴られるまでこのチャンスにしがみつこうと思った。

「あなたはどうしてプルート社をお辞めになったんですか？」

　フィッチは奥さんをにらみつけ、奥さんがお皿洗いにもどったところで答えた。

「勤務不能の病気だ」

　病気といってもさまざまあるし、少なくとも彼はリンカのような車椅子生活ではない。

「そうだったのですか……。失礼ですが、どのような？」

フィッチは食べかすを取るように唇を舐めた。「心臓に問題があってね」軽く胸を叩く。「医者から仕事は辞めろといわれた。つづけていたら数カ月で死ぬとね」

奥さんはギャヴの背後、シンクの前で鼻を鳴らした。

フィッチはわたしの反応をうかがうように凝視したまま、煙草の煙をゆっくりと大きく吐き出した。

「お医者さまの忠告は、ハロルド・リンカさんの事故の後ですか？　それとも、まえ？」

「事故の……数週間ほど後だ」

わたしは少し背をそらした。

「ずいぶん偶然が重なる気がします。一カ月のあいだに、管理職が三人もプルート社からいなくなるというのは。父は殺害され、リンカさんは事故にあい、あなたはお医者さまの勧めで退職した」

フィッチは表情を変えず、片眉をぴくりとあげて「そのとおり」といった。「ただの偶然だ」

ギャヴの視線が鋭くなったのを感じつつ、わたしは尋ねた。

「それで心臓はよくなられたのですか？　いまも治療中とか？　手術をしたとか……」

「いや、もう問題ない」山盛りの灰皿で、吸っていた煙草をもみ消した。「いまは健康そのものだ」痰のからんだような咳をする。「禁煙なんかしなくてもね」これに奥さんが首をふりむけて夫を見た。フィッチは気づかなかったのか、妻には言葉をかけず、鋭い目つきでわたしを見つづけている。「プルート社を辞めたのが最高の治療法だった、というわけさ」

「そうですか……。で、その後はどこでお仕事を？」

答えを引きのばすためか、フィッチはまた煙草に火をつけた。

「それっきり、仕事はしていない。イングリッドは、できた女房でね。料理をするだけじゃなく、材料を買う金も稼いでくれる」

いま奥さんは、ちらともふりかえらずに洗いものをつづけていた。たぶん、わたしたちに顔を見せたくないのだろう。質素な壁に堂々と飾られているフィッチの絵、丁寧にきれいに敷かれたナプキン——。奥さんは同情や憐れみを求める人ではないのだ、きっと。

「あんたはおれのぼやきじゃなく、父親の話を聞きに来たんだろ？　父親を殺したのは誰かを知りたい」

わたしは緊張した。「はい、そうです」

「だったら、かわいそうだが無駄足だ。おれは答えたくても答えられない」

「答えを知っているのに、ということですか？」

フィッチは薄ら笑いを浮かべた。「知らなければ、答えようがないだろ。アンソニー・パラスは危険な地区に行った。確実にいえるのはそれだけだ」

「父が企業秘密を売っていたとはどうしても信じられないのです」

フィッチは肩をすくめるだけで何もいわない。

「どう思われますか？」

「アンソニーはいいやつだった。何事にも公平で、礼儀もわきまえていてね。ああいう人間は、最近じゃめったに見かけなくなった」

奥さんがふりかえり、布巾で手を拭きながらまっすぐ夫を見た。

「あのときはあなたも、ずいぶんおちこんでいたわ」悲しげな目をわたしに向け、「あなたのお父さんが亡くなったときよ」といってから、また夫に顔をもどした。「あんなにつらそうなあなたを見たのは初めてだったわ」そこで目を細める。「怖かったわよ、マイケル。ずいぶんうろたえて、これはひどい、おかしい、あってはならないといいつづけるんだもの」

「あたりまえだろ」と、フィッチ。「同僚が殺されたんだ。にここになんかしていられるか」

「その程度じゃなかったわ。自分でもわかってるでしょ。だから、あなたから話して――」

「話すことなんかない！」ほとんど怒鳴り声。「これでおしまいだ。さあ、あんたたち、帰ってくれ。昔のことなんか思い出したくもない」

何かあるのだと感じた。はいそうですかと帰るわけにはいかない。当時の事情を少しでも聞き出さなくては。ギャヴもまったく立ち上がろうとはしなかった。

「フィッチさん、ご迷惑をおかけする気はないのですが――」

「あんたはそのつもりだろうが」奥さんをにらみつける。「こいつが横からいろいろいうからな。何も知らんくせに」

「でも、あなたは知っているのでしょう？　父に何があったんですか？　あなたはご存じなのでは？」

フィッチはなんと、両手のこぶしでテーブルを叩きつけ、全員がぎょっとした。

「何も知らんといっとるんだ！」唇をゆがめ歯をむきだしたけど、怒りはわたしというよりも、自分自身に向けられているように見えた。「さ、帰ってくれ。誰とも話したくない」

「でも……」

「聞こえなかったか？　イングリッド、お客さまはお帰りだ。二度と家に入れるな」フィッチは立ち上がると冷蔵庫のほうへ、その横のドアへと歩いていった。背を向けたまま、頭の上で手を振る。「おまえが入れたんだ、おまえが連れ出せ」

奥さんの表情を見るかぎり、夫に大声を出されるのも、その命令にすなおに従うのにも慣れているらしい。

「わかったわ」奥さんはアコーディオン・カーテンをあけた。「おふたりには帰ってもらうしかないわね」

わたしたちは台所を出て、奥さんが玄関の扉をあけたとき、わたしはバッグから名刺をとりだした。

「すみません、これ、わたしの名刺です。ご主人がもし気持ちを変えられたら……」

奥さんは否定的な顔をした。「それはどうかしらねえ。かなり興奮していたから」

「そこにわたしの携帯電話の番号がありますので」

奥さんはやっと名刺に視線をおとし、その目がまん丸になった。

「あなた、ホワイトハウスで働いてるの？」

「はい」

奥さんの態度が一変し、いかにも不安そうに訊いてきた。

「これで主人の身に何かあるわけじゃないでしょ？」ギャヴをじろじろ見て尋ねる。「あなた、もしかしてＦＢＩ？　主人を逮捕するつもり？」

ギャヴは静かに、しかしきっぱりといった。

「罪を犯していなければ、逮捕される心配はしなくてもよいでしょう」

16

「何を買ってきたと思う？」日曜の朝、わたしはギャヴのアパートのテーブルに袋を全部置き、そのひとつに手を入れながら訊いた。

彼はコーヒーのマグカップを片手に、わたしの横でほかの袋をのぞいている。

「きょうの夕食は手作りのつもりだったんだ」

わたしはにこにこした。「冷蔵庫に買い物リストを張ってあったでしょ。だから自分の買い物のついでに仕入れてきたの」

「きみはやさしいなあ。午後に買いに行かずにすんだよ。で、きみは何を買ったんだ？」

わたしは袋から出したものを背中に隠した。「さあ、なんでしょう？」

ギャヴは楽しげに目を細めた。わたしの大好きな表情のひとつだ。

「頼む。じらさずに教えてくれよ」

「はい、これです！」

彼はマグカップを両手で持ち、やっぱりな、という顔でうなずいた。

「シャワー・カーテンか」

「とりかえたほうがいいって、いったでしょ?」

わたしがビニールから引き出すと、彼はゆっくりと指先で撫でた。

「これは解明すべき新しいテーマだな」

「え?」

「シャワーだよ。人間関係に大きな役割を果たしているらしい」

「どういうこと?」

「過去の事実をふりかえってみよう。たとえば、きみときみのお母さん、おばあちゃんは、わたしがシャワーを浴びているときにわたしの噂話をした」と、そこでひと呼吸。「そしてきみのお母さん、おばあちゃん、わたしは、きみがシャワーを浴びているときにきみの噂話をした。おなじことは、お母さんの噂話についてもいえる。ところがおばあちゃんに関しては、これが当てはまらない」考えこんだように人差し指で唇を叩く。「おばあちゃんはなぜ、うまく逃れられるのか?」

「誰も気づかないうちに、いつの間にかシャワーを浴びるの」

「賢者だな、じつに。そしてきょう、きみがカーテンを買ってきてくれた」片手を高く上げて、赤い格子模様のカーテンを床まで垂らしてながめる。「風船の絵などひとつもない、男っぽいやつをね。シャワーにまつわることを考えるとどうしても、行ないを改めよ、といわれている気がするな」

「行ないを改める?」わたしは笑った。「融通がきかないほどの生真面目さでは、あなたの右に出る人はいないと思うけど」

ギャヴはマグカップをどん、とテーブルに置いた。

「きみはわたしの暗い面を知らないだけだ」

カーテンをはさんで彼に抱きつき、顔を見上げた。

「そのうち知るかしら？」耳に彼の鼓動が伝わってくる。

「そうならないのを願っているよ」


その晩、平らげた夕飯のお皿をギャヴとふたりで片づけた。

「すごくおいしかったわ」この台詞はこれで三度めだ。

ギャヴは首をふった。「高級料理とはほとんど縁がないからな。その教科書を――」と、カウンターの上を指さす。「どこかへ持っていってくれ。『チャレンジしよう、おいしい料理！』を読んだくらいじゃ、どうしようもなかったな」

「とてもいい本よ。わたしもずいぶんお手本にしたわ」

「だめだ」

「そんなことないって」

「気合を入れてアレンジしてみたんだが」

わたしはギャヴをまじまじと見た。

彼の頬がピンクに染まる。「結果は失敗だな」

「どれもおいしかったわよ」これで四度めだ。ギャヴがつくったのは、フライパンで焼いたチキンにバジルとトマトのソース、マッシュポテト、茹でたインゲン、サラダ、そしてデザートはミントのアイスクリームだ。

「おいしいのは高級料理に限らないもの」

「きみは食べながらいっさい批評しなかった」

わたしはテーブルを拭いていた手を止めた。

「ええ、そうよ。するつもりはないわ。わたしのために料理してくれた、というだけで最高だもの」

ギャヴは喜んでくれたらしい。「インゲンは少し硬かったな」

「あれくらいがおいしいわ」

わたしは食器に軽くお湯を流して食洗機に入れ、ギャヴはテーブルまわりを片づけていく。

「最近、ウェントワースさんはどんなだい？」

「二、三日まえに顔を合わせたけど、五分も話さなかったわ。開口一番、あなたのことを訊かれたわよ」思い出して笑ってしまった。「あなたにくれぐれもよろしく伝えてくれって。そして訊かれたの、あなたといつ――」

「うん？」彼は椅子をテーブルにもどしてから、わたしの後ろに来た。「いつ、なんだい？」

わたしはお皿を食洗機に入れながら軽い調子でいった。

「いつまたあなたに会えるかしらって」

ギャヴは無言だったけれど、視線は感じる。嘘をついたのがわかったみたいだ。

「オリー」

わたしは顔をあげた。

「そうじゃないだろ？」

どうしても早口になった。「ウェントワースさんがどんな人かはよく知ってるでしょ？ほんとにおせっかいなのよ。わたしたちがつきあうようになるまえから、あなたはいつ引っ越してくるのかとか、いろいろうるさくて」

ウェントワースさんは長い交際期間を経て、最近スタンリーと婚約し、話題といえば結婚式のこと、わたしとギャヴはいつ婚約するのか、ということだった。いま顔がほてっているのは、流しているお湯のせいではない。

「ウェントワースさんはあいかわらずなの」

「うん、わかった」ありがたいことに、ギャヴはそこでやめてくれた。

そのあとはテレビもつけず、ふたりでソファから夏の星空をながめた。わたしはソファの上になかば寝そべり、すわっている彼に頭をあずけて、のばした足先を重ねている。

「あなたもわたしも、あしたからまた通常の勤務ね」

ギャヴはもぐもぐと同意の声を漏らした。

「ぜんぜんしゃべらないのね」ウェントワースさんのことを話して以来、彼はずっと静かなのだ。「何か気になることでもあるの？」

「いいや、考えているだけだ」しゃべるとわたしの背中に振動が伝わってくる。彼は片手をクッションに、反対の手をわたしの肩に置いていた。こうしていると、とても気持ちがいい。彼といっしょにいると気持ちがおちつく。わたしはわたし自身でいられる。

「何を？」

ギャヴはためらい、なかなか返事をしなかった。たぶん、答えにくいことなのだろう。嘘をいう人ではないけれど、どんな答えであれ、百パーセント真実ではないような気がした。

「マイケル・フィッチと会ったときのことだよ。休暇中にほとんど収穫が得られなかったのは残念だ」

「わたしには、これでも予想以上の収穫よ」

ギャヴは小さな声を漏らした。「この状況はそうかもしれない」

わたしは身をよじり、彼の顔を見上げた。いまの言葉が、父の死に関する調査を指していないのはいやでも感じる。だけどそれを追及なんかする気はなかった。

「ねえ、ギャヴ」わたしは足を床におろした。「いまから、したいことがあるんだけど」

深刻なムードは避けたくて精一杯明るい口調でいい、彼もいくらかほっとしたようだ。

「なんだい？」

「新しいシャワー・カーテンを掛けない？」

彼は「え？」という顔をしたけれど、はいはいわかりました、というため息をついた。

「いいよ、やろうか」

カーテン・レールをはずすのは簡単だった。わたしはC形のプラスチックのフックを片側に寄せ、風船模様のカーテンを床に落とした。

「フックも新しいのを買ってくればよかったな。プラスチックよりクロムメッキのほうがいいわよね」

ギャヴは化粧台にもたれ、フックを指さした。

「まだ使えるよ」

「それはそうだけど」

わたしをじっと見つづける彼の目は、何か悩んでいるようにも見えた。でも、どうしたの、と訊きたいのをこらえ、新しいカーテンにC形フックをつけかえていく。そして全部つけ終えて、レールに通しはじめても、ギャヴは黙ってそばに突っ立っているだけだ。

わたしは彼を見上げた。腕を組み、じっとわたしを見つづけている。

「オリー」重々しい口調。

わたしはフックをレールに通す手を止めた。

「なに?」

彼を知らない人なら、その顔に浮かんでは消えるさまざまな感情を読みとれないだろう。でもわたしの胃は、潰れそうなほどに縮んだ。

「話しておきたいことがある……ふたりのことについて」

わたしは十代でも、夢見る若い娘でもない。だから彼の言葉に大きく動揺はしなかったし、彼の長い沈黙から、何かあるとは感じてもいた。そこでフックをレールに通す作業を再開し、できるだけ明るい口調でいった。

「ん？　どんな話？」

だけどうまく手が動かずに、通したフックが手前に流れ、あわててレールの端を持ちあげた。それでもいくつかこぼれ落ちて——。

ギャヴはそんなことには目もくれず、こういった。

「きみはこの町で仕事をしている。きみにとって、かけがえのない仕事をね」

わたしはこぼれたフックを拾った。「ええ、まあね」

浴室は静まりかえり、壁がのしかかってくるようだった。ギャヴは大きく息を吸い、顔をそむけた。そしてまた、こちらを向いていった。

「自分の仕事を大切に思うのは、わたしもおなじだ。それも何かあればすぐ、この町を出て行かざるをえないような仕事だ。はるか遠い地へね」

「わかっているわ」

「海外勤務からはずされた件は話したと思う」

「ごめんなさい、わたしのせいよ」

「あやまる必要はない」ギャヴは手をふった。「ほんの一時のことでしかなく、上層部はわたしに時間を与えようと考えているだけだ。きみとのかかわりを解消する時間をね」

わたしは覚悟を決めた。

「それで、その時間はできた？」

「いや、できない」

わたしたちは見つめあった。彼は腕を組み、わたしはレールを握りしめる。

「まだ話していないことがあるんじゃない？」

ギャヴは目を細め、あの表情をした。何かしら、傷つく言葉を口にするときの表情――。

だったら、わたしから先にいおう。

「あなた……いなくなるのね？」

彼が答えるより先に、わたしはつづけた。

「何かの任務があるんでしょ？　あなたはそれを引き受けるつもりなんじゃない？」

口にしたとたん、自分を抑えられなくなった。

「それも、間近に……近いうちに。あなたは任務を伝えられたのでしょう、きっと。もしかして、あしたからとか？」カーテンをなかば通したレールを見下ろす。こんなものは意味がなかったのかもしれない。わたしは彼の目を見てつぶやいた。「新しいシャワー・カーテンは必要なかったわね」

ギャヴの口から小さな笑い声が漏れたような……。

「そのカーテンはすばらしいよ。たいへん気に入った。世界一のカーテンだ。そして……どこにも行きはしない、いまのところはまだ」

「だったら――」

彼は組んだ腕をほどかず、顔にはまた痛みがよぎった。

「わたしは欠陥品なんだよ。意味はわかるね？」

いい返そうとしたけど、彼はよしなさいというように首をふった。

「話を聞いてほしい」狭い浴室のなかで、壁ぎわまであとずさる。たぶん、距離を置いて話すべきことなのだろう。

こんな会話を浴室でするなんて……。

ギャヴはわたしの目をしっかりと見た。意を決し、苦しみ、悩んでいるように。

わたしはたまらなくなり、カーテンを揺すっていった。

「お願い、早く話して」もっといいたいのをぐっとこらえる。

ギャヴの全身が緊張した。そしてふっと周囲を見まわし、ここが浴室なのに初めて気づいたようにいった。

「こんなところではなんだな。あとで、もっとゆっくりした場所で話そう」

「ううん。いま、ここで話して」

彼はわたしがいいだしたらきかないのをわかっているから、小さく何度もうなずいた。

「では、そうしよう」大きく息を吸う。「わたしはきみと——将来の約束をすることはできない」

レールを握っていた手から力が抜けた。「どういうこと？」

「将来の約束はできない」自分自身にもいいきかせるように、はっきりとくりかえした。

「それは……婚約、ということ?」

彼はうなずいた。

「どうしていまそんなことを」

「過去をふりかえればわかる」

「その話はとっくにしたでしょ? あなたは悲劇をもたらす男なんかじゃないわ」

「きみを危険にさらすわけにはいかない」

「危険なんてないわよ」レールにかけたフックがすべりおち、わたしは少し間をとりたくて、ゆっくりとレールの端を持ち上げた。「それにあのころは、ここまでのつきあいではなかったわ」

「きみのことが心配なんだ。もしきみの身に何かあったらと思うと——」

「それは逆じゃない? あなたの仕事を考えると、わたしのほうがもっとずっと心配でたまらないわ。わたしは厨房で料理をするだけよ」

「厨房の外で災難に巻きこまれることもある」

「終わったことでしょ? いまはトラブルなんて何もないわ」

「そういうことではなく——」

「ギャヴ」わたしは穏やかにいった。「人生に危険はつきものじゃない? お互い、それはわかっているはずよ。もしわたしの身に何か起きたとしても、それはあなたのせいじゃないわ。そしてあなたの身に……」考えるだけで体が震えた。「何も起きてほしくないと思ってる」

「きみに不安な思いを抱かせたくはない。その点はお互いにおなじだな」

「そうね。だけど信じてちょうだい。わたしはあなたの過去を聞いて、理解しているつもりなの。だから言葉での約束をする……その……」先がつづかなかった。

「なんだい？」

わたしはほほえんだ。「その時が来ればわかるわね」

「そうだな」彼は壁ぎわから離れた。「その時が来れば、ためらいはしない。けっしてね。ただここで、将来の計画を立てることはできない。具体的な約束はできない。いまこのときを精一杯過ごすだけだ」わたしを見つめるまなざしが熱くなる。「きみにとっては不公平だと思う。婚約の神さまはきみに、ほかにいくらでもチャンスを与えるだろうから」

「さあ、どうかしら」できるだけ明るい調子でいった。「これまでのところ、チャンスらしいチャンスは一度もくれなかったわ」

ギャヴはわたしに近づいて両腕をとり、抱きしめた。レールからフックがこぼれて新しいカーテンが床に落ち、わたしはレールも床に落とした。

「それがいつかはわからない」と、彼はいった。「だがその時が来れば、あとは法律に従うだけだ。せいぜい三日くらいかな」

「三日？」

「ラスベガスまで行けばもっと早くすむだろうが」

「とんでもないわ」

ギャヴはわたしを見下ろした。「きみがそうしたいなら、と思っただけだよ」

よけいなことはいうまいと思った。そして彼も、わたしの唇に人差し指を当てた。

「言葉はいらない」ギャヴの声はやさしかった。「ただ、きみが考えてくれれば、それだけでいい」

17

月曜の朝、シアンはラグーの下準備をし、バッキーとわたしはいろんなキノコの汚れをとったり、軽く洗ったりし、ヴァージルは大統領一家の朝食の仕上げにとりかかっていた。ただ大統領自身は何時間かまえに、西棟《ウエスト・ウイング》で朝食をすませたようだ。大統領はできるだけ家族と食事をするようにしていたけれど、夏休みに入ったいまは起床時間も遅くなるので、そうもいかなくなった。その結果、食事は朝食も昼食も二セット、大統領の執務の具合で夕食も二セットになり、ヴァージルはひっきりなしに愚痴をこぼした。

「いまさらだけど——」わたしは小声でバッキーとシアンにいった。ヴァージルは冷蔵室のほうへ行き、ここにはいない。「大統領家の食事をつくれないのはさびしい半面、こうなったらヴァージルの存在がありがたいわ」

シアンは眉をひそめた。「拡大解釈じゃない？　あの人は自分勝手に騒いでるだけよ」

「だけどわたしたちの時間が増えたのは間違いないでしょ。わたしはジョシュアの相手ができたし、以前よりもっと試作品をつくれるようになったわ。このまえの公式晩餐会が大好評だったのは、バッキーが時間をかけて実験的試みを重ねてくれたおかげよ」

らわかる。

バッキーがさりげなく「ありがとう」といったけど、喜びと誇りがいっぱいなのは仲間な
「オリーのいうとおり、時間が増えはしたが」と、バッキー。「王さま気どりのやつはごめんだね」

「性格はともかく、この厨房に不可欠の人にはなったわ」

「正式な総務部長が早く決まらないかなあ。そうすれば厨房内の序列も話し合える。ヴァージルは副料理長のつもりでいるからね。本来、それはぼくだったはずだ。上司がヴァージルだなんて考えたくもないよ」

わたしもバッキーを右腕だと思っているけど、それをダグに話したところで、埒《らち》が明かないような気はした。

「総務部長の人事がはっきりするまで待ちましょう」

「好むと好まざるとにかかわらず、その時が来るまでね」

バッキーの言葉に、ギャヴとの会話を思い出した。ゆうべは頭のなかがいっぱいで、なかなか寝つけなかった。といっても、ギャヴが悲劇だの悪運だのを呼ぶ男とはまったく思っていない。暗い天井を見つめ、頭のなかをいっぱいにしたのは不安と罪悪感、そして拭いようのない結婚への憧れだった。

自分でも、まだよくわからない。ギャヴと知り合ったのは何年もまえだけど、親しくなったのは比較的最近のことだ。それまでは誰かといっしょにいると、ありのままの自分でいる

のがどこかおちつかなかった。でもギャヴはわたしをわたしとして見つめ、わたしはギャヴをギャヴとして見つめている。わたしたちは相性がいい。それもとびぬけて、桁違いに。

ギャヴはわたしをきらきらした目で見つめてくれる。

それだけでもう十分。ほかに望むものはない。もしいま結婚するとしたら、ギャヴ以外に考えられなかった。

ただ疑問がひとつ――。独立志向の強いわたしに結婚なんてできるだろうか？　ギャヴのいうとおりだろう。彼もわたしも、自分の仕事をとても大切に考えている。どちらかが――可能性が高いのはギャヴのほうだけど――ＤＣの地を離れるからといって、どちらも自分の仕事をあきらめ、放棄したりはしない。

わたしはずっとひとりで生きてきた。誰かのために、人生の一部をあきらめるなんてとても考えられなかった。

でもギャヴは、ただの〝誰か〟ではない……。

「オリー？」シアンがわたしの顔の前で、生のタイムを持つ手を振った。「ぼうっとして、どうしたの？」

「ごめん」わたしは会話に参加せず、物思いにふけっていたらしい。「考え事がいっぱいあって」

「また何かトラブルがあったんでしょ」

「どうしてそう思うの？」

シアンとバッキーはちらっと目を合わせた。

「わたしにトラブル？　初耳だわ。このところずっとお行儀よくしてきたつもりだけど」

「調査なんてものはやってないんだな？」と、バッキー。

父の死に関連する出来事を調べているといえば、いやでもギャヴの存在に触れることになるだろう。そこで逆質問することにした。

「ここではトラブルなし？　わたしの休暇中に何も起きなかった？」

ふたりはまた目を合わせた。

「よしてよ。何かあったの？」

そのときヴァージルがもどってきた。抱えているのはたぶん昼食用の食材だろう。ひと言も声をかけずにバッキーの後ろを通って、カウンターの端に行った。

「クィン捜査官が――」と、バッキー。「今朝早く、オリーを訪ねてきたが」

「シークレット・サービスがわざわざここまで来るのは」と、シアン。「オリーが何かに巻きこまれたときくらいでしょ？」

ヴァージルが鼻を鳴らし、バターを量りながら口をはさんだ。

「そうそう。そのうち捜査官が次つぎやってくるさ」

わたしは苦笑いした。「そういえば、変装したときの服を返してなかったわ。返却先がわからなかったから、アパートに置いてあるの。洗濯したほうがいいとも思ったし。わたしを訪ねてきた理由はきっとそれよ」

シアンとバッキーは大袈裟にうなずき、わたしに向かって大きく目をむいた。どうやらヴァージルがいるせいで、わたしがごまかしをいったと思ったらしい。

「まあね、もし何か事件でもあったのなら、そのうちわかるでしょう。でもたぶん、理由は衣装の返却よ」

「でなければ……」ヴァージルが腰に手を当て、こちらをふりむいた。「クィン捜査官はオリーに会いたくてたまらなかったか」

わたしは声をあげて笑った。

ヴァージルはわたしの笑いをスライスするようにナイフを振り振りいった。

「いいや、まじめな話さ。きみが事件に巻きこまれたときは――一度ならず何度も楽しませてもらった経験からいえば――もっと何人も、捜査官がやってくる。ところが今回はクィンひとりだ」

バッキーの眉間に皺がよった。「うん、たしかにそうだな」

「衣装よ、賭けてもいいわ」と、わたし。

見るとシアンまでが疑いのまなざしを向けてきて、よし、だったらこの場でクィン捜査官に電話をして確認しよう、と思った。でも、そこまでするほどのことでもないか。

「いいわ、みなさんのご想像にお任せします。また捜査官が来ればはっきりするでしょうから」

一時間後、ジョシュアが駆けこんできた。その後ろには、のんびり歩くハイデン夫人。少年はフード・エキスポでもらった無料のＤＶＤを持ち、そのラベルから、出展していた有名ブランドのものだとわかった。

「オリーはこれを見た？」ジョシュアはＤＶＤをわたしに差し出した。

ハイデン夫人は後ろから息子の頭に手をのせて、「ほらほら」といった。「まずみなさんに、きちんとご挨拶なさい」

ジョシュアはぐるっと見まわした。そこで初めて、ほかにもスタッフがいることに気づいたらしい。

「あ、こんにちは……。ううん、おはようございます」そしてヴァージルのほうを見た。「朝ごはん、おいしかった。ありがとう、ヴァージル」にっこりして母親を見上げる。それからまた、少年はわたしに話しかけた。

「このＤＶＤね、チーズフォンデュのレシピなんだよ。きょう、つくってもいい？」反応をうかがうように、大人たち全員を見まわす。「お母さんがね、もしぼくがつくったら、今夜、お父さんといっしょに食べてもいいっていうんだ」

するとヴァージルがＤＶＤに手をのばした。彼はジョシュアにとって、かつての憧れの人だ。でもいま少年は少し身を引き、ためらいがちにＤＶＤを渡した。

ヴァージルはそれをためつすがめつすると、「ラプラス・チーズ社のものか」とつぶやいて顔をゆがめた。「自社製品を目立たせまくった映像にしてるんだろうな。中身は二百万人がつくるレシピと大差ないはずだ」指先でつまむようにして、ＤＶＤをジョシュアに返す。

「ぼくなら大衆向きのレシピは使わないね」

ジョシュアはしょんぼりしてうつむき、わたしに目を向けた。

「じゃあ、これ、つまんないレシピってこと？」

まったくヴァージルという人は——。子ども相手になんて無神経なことを。

「まだ見ていないの」と、わたしはいった。「だから一度見てみるわね」少年からDVDをうけとる。「でもラプラスのレシピなら、間違いないと思うわよ。あとでいっしょにつくってみようね」そしてヴァージルをちらっと見てほほえんでからいいそえた。「どこでもね、家庭の味がいちばんおいしいの。この厨房だって、ふつうの家庭のレシピでつくって、そのときどきで少しアレンジしているだけなのよ。ジョシュアもそれでいい？」

少年に元気がもどった。「うん。ちょっとアレンジしたら、新しいレシピになるってことだよね？」

「ええ、そうかもね」わたしは慎重に答えた。「でも何ができるか、見てみないとわからないから。ジョシュアとわたしには、これもお勉強ってことだわ」

「何時だったらいい？」

するとそこへ、クィン捜査官が現われた。でもハイデン夫人とジョシュアに気づくと足を止め、「失礼いたしました」と夫人にいった。「こちらにいらっしゃるのを存じあげませんでした。のちほど出直します」

「ちょっと待って、捜査官」わたしは引き止めた。せっかくだから、ヴァージルのロマンチックな想像をここで否定してもらおう。「さっきも来てくれたのでしょう？」彼が答える間もなくつづけた。「服の返却の件よね？」

ところがクィン捜査官は驚いた顔をした。

「いいえ、ミズ・パラス。しばらくしてから、また来ますので」そういうとわたしの返事を待たずに背を向け、そそくさと厨房から出ていった。

「変ねえ」シアンはにやにやしながらバッキーを見て、バッキーはにやにやしながらわたしを見た。

「かならずまた来るな」

わたしはいささかうろたえた。ヴァージルの推測は的外れだと思うけど、そうすると用件はいったい何？　わたしの経験上、こういうときのシークレット・サービスは、いいニュースをもってきたためしがない。

でもともかく、目の前のことに気持ちをもどさなくてはと思い、ジョシュアをふりかえった。

「じゃあ、ランチのすぐあとはどう？　もしお母さんの許可をもらえたらね」

ハイデン夫人はジョシュアの頭の上で人差し指を立てた。

「かまいませんよ。ただ、あなたと少し話したいのだけど」立てた指で、クィン捜査官が出ていった方向を示す。「いま、時間がとれるのなら」

どんな話だろう？　わたしは夫人について厨房を出た。夫人はすぐ左に向かい、業務用エレベータの前で止まった。

「どのようなお話でしょうか?」

夫人はほほえんだけれど、瞳は暗い。

「ジョシュアにはさびしい夏休みになったの。アビゲイルは新しい学校で新しい友だちもできて、もう十三歳だし、かわいい弟が多少わずらわしくなったみたいなのよ」

そういえば、ダグもそんな話をしていた。

「いつかこんな日がくるとは思っていたの」夫人はあきらめたようにいった。「アビゲイルを責めるわけにはいかないわ。弟と過ごす時間もあるにはあるけど、やはり友だちといっしょにいたほうが楽しいでしょう。気持ちはわかるの。わたしだってそういう時期があったから」自嘲ぎみに下唇だけで笑う。「ずいぶん昔の話で、わざわざいうほどでもないわね」そして気持ちを切り替えるように、首を横にふる。「いちばん気がかりなのは、ジョシュアにはアビゲイルのような新しい友だちがなかなかできないことなの。数人はいるみたいだけれど——」小さなため息。「人づきあいが苦手とでもいうのかしら」

「それはご心配ですね。わたしに何かできることは?」

「いまでも十分してもらってるわ。あの子は厨房からもどってくると元気いっぱいで、いつもの明るい子にもどるのよ。ジョシュアはあなたをお手本にしているみたいね。だから先週、あなたがお休みのあいだはずいぶんさびしそうで……。わたしたちが腫れ物にさわるようにしたせいもあるのでしょう、あの子はどんどん内にこもってしまって」

胸が苦しくなり、思わず厨房のほうをふりかえった。いますぐもどってジョシュアを抱きしめ、きみは最高だよ、といいたい。

「わたしもとても心配です」

「ジョシュアの相手をするのは、あなたの職務範囲でないことはわかっているのだけど」

「厨房に来てくれると楽しいので、いつでもかまいません」わたしは心からそういった。

ハイデン夫人の表情がやわらいだ。

「そういってもらえるとうれしいわ、オリー。あの子もね、そのうち気が変わって消防士になりたいとか野球選手になりたいというかもしれない。でもあなたと過ごす時間からいろんなものを得られると思うの」

これほどうれしい言葉はなく、驚きとともに、喉が詰まりそうになった。

「ありがとうございます。わたしもジョシュアといると元気になります。ほんとにいい子ですから」

「でしょう？」夫人は笑顔になった。

図々しい、出しゃばりな質問かもしれないと思ったけれど、訊かずにはいられなかった。

「大統領はやはり……ジョシュアの料理への興味にご不満なのでしょうか？」

夫人は顔をしかめた。ただその表情は、ファースト・レディというよりも、わたしとおなじ思いを抱くひとりの女性というように見えた。

「どうなんでしょうねえ……。主人はこのところ家族とゆっくりできる時間が少なくて、ジヨシュアのようすもあまり見ていないのよ。あの子の気持ちを尊重してほしいとは思うし、そのうちたぶん……なんともいえないわ」

夫人ははっきりしたことはいわず、わたしもゆっくりとうなずいた。

「あなたにはいろんな意味で」夫人はわたしの腕に手を添えた。「感謝しているわ」

それからふたりで厨房にもどり、夫人はジョシュアを呼んだ。少年は昼食後にすぐまた来るからと約束して、母親といっしょに厨房から出ていった。と、そこで、わたしは夫人からふたりの会話は口外無用だと念押しされなかったことに気づいた。ここだけの話にしてほしい、とはひと言もいわなかったのだ。夫人はわたしを信頼してくれている——。

仲間たちをふりむき、声をかけた。

「さあ、仕事、仕事。みんなでがんばりましょう」

いつにも増して、声に張りが出た。

18

ジョシュアとふたりで一時間近くかけてさまざまなチーズをスライスしては試食し、組み合わせを決めた。グリュイエールがやわらかくなるのを待つあいだ、優秀な生徒に作業のコツをいくつか伝授する。といっても、食材の洗い方とか、野菜の飾りつけ方、お皿を湯ですすぐ理由などだ。バッキーとシアンも上機嫌で、フォンデュ・コンボ・ナンバー7と命名した料理が出来上がると、ジョシュアは頬を紅潮させ、四人で笑いながら下ごしらえの苦労をふりかえった。

ヴァージルはランチを仕上げた後、どこかへ消えた。ジョシュアが厨房にいるときは、そのほうがありがたい。ハイデン家のシェフとして気に入られ、ホワイトハウスでも専属シェフにしてもらったヴァージルは、わたしの下で仕事をするのがいまだに不満らしい。

「ねえ、これ見て」ジョシュアはニンジンとピーマンで作った〝ヤシの木〟をチーズに浸した。

わたしは指を振りながら、「食べものであまり遊ばないようにね」といった。

「だけど――」少年はプライドを少なからずにじませた。「何がチーズにぴったりなのかは、やってみなきゃわかんないよ」

「ええ、それはそうね」

そのとき入口から、聞き慣れた声がした。

「ミズ・パラス、少しいいかな？」

ふりかえると、そこにギャヴ——。

「はい、ギャヴィン捜査官」頬がほんのり温まるのを感じ、どうかシアンとバッキーがジョシュアの顔だけ見てくれていますようにと願った。ほっぺたがピンクになった言い訳をするのはかなりむずかしいだろうから。

「状況が変わってね」と、ギャヴ。「仕事の邪魔をして申し訳ないが、少し時間をもらいたい」

「わかりました」

ギャヴは外に出ていき、わたしはタオルで手を拭いてエプロンをとった。

「何があったんだ？」バッキーが小声で尋ねた。「またトラブルか？」

わたしは軽く首をすくめ、正直にいった。

「ぜんぜんわからないわ」

バッキーはギャヴが出ていったドアを見て、わたしに視線をもどした。

「あの人が来るときは、たいてい深刻だ。気をつけろよ、オリー」

バッキーの言葉にほのめかしや裏の意味はなさそうだった。

「ええ、気をつけるわね」外に出るとギャヴがこちらへと手をふり、厨房の斜め向かいのマップ・ルームに入った。

「時間をとらせてすまない」ギャヴはドアを閉めてからいった。

「珍しいわね。何かあったの？」

「きょうの午後、ホワイトハウスの外で会合がある。夕方以降は連絡がとれなくなるだろう」

「そうなの。わかったわ」でもそれくらいなら、電話でもすむ話ではない？

ギャヴは静かな部屋でも耳をそばだてなくてはいけないほど声をおとした。

「友人のジョーが、会って話したいといってきた」

ヤブロンスキのこと？　と訊きかけてやめる。ギャヴは人物を特定せずに話したいのだろう。職員は盗み聞きなんかしないけど、用心するに越したことはない。

「でもあなたは今夜、忙しいのでしょ？」

「そう。だからきみひとりで会ってもらいたい」

「ひとりだと、あそこに行く道順がわからないわ。このまえは書類ばかり見ていたから」

ギャヴは首を横にふった。「今回はべつの場所だ」

「どこ？」

「いずれ向こうから接触がある」

わたしは目をまんまるにした。「サスペンス・ドラマみたいね。尾行も心配しなくちゃいけない?」

ギャヴはゆがんだ笑みをうかべた。「ジョーはつねに尾行の危険にさらされている。害がない場合も、ある場合もふくめてね。ありがたいことに、きみの動向に注目している者はいまのところいない。少なくとも、われわれが知る人間のなかには」

「わたしは重要人物でもなんでもないから?」

「そういう意味ではない」

「はい、わかりました。といっても、誰が〝接触〟してくるの? これは国家機密なわけ?」つい声が大きくなり、あわてておとした。「ごめんなさい。ただ、暗い場所からいきなり人が飛び出してきても……」

ギャヴはにやっとした。「だから符帳を決めた」

ずいぶんすごい話で、わたしはほほえむことすらできなかった。

「どんな言葉?」

「風船、だ」

わたしの表情が変わったのを見て、ギャヴは急いでつづけた。

「古いシャワー・カーテンが頭から離れなかったものでね」

「取り替えないほうがよかったみたい」

「いいや、新しいのは気に入っている」

ここでそんな話をしていいのかしら?

「それで、いつ接触してくるの?」

「いまは不明だ。じきにわかる」

わたしは観念した。ギャヴが来てくれたらうれしいけど、自分ひとりでもなんとかなるだろう。はっきりいって、ジョー・ヤブロンスキは苦手だ。でもギャヴが尊敬しているのだから、根はいい人にちがいない。

「今夜、時間ができたら電話してくれる?」わたしはギャヴに尋ね、ふたり同時にぎょっとした。

マップ・ルームのドアがいきなり開いたのだ。

「ありがとう、ミズ・パラス」ギャヴは事務的にいった。「仕事にもどってもらってかまわない」そしてドアのほうを向き、口調を変えずに「クィン捜査官――」とつづけた。「こちらの話は終了した」

クィン捜査官はまごついている。

「こんにちは、捜査官」わたしは挨拶した。それにしても、彼は午前中、どんな用件で厨房まで来たのだろう?「今朝はあんなふうでごめんなさいね」わたしはギャヴといっしょにドアへ向かいながら、人のいない部屋のなかに手をふった。「ここでの用事が終わったら、いつでもかまわないからまた厨房に寄ってちょうだい」

いったいどうしたのだろう? クィン捜査官はいかにもどぎまぎしている。ひょっとしてバッキーのいうとおり、わたしは知らないうちにまたトラブルに巻きこまれた? それともヴァージルのいうように、クィン捜査官はわたしに関心をもった？

「お話し中、申し訳ありませんでした」彼はそういうと、何もせずに出ていった。

「幸運を祈る」と、ギャヴ。「時間をみて、結果を連絡してほしい」

「ええ、連絡するわね」


バッキーとシアンは五時に帰り、わたしは残ってヴァージルを手伝った。大統領家の夕飯は六時で、滞りなく仕上がり運ばれていく。料理は見た目が美しく、香りもとてもよく、わたしはヴァージルを賞賛するしかなかった。それから後片づけを終え、ヴァージルは帰り支度をすませると、残って手伝ってくれてありがとう、といった。

ほんとにね、彼のマナーもまんざら捨てたもんじゃない。

わたしは多少ぐずぐずした。エプロンをとり、調理服を脱いで、カウンターをもう一度消毒してからようやく照明を切る。そしてドア口の壁にもたれて全体を見まわした。早朝と夜は何もかもが静かでほんとにおちつく。昼間だとどうしてもこうはいかないけど、とりあえず大きな国際問題はないし、大災害や大事故のニュースもなかった。

でもこれは、はたしていつまでつづくだろう？

壁から背を離し、外へ出ようとふりかえって、飛びあがるほど驚いた。

「クィン捜査官……」すぐ目の前に彼がいたのだ。

「すみません、びっくりさせて。数分ほど話せますか？」

ギャヴからいわれた件があるけど、数分くらいなら問題ないだろう。

「ええ、いいわよ。どうしたの？」

職員が空っぽの洗濯カゴを押しながらホールをこちらへやってきた。

「すみません――」職員の言葉に、わたしはホールから暗い厨房へ少しもどった。

クィン捜査官は頭をぽりぽり掻いて、シークレット・サービスのわりにちょっと頼りない印象だ。

でもそこで、彼が書類袋とファイル・フォルダを持っているのに気づいた。

「間に合ってよかった。午後にあなた宛の〝緊急〟とある書類が届いたんですよ」クィン捜査官は書類袋を差し出した。

「ありがとう」受けとってはみたものの、ずいぶん軽い。「何も入ってないみたいだけど」外側には何も書かれていなかった。「どこから届いたの？」

「自分はまったく知りません」

「何度も来てもらって申し訳なかったわ。でもこれなら、日中に来たときに渡してくれたらよかったのに」

「いえ、それは一時間まえに届いたばかりで、昼間の用件は――」フォルダをかかげる。

「こっちのほうです。誰もいないところで話したほうがよいと思われたので」

「あら――」がぜん興味がわいて、わたしは袋を脇にはさむと、フォルダをもらって広げた。

「あなたのお父さんが以前、プルート社にお勤めだったと聞き、いまも関心があるように見えたので、少し調べてみたんですよ」と、クィン捜査官。

「そうだったの、ありがとう」わたしは心からお礼をいった。ただし見たところ、ギャヴが調べてくれたものと大差なさそうだ。もちろんそれをクィン捜査官にいう気はないから、書類をめくって時間稼ぎをした。どうしてここまでしてくれるのかしら。ひょっとして、ヴァージルの推測が当たっていたとか？　でもどちらにしろ、プルート社の調査にクィン捜査官をひっぱりこむわけにはいかない。これからどんな新事実がわかるのか見当もつかないのだ。

「ほんとにうれしいわ」といってから、脇にはさんだ書類袋をまた手にとる。「でも帰るまえにこれを見ておいたほうがいいと思うから」

わたしは厨房の電気をつけて、手近なところに袋を置いて広げた。でもクィン捜査官は帰ろうとはしない。彼のためにいっておくと、べったりくっつくわけではなく、それなりにきちんと距離を保って、わたしが一枚の紙を広げるのを見ているだけだ。

その紙には、Gストリートにあるフランチャイズのコーヒー・ショップに行くようにと書いてあった。このお店には一度入って、コーヒーとベーグルを頼んだことがある。

「そういうことね」わたしはつぶやいた。これはサスペンス・ドラマどころじゃないかも。

「悪い知らせでも？」と、クィン捜査官。「自分にできることがあればやりますが」

「ううん、平気」わたしはそういって腕時計を見た。

「時間ですね？　どこかまで送りましょうか？」

〝接触〟があるとわかっていて、シークレット・サービスにエスコートしてもらうわけにはいかない。

「ありがとう。でも、今夜は遠慮しておくわ」

クィン捜査官はとまどったけど、深い意味にはとらなかったようだ。

「わかりました。ではまた。お疲れさまでした」

彼がいなくなって、わたしはほっと胸をなでおろした。

交通事情はいつものごとくで、わたしは指定のコーヒー・ショップまでタクシーを使わず、歩くことにした。この時間でもまだ気温は高いけど、きびきびと早足で行く。なんといっても、外の空気を吸えるのは気持ちよかった。

Gストリートを渡り、高層ビルから少し奥まった場所にあるコーヒー・ショップへ向かう。ところが着いてみると、〝オープン〟のライトは消えていて、店内も真っ暗だ。そしてガラスのドアには手書きの紙が張ってあった——申し訳ありません、電気系統の故障により臨時休業いたします、明日には開店できる予定です。

わたしは両手を腰に当てた。「どういうこと?」とつぶやいたところで返事があるはずもなく、窓に顔を寄せて手をかざし、なかをのぞいてみる。だけど人の気配はまったくなかった。少なくともテーブルやカウンターは無人で、影の部分に目を凝らしても誰もいない……。

お店の外の周辺域を見まわしてみる。わたしを見つけて声をかけてくる人はいない? あたりは仕事を終えた帰宅者だらけだった。ビジネススーツやビジネスカジュアルの男たち、スカートにスニーカーの女たち。バッグやブリーフケースを体にぴったりくっつけて、みんな足早に目的地に向かっている。観光客はもっとのんびりし、家族だか友人だかがカラフルなマップと見比べては南や南西の方角を指さしたりしていた。

仕方がない。こうなったらアパートに帰り、つぎの指示を待つしかないだろう。そんなものがあるとすれば、の話だけれど。ジョー・ヤブロンスキは有力者とのつながりが深いらしいし、ギャヴはぶどう園での会話に満足したらしいけど、わたしはあまり良い印象をもてなかった。それにヤブロンスキは、わたしとギャヴの関係が気に入らないように思えてならない。

これで最後にしようと、もう一度、行き交う帰宅者たちをざっと見まわしてみる。ベンチには、肘をついて空を見上げるホームレス。何やらぶつぶつ独り言をいっているけど、わたしのほうを見る気配はまったくない。十歩ほど先では、黒いスーツの若い男性が携帯電話で話しながら、まっすぐこちらを向いた。ずいぶん文句をいっているようだから、近くにいるはずの相手をさがしているのだろう。

わたしはコーヒー・ショップに背を向けた。と、金髪の男性にぶつかりそうになった。背が高く二十代なかばくらい。グレーのスーツでネクタイをゆるめ、息をきらしている。

「閉まってるんですか？」彼はわたしの肩ごしにコーヒー・ショップを見て尋ねた。

この人が接触相手？「そうみたいね」

「で、あなたは誰かと待ち合わせ？」

ふむ。たぶんこの人だ。「ええ、まあね」

「どんな人を待ってるのかな？」

符帳はいわない……。「あなたはどんな人を待っているの？」

彼はうろたえ、ゆるんだネクタイを締めた。

「いや、その……。ここが閉まっているなら、近くのほかのコーヒー・ショップにでも行きませんか？」

「もしかして、あなたは会ったことのない人とお見合いデートしに来たんじゃない？　残念だけど、わたしはその相手じゃないわ」

「そ、それは失礼しました」しどろもどろになる。

「いいえ、どういたしまして。彼女が見つかるといいわね」わたしは歩きはじめた。

地下鉄の駅に入るところで、お腹がすいているのをしみじみ感じた。今朝はアパートで軽く食べ、厨房ではつまみ食い程度しかしていないのだ。ここから一ブロックも行かないところに、サラダ食べ放題のお店ができたから、ちょっとのぞいてみよう。

数分後、わたしは窓に面したカウンター席にすわり、道ゆく人びとをながめながら、ルッコラとトマトとパルメザンチーズのサラダを食べた。ギャヴにはコーヒー・ショップが閉まっていたことを知らせなくてはいけない。その後は彼がヤブロンスキと調整してくれるだろう。

それにしても、ヤブロンスキはわたしに何を話したかったのか？

サラダを食べおえ、残ったお水も飲みほして、ギャヴの声を聞きたいなと思った。でもいまごろ彼は会議の最中だろう。クィン捜査官からもらった資料はバッグに入れてあるから、アパートに帰ってから読むことにする。新しい事実がどれほどあるかは疑問だけれど、それでも目は通しておきたい。夜のアパートでひとりきりなら、何か集中できるものがほしいし。

お店を出ると、駐車禁止区域なのに、目の前に車が一台停車した。黒いセダンで、窓にはフィルムが貼られ、ドアには傷があるしバンパーもゆがんでいる。すると運転席から男性が出てきて、わたしに手を振った。

「ミズ・パラス？」

「あなたは？」

「車に乗ってください」

わたしは歩道を行く人たちがたくさんいることを手で示してから、「知らない人の車には乗らないわ」といった。

男性は四十代後半くらいか。半袖のチェックのシャツを着て、太鼓腹で、茶色の巻き毛は汗に濡れ、いらついたようすだ。

「ミズ・パラス、わたしはあなたの名前を知っているのですよ」

これまでの経験から、そのての台詞にはだまされない。

「ごめんなさいね」わたしは両手を広げた。「それだけで、乗るわけにはいかないわ」

通り過ぎる人たちが、眉をひそめてわたしたちをふりかえりはじめた。

もう少し待ってみたけど、男性は符帳をいわない。だからわたしは背を向け、歩き出した。するとあからさまに不満げな声がして、ちらっとふりむくと、彼は車のルーフに両手をのせて人差し指を立てている。たぶん、待て、といっているのだろう。でもわたしは足を止めない。

ドアの閉まる大きな音がして、男が走ってきた。半袖シャツの脇が汗で黒ずんでいる。

「ちょっと待って」けっして大声ではない。

わたしは走って逃げることはせず、男は追いついてきた。さっきの若い金髪男性と違い、こちらは息をきらし、唾を飛ばしながらしゃべった。

「なぜ、だめなんですか」荒っぽくはない、ふつうの口調で。

「あなたのことを知らないから。自分は何者なのかをはっきりいわないかぎり、いっしょに車に乗ったりしません」

男は頰の汗をぬぐいながら、アイドリングしているセダンをふりかえった。

「そうか、そういうことなら…… 〝風船〟。これでいいかな?」

わたしはにらみつけた。かなり不満だけれど、この男で間違いないらしい。

「あなたの名前は?」

「知る必要はないでしょう」彼はわたしの肘を指先でつまんだ。「では、車へ」

わたしは肘を引いた。

「歩いていきます。目的地がわからないまま、車には乗りません」

「扱いにくい人だとは聞いていたが……」

「誰からそんなことを?」

汗にまみれた男は、ビリヤードの白玉のように大きな目の真ん中にちょこんとある黒い瞳でわたしをじっと見た。

「あなたはうちのボスにどれくらい迷惑をかけているのか、わかっている?」

「いいえ、わかっていません」

わたしはしぶしぶ車まで歩き、彼は後部座席のドアをあけると乗るように指示した。

なんとなくしゃくだったけれど、いわれたとおりにする。

「こんばんは、オリー」後部座席の奥から声をかけてきたのは、クィン捜査官だった。

19

「どうしてあなたがここに？」

「コーヒー・ショップで会う予定だったのに――」クィン捜査官は軽く首をすくめた。「臨時休業だったもので」

半袖シャツの彼はドアを閉めると運転席に乗り、何やらぶつぶついいながら発進した。

「どうしてなの？　こういうことなら、ホワイトハウスで教えてくれてもよかったんじゃない？　でも、そういえば……」わたしはフード・エキスポで初めてクィンを知ったのだ。

「あなたはほんとに大統領護衛部隊《PPD》？　それとも密偵とか諜報員？」

クィンはドアにもたれ、じっとわたしを見た。

「さすが、わかりが早い」

頭の整理がつかなかった。「でも、どうして？」

クィンはホワイトハウスにいるときより、ずっとリラックスして見えた。

「あなたとわたしが知っている紳士、あなたがこれから会う予定の紳士は……」ヤブロンスキを指しているのがわかるかどうかを待ち、わたしはうなずいた。「あなたを監視するために、わたしをホワイトハウスに派遣した」

「なぜそんなことを？」

「理由は尋ねなかった。自分は指示されたことをやるだけなので」

「だけどさっきは、厨房でふたりきりだったわ。あのときにひと言でもいってくれたらよかったのに」

「たとえ微小であれ、他者に聞かれる危険は冒せない」

わたしの頭は混乱したままで、額をこすりながら考え、車は西の方角へ向かっているらしいのをぼんやり感じた。

「それであなたは、その紳士とわたしが会う目的を知っているの？」

「いいえ」

「目的地はどこ？」

「そのまえに、こちらから質問をひとつ」車は右に曲がり、半袖シャツの彼は威勢よく加速した。「あなたは紳士と――わたしたちの共通の友人とどのような件でつながっている？わたしがきょう厨房で渡した調査結果とのつながりは？」

「つながりがあるなんて誰もいっていないでしょ？　それにわざわざ調べたのは、なぜ？」

「あの程度の情報なら、あなた自身でも調べられたはずだ」

「答えになっていないわ」

「そう、答えてはいない」

それから一、二キロほど沈黙がつづいた。

「ここはマサチューセッツ通りね？」車が左折したところで訊いた。「どこかの大使館にでも行くの？」

またしてもクィンは答えず、逆に質問してきた。「あなたはプルート社のどこに興味が？」

「なぜそんなことを訊くの？」

クィンは少し身をのりだし、穏やかながら、どこか棘《とげ》のある口調で答えた。

「なぜなら、父親が働いていた、という理由だけとはとうてい信じられないから。あなたがトラブルを好むのは、シークレット・サービスでは有名で――」

「あらっ」彼が話しきらないうちに、反射的に言葉が出た。「プルート社に何かトラブルがあるの？」

話を最後まで聞けばよかったと後悔した。口を閉じたクィンの冷たい顔つきから、彼はわたしが事情を知っているものと思いこんでいたらしいのがわかる。わたしはますます混乱した。

「あの会社に対して反感をもってるわけじゃないわ」慎重に言葉を選び、父の経歴には触れずにすむようにする。企業スパイ容疑や殺人事件など、わたし自身がもっと情報を得るまではよけいな質問をされたくなかった。「父はわたしが小さいときに亡くなったから、勤めていた会社に興味をもっただけよ。父のことが少しでもわかればうれしいから」

クィンは冷たい表情のままいった。「すなおには信じがたいが、べつにかまわない。共通の友人が処理してくれるだろうから」

また〝共通の友人〟としかいわない。「彼は――」運転席をそっと指さした。「わたしが誰と会うのか知っているの？」半袖シャツの彼はバックミラーを始終チェックしているようだ。

「ひょっとして、この車は尾行されているかもしれない？」

運転席の彼とルームミラーで目が合った。

「尾行などされていない」彼は見下したようにいった。「用心するに越したことはない、というのはあなたも学んだはずだ」

「きょうは〝オリーに嫌味をいう日〟？」

クインの表情が若干やわらいだ。「彼にはすべて知らせてある。もし不機嫌に見えるとすれば――」後ろから彼の肩を叩く。「いつになく、運転手役などやらされているからだろう」

きょうのわたしはずいぶん気短で、いらついた口調は抑えられなかった。

「だったら、共通の友人なんてまどろっこしい言い方じゃなく名前をいえば？」

「誰かに聞かれていないともかぎらない」と、クイン。

「これがあなたたちのいつものやり方？」いらいらにうんざり感がまじった。「勘弁してちょうだい。わたしは料理人なのよ。いくらなんでも、やりすぎじゃない？」

「やりすぎであることを祈りましょう」

それからは誰ひとり、口を開かなかった。

車はワシントン大聖堂の外のバス停ぎわに停車した。

「さあ、行きましょう」と、クィン。

彼とふたりで車を降りて、八十年以上の歳月をかけて完成した大聖堂へ歩いていく。

「この時間は入れないいんじゃない?」わたしは腕時計を見た。

クィンは歩みをゆるめず、「このまま」とだけいった。

警備員がわたしたちを迎え、通してくれ、帰るときは知らせてほしいとクィンにいった。身廊を進みながらも、わたしは十メートルほど上にある左右のステンドグラスになかば見とれた。また、石のかけらが訪問者に落ちないよう、黒いネットも張られている。

二〇一一年の地震で、DCの名だたる建物は大きな被害をうけ、この大聖堂もそのひとつだった。何カ月も封鎖され、訪問者をうけいれるようになったのはつい最近のことでしかない。この町にはすばらしい建物がいくつもあるけど、ワシントン大聖堂はひときわ荘厳で、一日でも早く修復が完了するのを願うばかりだ。

ここのステンドグラスはわたしが知っているなかでも格段に色鮮やかで独特だった。まぶしい陽光がふりそそぐ日中はすばらしく美しい。

いまは右手の紫と青のステンドグラスが、澄みきった夜空の星々の明かりを受けている。建物の外側には〈スター・ウォーズ〉のダース・ベイダーにちなんだ像もあるのだけど、肉眼では見られないほど高い場所だ。

わたしはクィンについて階段をおりていった。この先はたしか地下礼拝堂と遺体安置所で、わたしは気弱なタイプじゃないけれど、やっぱり確認するしかなかった。

「どういうこと？」

「心配無用」

クィンは無口で不愛想、ビジネスライクになっていた。昼間のヴァージルのロマンチックな推測とは雲泥の差だ。妄想どころの話じゃない。

厳かな通路を進み、小部屋に到着した。膝つき台がひとつ、燃える蠟燭が二本あり、石の狭い階段がどこか真っ暗な場所へとつづいている。

クィンはわたしに一ドル紙幣を差し出した。

「これを――」

何？　と訊きかけてすぐわかった。祈りをささげる蠟燭用の寄付だ。小さな金属の箱に入れると、亡き人のために蠟燭を一本ともすことができる。

「自分は上にもどる」と、クィン。

わたしは去っていく彼の背中を見つめ、通路のはるか向こうで姿が消えるのを確認した。

狭い部屋に残るのは静寂。耳に痛いほどの静けさ、という表現を聞いたことがあるけれど、いまがまさしくそうだった。重々しい石壁と、亡き人びとに囲まれた空間――。

わたしは一ドル紙幣をたたみ、小さな箱に入れて蠟燭に火をともした。それがきっかけになったのかどうかはわからない。でもわたしは父のことを思い、つぶやいた。

「お父さんに何があったのか、命を賭《と》してつきとめるからね」

ることになる。

「命を無駄遣いしてはいけない」

ヤブロンスキの声だった。狭い石の階段を、頭が天井につくほど背筋をのばしておりてくる。

「この階段はどこへ？」彼がおりきったところで、わたしは階段上を仰いで尋ねた。でもヤブロンスキは払いのけるように手をふった。

「誰もいない。その点は信じてよい」

「べつにそういう意味で――」といいかけて、やはり本題に入ったほうがよいと思った。「ギャヴから新情報があるような話を聞きました。あなたがわたしといっしょにいるところを人に見られたくないのはわかります。だったら、ギャヴと会って話してもらえば、彼は喜んでわたしに伝えてくれるでしょう」

「お嬢さん――」

「オリヴィアという名前があります」いささか生意気な言い方になった。「友人はオリーと呼びますが、でなければミズ・パラスでも」

「いいだろう」ヤブロンスキは咳ばらいをした。「だが本題に入るまえに、ひとつ尋ねたいことがある。わたしの知識不足を補うために、ぜひとも知っておきたい」

「何でしょうか？」

「レナードとは、今後どのようにするつもりだ？」

「ギャヴのことですか？」

ヤブロンスキは顔をゆがめた。「わたしが古い人間であるのは承知しているが、ファーストネームではなく苗字で呼ぶのはいかがなものか――彼のことを大切に思っているのであれば」

「はい、大切に思っています、心から」

「ほんとうにそうであれば、なぜファーストネームで呼ばない？　ひとりの人間として、個人として認め、敬意を払っているようには見えない」

わたしはあとずさりした。「彼自身がレナードよりギャヴのほうを好むからです。だから彼の思いに従います」

「きみに情報をもってきた。いま立ち去れば後悔するだろう」

「どんな情報ですか？」

「まずわたしの質問に答えなさい。彼が他者とこれほど深くかかわるのを、わたしは久しく見たことがない。きみも彼の過去は知っているだろう」

「不幸を招くとか、そういった無意味なジンクスをあなたも信じているのですか？」

「わたしが信じているのは、万が一また喪失感を味わえば、彼は立ち直れないということだ。過去の出来事を見れば、きみがいかに無謀な人間かがよくわかる」

「無謀？」つい声が大きくなった。「ずいぶん決めつけておっしゃいますが、過去の出来事の成り行きをしっかり見ていただければと思います」

「ミズ・パラス」思いのほか、口調はやわらかだった。「わたしはしっかり見ているよ。何もかもね。きみが関与したあらゆる出来事を」

わたしは何もいえなくなった。

「きみを非難するために来たのではない」

「ではどうしてこんな話を？」

ヤブロンスキは目をつむった。おそらく間をとっているのだろう。

「一から始めるとしようか。まず、きみはホワイトハウスに力を貸した」その意味がわたしにわかるかどうかを待つ。

「はい、そうかもしれません」

「きみはシークレット・サービスに、知るかぎりの情報をきみなりに伝えた。だからといって関与が許されるものではないが、過ちの重さは軽減される」

「それは……」なんとか気持ちを鎮める。「わたし自身、出過ぎたことをしたとは思っています」

ヤブロンスキの顔に何かがよぎり、わたしの反省を認めてくれたらしいのがわかった。

「ここに来た理由はふたつある。客観的なものと、個人的なものだ。そしてまず個人的なもの、きみとレナードのことに関して話したい。彼はきみを守るためなら、どんなことでもやってのけるだろう。それを、わたしは恐れている。大きな悲劇を耐え忍び、さらなる悲しみに耐えられるべくもない。レナードはなんとしてでも、それを避けようとするだろう」

これまで感じなかったヤブロンスキの一面が見えた気がした。

「おっしゃりたいのは、もしまたわたしが何かのトラブルに巻きこまれたら、結果的に彼を巻きこみ、傷つけることになると？」

「そのとおりだ。レナードはわが身を危険にさらすだろう。たとえ命をおとすことになろうとも。きみを守り、失わずにすむのなら――」

「わたしは父の過去の事実を明らかにしたいだけですが、それが何かのトラブルに？」レナードはきみとの将来を考えている。きみの無謀な振る舞いが、その将来を短くしかねない」

ヤブロンスキは反論しかけたわたしを目で制した。

「よく考えてほしい。わたしが頼みたいのはそれだけだ。では、つぎの件に移ろう」

いいたいことはいっぱいあったけど、ぐっとこらえた。「はい、お願いします」

ヤブロンスキは首を横にふりながら話しはじめた。

「きみの父親の軍歴を、疑惑をもたれずに精査することはまだできていない。だがプルート社については可能だった」

まさか、クィンがくれたファイルの内容とおなじ、ということはないわよね？

「それで何か興味深いことでも？」

「非常に興味深いことがね」これにわたしは目を丸くした。「通常なら、きみに伝えないようなものだ」

「機密情報とか？」

ヤブロンスキはばかにしたような目でわたしを見た。

「何があろうと、機密情報をきみに伝えたりはしない。ただし、一般人が手に入れられる情報でないことははっきりいっておく。その点で、くれぐれも口外はしないように」

「わたしに不満があっても、内密の情報を教えてくださるんですか」

「不満云々は重要ではない。重要なのは、きみがわたしを信頼するかどうかだ。レナードによれば、信頼しさえすれば、きみはわたしの指示にもっと耳を傾けるようになるとのことだ」

「まあ、そういわれればそうかもしれません」

「これから教えることは他言無用でいいな？」

「ギャヴには話しますが」

「それはかまわない。では、教えよう——現在、プルート社は調査下にある」

「調査とは、どこの？」

ヤブロンスキは口をはさまれるのが嫌いらしく、唇をゆがめてからつづけた。

「プルート社を注視している機関の名称をいう気はない。わたしにいえるのはそれだけだ」

結局、ヤブロンスキがきょうわたしと会ったのは、プルート社よりもギャヴについて話したかったから、ということだ。でも、あの会社が調査されているという事実は大きい。

「クィンの報告では——」ヤブロンスキはつづけた。「きみはフード・エキスポでプルート社の人間と話したらしい」

「はい。でもわたしの名前はいいませんでした。あのときは変装もしていたし」

「あの状況では当然だろう。しかし、宣伝関係の情報を拾い集めたところで、父親の殺害事件に関する手掛かりが得られるとは考えにくい」

わたしは首をすくめた。「ともかく集めてながめてみないと、何があるのかないのかもわかりませんから」

「たしかにそうだ」

「父のかつての同僚に会いに行ったことは、ギャヴからお聞きになりました？」

「いや、その機会はなかった。よければいま話してほしい」

わたしはリンカとフィッチの自宅を訪ねたときのことを語った。

「マイケル・フィッチは何かを隠していると思いました。それを知ることができれば……」

「どうやって知る？」

「とりあえず、もう一度訪ねてみようかと。多少しつこく訊けば……。このまえは、どことなくおちつきがありませんでしたから」

「ふたりのうちどちらであれ、再訪するまえにわたしに知らせなさい」

「どうしてですか？」

「理由はいえない。加えて、新しい情報はつねに知らせるように」

「ギャヴ経由で？」

ヤブロンスキはそっけなくうなずいた。

「あなたのほうもわたしに、何か新情報があればご連絡ください」

彼の唇がまたゆがみ、「できる範囲内でそうしよう」というと、戸口のほうへ腕をふった。「行きなさい。クィンが待機し、きみを車で安全に自宅まで送る」

「ありがとうございます。でも最後にひとつ、教えてください」

ヤブロンスキは口をはさまれることともうひとつ、自分の命令にすぐ従わないといらつくタイプらしい。

「ギャヴとわたしの交際を知っている人はほかにいますか?」急いで具体的にいう。「どなたかに話をなさいましたか? たとえば、クィンとか?」

「わたしがクィンにきみのことを話す理由などない」

「わかりました」そういって戸口に向かい、途中で足を止めた。「ご協力、感謝します。ほんとうに、ありがたく思っています。これからもギャヴを大切に思い、守っていきますので」

「わたしもだ」ヤブロンスキの眉間に深い皺がよった。「息子のいないわたしにとって、レナードは息子も同然だ。きみの力になるのも、レナードのためと思えばこそだ」

言葉ではっきりいわれるまでもなかった。

「はい、よくわかっています」

20

火曜日の朝、ヴァージルは大統領家の朝食を準備し、シアンとバッキー、わたしの三人はハイデン家がこの二週間で予定している四つの夕食会の献立を話しあった。シアンはカウンターに肘をつき、与えられた資料を見ながら考えこんだ。

「ゲストの半分は、四つの夕食会全部に参加するのね……。おなじ料理はひとつも出せないってことだわ」

「そうね」と、わたし。「四回とも、目新しい料理でそろえなきゃ。でも、いつものことじゃない？　心配ないわ」

「まあね。献立を考えるのは楽しいもの。前回を超えるものをつくらなきゃ。候補は頭のなかにいろいろあるわ」

「頭のなかだけじゃなく、しっかりメモもとらなくちゃね。それで、ここに書いてあるのは――」

「オリヴィア」名前を呼ばれてふりむくと、エキスポのときの変装コンサルタント、ソーラが周囲を見まわしながら軽やかな足取りで入ってきた。「ここであなたは魔法の料理をつくるのね？」わたしが何かいう間もなく、バッキーの手を両手で握る。「有能なシェフにお目にかかれてうれしいわ。大統領とご家族に毎日おいしい料理を出すなんて、ほんとにすばらしい」

ヴァージルがふりかえった。「ハイデン家の食事をつくるのはぼくだ。この三人はイベントがあるときだけだよ」

「あら、ごめんなさい」即座にソーラはあやまった。「だったらあなたがヴァージルね。お目にかかれてうれしいわ」ヴァージルがうつむいてエプロンで手を拭くと、すかさずソーラはわたしにウインクした。「あなたの噂はずいぶん聞いたわ、ヴァージル」

彼はそれを誉め言葉とうけとった。

「ほう。では少しお見せしよう」彼はつくった料理の解説を始め、ソーラはあら、へえ、すごいなどと相槌《あいづち》をうちながらしばらく聞き、あまり仕事の邪魔をしては申し訳ないからと、こちらへもどってきた。わたしはまずバッキーとシアンを彼女に紹介してからいった。

「すみません、お借りした衣装のことでしたら、まだ自宅に置いてあるんです。いつでも持ってきますので」

「急がなくていいわよ。衣装のストックならいくらでもあるから。こちらにうかがった用件はそれじゃなくて――」バッキーとシアンに満面の笑みを向けてから、わたしに目くばせした。「ちょっとね、女同士で噂話でもしようかと思って」

わたしと？　女同士で噂話？　この人はわたしのことをよく知らないらしい。

「ええ、ではどうぞ、こちらへ」多少の好奇心から、でも大部分は礼儀として応じた。厨房を出て、チャイナ・ルームまで行った。暗い思い出ばかりの部屋だから、そのうち明るいものに塗り替えたいと思う。わたしはドアを閉めて尋ねた。

「どのようなお話でしょう?」

そわそわおちつかないソーラを初めて見たような気がした。あいかわらずほほえんではいるけれど、髪をなでてはスカーフをいじったり、いくつも指輪をつけた手を握りしめたり。そして結局、何もいわない。

「ソーラ?」わたしはもう一度やさしく尋ねた。「お話はどのような?」

「あなたのお友だちのことなの」ようやく小さな声で、うちあけるようにいった。「わたしね、あなたのお友だちにとても惹かれて、できれば……彼にこの気持ちを伝えていただけないかと思って……」

「わたしの友だち?」見当もつかないけれど、さっきの厨房でのようすを思い出し、「ヴァージルですか?」といってみた。

ソーラは両手を大きく振った。

「とんでもない」ぶるるっと肩を震わせる。「ピーターよ」

われながら愚かだと思う。彼女の言葉を理解するのにしばらく時間がかかったのだ。

「サージェント……でしょうか?」信じられない、という思いがいやでも声に出た。

「とてもすてきな人でしょ」こらえても、くすくす笑いが漏れる。「彼のほうはわたしに、少しは関心をもってくれていると思う？」

わたしの小さな脳みそでは処理しきれそうにない。

「それはわかりませんが……」正直にいった。「でも、まったく無関心なほど鈍い人ではないと思います」

「あなたはほんとうにいい人ね。このまえ会ってから、彼のことばかり考えてしまって」

「あなたがおっしゃっているのは」わたしは確認した。「ピーター・エヴェレット・サージエント三世、ですよね？」

「ええ、そうよ」いかにもはずかしそうに両手で口を押さえた。「中学生じゃあるまいし、と思ってるんじゃない？　でもね、この年齢になると時間を無駄にはしたくないし、かといって恥をさらしたくはないの」明るく小さく何度もうなずく。「面目を失うようなことはね。自分を正直に表に出したほうがいいのはわかってるわ。でも……」急に声が小さくなった。「心の問題は、もっと慎重にしたいの。わかってくれるかしら？」

「ええ、もちろん。彼と話してみますね。今後の連絡はどのようにしたら？」

「あら、ごめんなさい」肘にかけたビーズの小さなバッグから名刺をとりだし、赤い長い爪で軽く叩いた。「ここに連絡してちょうだい。彼には、いつでも電話して、と伝えてもらえる？　ほんとうに、ありがとう」

「なんの話だったんだ？」厨房にもどるとバッキーから訊かれた。シアンも興味津々らしい。

「ひと言ではいえないわ」わたしはまぶたをこすった。「たしか、休暇をとったばかりよね？」

「ええ、ついこのまえ」と、シアン。

「でもなんだか、また休みたくなったわ」

「追討ちをかけるようだが」と、バッキー。

わたしは顔をあげた。「何かあったの？」

「ダグが執務室に来てくれといっている」

あからさまなうめき声が漏れた。

「恐れを知らぬわれらがエグゼクティブ・シェフは、仕事が手に負えなくなったらしい」ヴァージルが嫌味たっぷりにいった。「そろそろ替え時かな」

わたしにはいい返す気力がなかったけれど、代わりにバッキーとシアンが猛反論した。

「ふたりとも、もういいわよ」わたしは両手をあげて制止した。「何をいったところで、彼の考えは変わらないわ。時間がもったいないから。ね？」

ヴァージルはまるで自分が勝ったかのごとく薄ら笑いをうかべた。

「じゃあ、ちょっとダグのところに行ってくるわね。緊急事態じゃないことを願っててちょうだい」

気合を入れるつもりで階段を二段飛びしながら考えた。ソーラはサージェントのどんなところに惹かれたんだろう、なぜわたしに頼んできたんだろう……。すると渦中の人物が、階段をおりてきた。

「ピーター」名前を呼んだはいいけれど、その先がつづかない。でもこの委託業務は早く片づけたほうがいいだろう。「きょうの午後、少し話せないかしら?」

考え事をしていたらしく、サージェントはびっくりした顔を向けた。

「きょうの午後?」まるでスケジュールが書いてあるかのように、階段の上から下まで見ていく。「いまは答えられない。予定外のことが起きたものでね」

ソーラとおなじように、サージェントもどこかそわそわしておちつかない。

「何か問題でも?」

彼は顔をしかめた。いつものお高くとまったところがまったくなかった。

「さあ、どうだろうか」

それだけいうと、サージェントは階段をおりはじめ、わたしは彼が踊り場で曲がるところまで後ろ姿を見守った。仕方がない、また改めて声をかけるとしよう。

オフィスに行くと、ダグはいつものことながら電話中だった。わたしに気づいて手招きし、ドアを閉めてくれと指で指示する。

電話が終わると、ダグはデスクの上で両手を握った。巨大な勉強机の前にいる少年のように見えなくもない。

「いいニュースがあるんだよ」

「それはうれしいわ」彼の反応をうかがいながらつづけた。「どういうニュース?」

「大統領とファースト・レディがそろそろ後任の総務部長を決定するらしいんだ」

わたしはちょっぴり残念だった。後任が決まることではなく、ダグがいかにも喜んでいるからだ。

「よかったわね。誰に決まりそうなの？　あなた以外？」

「それは知らない。ハイデン夫妻は十人以上の候補者と面接して、ほとんどが除外されたのは確かだ。残りはぼくと、もうひとりなんだよ」

「どうしてそれがわかったの？　面接のとき、みんなに会ったの？」

ダグは首を横にふった。「夫妻は候補者リストを外部には伏せていたんだ。たまたまぼくには友人のコネがあってね」ウインクをひとつ。「もうじき最終決定するらしい。友人が漏れ聞いたところによると、夫妻はぼくの仕事ぶりを誉めていたそうだ」

「漏れ聞いた友人は、ヴァージルなんじゃない？」

ダグはかろうじて冷静さを保った。「ヴァージルは大統領夫妻に進言できないだろう。ホワイトハウスに来てまだ日が浅いからね。だが、きみならできる」

「いったい何の話？」

「ぼくの推薦文を書いてほしいんだ。きみは信頼されているから、夫妻も真剣に耳を傾けるだろう」

「あら、それはちょっと待って。もしご夫妻があなたを任命すると決めていたら、推薦文なんて不要じゃない？」

ダグは首の後ろを掻いて、少し不安そうな顔をした。

「ぼくかどうかはまだわからないんだ。ヴァージルの話だと、彼のいる前で具体的な名前はいっさいいわないらしい。〝アイビー・リーグ〟の候補者とか、〝カリフォルニア〟の候補者とか、そんな具合でね。ぼくは〝内勤〟の候補者らしい」

「ヴァージルはご夫妻の会話を外に漏らしちゃいけないわ」

「べつに国防問題でもあるまいし……」

「だからかまわないの？」大統領家のプライベートな空間を仕事で出入りする人間が聞き耳をたて、それをたとえ職員にであれ、漏らしてはいけない。なんとかしなくちゃ、と思うけど、具体的なことはいま思いつかなかった。そこで話題をもとにもどした。

「ねえ、ダグ。正式な総務部長になりたい気持ちはわかるけど、わたしはこれにかかわるべきじゃないと思うわ」

「きみもぼくも、ホワイトハウスでの経歴はハイデン夫妻よりずっと長いんだ」

「だから？」

くだらない質問をするな、とでもいいたげに、ダグはいらついた目でわたしを見た。

「きみもぼくも、大統領夫妻にとって何がベストなのか判断できる」

いいかげんにしてほしいと思った。でもいまのダグに何をいったところで、理性的にうけとめることはできないだろう。

「いまね、ちょっと仕事が詰まってるの。そろそろもどらなきゃ」

「待ってくれよ。たぶん、あと数日で発表されるんだ」

「期待はふくらむわね」嫌味半分でいったのだけど、ダグは感じなかったらしい。

「きみの推薦文があるかないかで、ずいぶん違う。ハイデン夫妻は外部の人間ばかり検討していたから、きみが内部職員のほうがはるかにいいといってくれたら……」懇願のまなざし。

「頼むよ、オリー、ぼくにとっては非常に大きなことなんだ」

正直なところ、ダグは総務部長に向いていないと思うけど、口が裂けてもそれはいえない。だからといって、推薦などできないし……。

「ごめんなさいね、ダグ」せめてやさしい口調にしなくては。「でも、推薦文は書けないわ」

「書きたくても書けない？　それとも、書く気がないということか？」顔つきが険しくなった。「軍隊あがりのやつが、ホワイトハウスで鬼軍曹まがいに職員をいうなりにさせたらどうする？　若くて小生意気なやつが総務部長になったら？　後悔してもしきれないぞ」

わたしはドアへ向かった。「そうね、あなたのいうとおりかもしれない」

「いいか、オリー」ダグはわたしの背中にいった。「ぼくはきみの推薦がなくたって任命されるだろう。きょうのことは、忘れないからな。いずれ、きみのホワイトハウスでの生活はがらりと変わる」

ダグへの怒りがわきあがった。同時に、自分自身への怒りも――。ダグはわたしを見下している。わたしはそんなダグを見抜けなかった。

ドアをあけ、彼をふりむいた。

「自分のいうなりにならないからといって脅しめいたことをいうのは、総務部長にふさわしくないいんじゃない？」顔がひきつらないようにがんばる。「あなた自ら、ふさわしくないのを証明したようなものよ」

ダグは茫然とした。

「それじゃ、また」わたしは背を向け、出ていった。

その後、厨房にもどってからずっと、ヴァージルの視線を感じた。でもこれは、ただの思いこみ？　バッキーもシアンも仕事にいそしんでいたけれど、たまにわたしの横に来て、「大丈夫？」と訊いた。わたしは「なんだか考えることが多くて」としか答えられない。もしほんとうにダグが総務部長になったら、わたしはきょうのことを後悔するかも――。

ううん、それはない。

誰が総務部長になろうと、いいじゃないの。わたしはわたしの仕事をするだけよ。と、目の前の作業に集中しながら、ソーラとの約束が頭をよぎった。

「きょう、どこかでサージェントを見かけた？」仲間に訊いても、答えはノーだ。

そこで彼にメールを送ることにした――話したいことがあるので、数分ほど時間をとってもらえないでしょうか。具体的な用件は書かなかったし、そもそも書きようがない。あなたにピンク・フロイドのTシャツを着せた女性がデートしたがっているの、なんてメールを送ったらどうなる？

送信した後、ギャヴに電話してみようかと考えた。ゆうべから電話は一本もないけれど、今朝はメールが届いて、すぐまた出かけるとのこと。これまでもまったく会えない期間が長くつづくことはあり、今回がそうでないことを祈った。

ヤブロンスキと会って話したことをギャヴに伝えたい。辛辣きわまりない人との会話がいまだに重くのしかかり、そのせいで気分が晴れないのははっきりしていた。厨房を見まわしてみる。数分くらいならわたしがいなくても問題なさそうだから、いまのうちにギャヴに電話しよう。

「すぐもどってくるから」と声をかけ、携帯電話をポケットからとりだしながらドアへ向かった。「ちょっと上の配膳室に行ってくるわね」

この時間は公式の会食も何もないから、配膳室に人はいないはずだった。階段をあがって狭い部屋に入ると、窓ぎわまで行ってギャヴに電話した。うれしいことにすぐ応答。

「もしもし？　いま少しいいかしら？」

ギャヴはほほえんでいるような声でいった。「いいよ、きみのためならいつだって。何かあったのか？」

いざ話しはじめようとして、電話ではとうてい話しきれないのを感じた。

「きのうの夜はとても興味深い時間を過ごせて、その報告をしようと思ったんだけど……。それに、ここでちょっとした紛争があったの」

「紛争？　ホワイトハウスで？　何かの間違いだろ」

「少し大袈裟すぎたわね。でも正直、とても困ったの」

「どんなことだ？」

「あ、割りこみ電話だわ。ごめん、すぐ終わらせるから待ってて」電話を耳から離してディスプレイを見ると、知らない番号だった。いったい誰？

「もしもし？」

「オリヴィア・パラスさん？」女性の声だ。

「はい、そうですが」

わたしは窓ぎわで室内に背を向けていたけど、人の気配を感じてふりかえった。入ってきたのはクィンで、わたしは挨拶がわりに片手をあげた。

「イングリッドです、マイケル・フィッチの家内の」

「あら、こんにちは」思いがけない、とはまさしくこういうことだ。「お元気ですか？」

クィンは離れた壁に腕を組んでもたれ、〝待っている〟と口を動かした。

わたしは電話を聞かれたくないから首を横にふったけど、クィンは気づかないか、気づかないふりをしているかだ。

「あまり元気じゃないわね」電話の向こうで奥さんがいった。「あなたがうちに来てから、主人のようすがおかしいのよ」

「おかしい？」わたしはクィンに、お願い、外に出てちょうだいと身振りで示した。

「いつもと違うの」と、奥さん。「ほとんど口をきかないし、何があったのか訊いても、うるさいと怒鳴るだけだし」

それはわたしが会ったフィッチとあまり違わないような……。

クィンはわたしの身振りが通じたのか、壁から背を離して時計を見て、わたしを見た。「それで、わたしに何か？」奥さんに訊いたのだけど、クィンは自分にいわれたと思ったらしく、腕時計を叩いてから、ステート・ダイニング・ルームにつづくドアを指さした。わたしはほっとして、ひとつうなずく。

「きのう、主人から箱を渡されたの」と、フィッチの奥さん。「おまえの気に入らないものが入っているから、あけてはだめだといわれたんだけど……」

「それでも、あけてみたとか？」

「いいえ」かぶりをふるのが見えるような気がした。「主人はテープを貼ったのよ」

そこまでのことを？　「ご主人はいまどこに？」

「それが問題なの。わたしに箱を渡して出かけたきり、帰ってこないの。居場所がわからないのよ」

「わたしに何かできますか？」

「主人はその箱を、あなたに渡せといったの」

「わたし……に？」耳を疑った。

電話の声はいまにも泣きだしそうだった。「心配でたまらないの。あの人、ひとりじゃ何もできないのよ。人ともうまくつきあえないし」

「ええ、ご心配はよくわかります」

「会ってもらえない？　主人は誰にも見られないようにこの箱を渡せといったの。なんだか怖いわ。まるで見張られているようで。主人は被害妄想的なところがあるし、とくに最近はおかしかったけど、この箱にかぎってはそれとは違う気がして……」

「いま、電話はどちらから？」

「妹の家の近く。電車で来たのよ。主人から、安全だとわかるまで家を出ていろといわれたから。そちらの近くまで行くわ」

フィッチは変人に見えたけど、奥さんの話も奇妙だった。

「何時くらいに？」わたしは時計を見ながら尋ねた。

「そうね……八時前後は？　八時半とか？」

「夜の八時半ですか？」

「ここからだとそれなりに時間がかかるの。それに、あしたまでじっとしていられないから」

ギャヴに相談してみようか――。

ギャヴ！　電話を待たせている！

「わかりました」急いで話す。「では観光名所かどこか、ご存じの場所を指定してください」

「わたしにはわからないわ……」

「だったら、ルーズベルト記念公園にしましょうか。あそこなら、人に見られずに静かに話せる場所があります」

「どのルームにしますか?」

奥さんはすぐには答えず、わたしは訊き方を反省した。

「あそこはルーズベルトが大統領だった十二年間を四つのテーマで分けて、それを戸外でも〝ルーム〟と呼んでいるんです。そのうちひとつを待ち合わせ場所にしましょう」

「わたしには決められないわよ」

奥さんが迷わず確実に行けるのはどこか?

「では、配給の像にしましょうか」

「配給? それは……」

もっと説明しておいたほうがいいかもしれない。「ルームのひとつが大恐慌時代で、そこに配給を求めて並んでいる五人の像があります。そこならわかりやすいと思うので」

奥さんはまだどことなく不安そうにいった。

「わかりました……。じゃあ、そこで八時半に」

「お目にかかれるのを楽しみにしています」と、つい習慣的にいってしまい、この電話内容では不適切だったと自分を叱った。奥さんは電話をきり、わたしはすぐギヤヴに切り替えた。

「ごめんなさい!」

「忘れられたのかと思ったよ」

「そんなことないわ。びっくりする電話だったのよ。それで、あなたの今夜の予定はどうなってる？」

「一時間ほどすれば体は空くが……。何があった？」

「あとでゆっくり説明するわ。六時でもいい？」わたしはレストランの名前をいった。

「いいよ。じゃあ、六時に」

電話を切ったちょうどそのとき、クィンが部屋に入ってきた。

「電話は終了かな？」

「ええ。どうしてここまで？」

「きのう――」クィンはそばまで寄ってきて、声をおとした。「コーヒー・ショップの外で男と話していただろう。あれは誰だ？」

わたしは自分を指さした。「このわたしが誰かと？　そんな記憶はないけど」

クィンは感情のない目でわたしをじっと見た。

「若い男と話していなかったか？」

「若い……あっ、そうだわ！」

「思い出したか？」

「でも、たいしたことは話していないわ。お店が臨時休業だとわかって、接触相手らしき人はいないかとあたりを見まわしたの。そうしたら、あの人も誰かをさがしているみたいで、ひょっとしたらと思ったんだけど、違ったわ。あちらはデート相手をさがしていたの」

クィンは眉をぴくりとあげた。

「お見合いデートだったんじゃないかしら」

「それだけ？」

わたしは両手をあげた。頭と心が飽和状態で怒りっぽくなっているのを感じる。ダグとあんな話をして、フィッチの奥さんから思いがけない電話があって今夜会うことになり、何も悪いことをしていないのにクィンに問い詰められて——。

「ええ、それだけよ。もう行ってもいい？」

クィンは下唇の端を嚙んだ。「いいですよ、どうぞ」

いらつく自分に対してまたいらつきながら、クィンの横を通りすぎて階段へ向かい、厨房にもどった。

「たったいまサージェントが来たのよ」と、シアン。

そうだ、もうひとつソーラの件もある。

「彼はどっちへ行った？」

シアンは反対側の出入り口を指さした。どうしよう？ 片づけはほとんど終わっているけれど、最後の仕上げをスタッフに丸投げはしたくない。

「たしか」と、シアン。「キュレーターがどうのこうのといっていたけど、そこへ行くかどうかまではわからないわ。でもここはもうほとんどやることがないから、行ってみたら？」

「ううん、無責任すぎるわ」

ヴァージルがわざとらしく鼻を鳴らした。

バッキーが首をまわして冷たい笑みを向けたけど、ヴァージルは知らんふりだ。

「オリーはいつも遅くまで残業しているから」バッキーがわたしにいった。「気にせずサージェントと話してこいよ。もどってきたら、ぼくらの片づけの再確認をすればいい」

「ありがとう。じゃあ、そうさせてもらうわね」わたしはふたたび厨房を出た。

キュレーター室に向かうと、サージェントがちょうど出てくるところだった。

「ピーター！」わたしはほっとした。階段で会ったときよりも、サージェントはずっとおちついたようすに見えたからだ。「ちょっといいかしら？」

するとたちまち、サージェントは緊張した。わたしと彼は顔を合わすたび、きまってこうなる。

「長くは引き止めないから」

「いいだろう」

サージェントはこの場でわたしが話すものと思っているようだ。でもそれは避けたかったので、わたしはライブラリーをのぞいた。最後にここに入ったのは、サージェントとふたりで顔写真資料を調べたときだ。

「ここなら誰もいないわ」

サージェントは黙ってわたしについて入ってきた。用件が何なのか、好奇心に負けたらしい。それに久しぶりに、ずいぶん冷静だった。わたしがドアを閉めると、サージェントが訊いた。

「差し迫った用件のようだが、いったい何だ？」

わたしは切り出し方をまったく考えていなかったことにいま気づいた。

「その……少しばかりデリケートな話なの」

「ほう」

ぎこちなくほほえんでみる。「思いがけないことなのよ。わたし自身、こういう状況がなんだか……」

「ミズ・パラス」声が鋭くなった。「まわりくどいのはきみらしくない。はっきりいいなさい」

「ええ、そうね。じゃあ、そのまんまいうわ。フード・エキスポで変装を演出したソーラが、あなたに関心があるの」サージェントに考える暇を与えずにつづける。「ロマンチックな意味で」

サージェントは棚の分厚い本を顔面に投げつけられたどころではない、びっくり仰天の顔をした。

「それはきみの想像か？」

「いいえ。ソーラから直接、仲介を頼まれたの」

「ふむ……」サージェントはまたおちつかない顔つきになった。眉間を指でもみ、目をつむる。「きょうは驚愕の出来事がつづくな」

「ほかにも何かあったの？」

サージェントはほんの一瞬、いぶかしげにわたしを見た。

「きみを驚かせることを伝えたくてたまらないが、残念ながら、ライブラリーで話すことではない。また、時期尚早でもある」

「深刻な話みたいね」

サージェントはふっと短く息を吐いた。「そうだ」

「話せるときが来て、わたしに何かできることがあったらいってね」

サージェントの唇がゆがんだ。ほほえみたくてもほほえみ方を忘れたか、いつものように嫌味をいいたいのかはわからない。

「いずれ話せるときが来るだろう。ところで、ソーラの件だが――」けっして嫌そうな顔ではなかった。「きわめて意外というほかない」

「もしその気がなければ、わたしから彼女に伝えるけど」

「いや、それはしなくてよろしい」

今度はわたしが驚く番だった。「そう。だったらあとはお任せするわ」そこで名刺をポケットからとりだした。「彼女の名刺を渡しておくわね」

「ソーラは……」名刺を見ながらひとりごとのようにつぶやいた。「背が高いな」

「そうね、かなり高いわね」

サージェントはわたしの目を見てにっこりした。わたしにとって、これはめったに味わえない経験だ。

「彼女はきょう、ホワイトハウスにいるのか？」

「話したのは今朝なの。もしまだいるなら、場所はダグに訊けば教えてくれると思うわ」

サージェントの目が曇った。

「ダグはわたしには、さほど親身になってくれないだろう」

「あなただけじゃなく、わたしにもよ」

サージェントの口から漏れたのは、たぶん笑い声だ。

「大統領ご夫妻が、ダグを正式な総務部長に任命するかもしれないって噂は聞いた？」

サージェントは顔をしかめた。「それはデマではないか？」

「きっとね」

21

ギャヴとふたりで八時まえにはレストランを出た。これなら約束の時間には余裕をもってルーズベルト記念公園に着ける。わたしはギャヴに、ワシントン大聖堂の地下でヤブロンスキとどんな話をしたかを報告した。ただし、ギャヴとの交際に関する内容は省く。

「プルート社が調査対象になっているという以外、具体的な情報はなかったの。どこが調査しているかも教えてくれなかったわ。それに、フィッチやリンカを訪ねるときは、事前に彼に知らせるようにともいわれたの。だから今夜の奥さんとの約束も、報告しなくちゃいけないのかもしれない」

ギャヴは少し間をおいてからこういった。

「今夜、彼とは連絡がとれないだろう、ほぼ確実に。明日の朝一番で、わたしから連絡しておくよ。そのときには、彼女と会ってわかったことも伝えられる」

「ところで、クィンが彼の部下だということをどうして教えてくれなかったの？」

ギャヴはなかば笑うように大きく息を吐いた。

「教えるなんて、思いつきもしなかったよ。ジョーはあらゆるところにコネがあってね、いつでもどこにでも、彼の指示に従う人間がいる。これからは、彼の目と耳はあちこちにあると思っておいたほうがいい」

わたしは横目でギャヴを見た。「ブルータス、おまえもか」

今度はほんとうにギャヴは笑った。「勘弁してくれよ、オリー」

ナショナル・モールを歩きながら、彼は暗い空を見上げた。

「こういう遠足もなかなかいいな。フィッチの奥さんのおかげだ」

「ほんとにね。何が起きるかはわからないけど」

わたしが初めてルーズベルト記念公園に来たとき、ルームは古い年代順ではなく、新しいほうから逆にたどった。それでも十分楽しくて、その後何回か訪れたときは、第一回就任式から第二次世界大戦まで時代を追って見ていき、きょうもその順番だ。

車椅子にすわったルーズベルト大統領の像を過ぎ、配給の像まで来たけれど奥さんの姿はない。

「約束の時間までもう少しあるわ。あたりをぶらつかない？」

観光客が、配給に並ぶ人たちの像の前で、あるいは椅子にすわってラジオに――大統領の〈炉辺談話〉に――耳を傾ける男性像の脇で写真を撮りあっている。

わたしとギャヴも観光客を装ってぶらぶら歩いた。滝の流れる石細工もあり、ほんとに美しいと思う。

「これはすばらしいわね。とりわけわたしのお気に入りよ」

ギャヴは小さく笑った。「きみはどれを見ても、とりわけお気に入り、じゃないか？」

「そうかもね。ここに来るたび、うっとりするもの」

ギャヴはわたしの腕をつかみ、黙らせた。早足でやってくるフィッチの奥さんが見えたのだ。両手で小さな箱を持ち、人目を気にしてか、こそこそきょろきょろしている。並木を通りすぎると、鳥たちがいっせいに飛び立って、奥さんは小さな悲鳴をあげると箱を胸に抱きしめ、背を丸めた。わたしたちはそちらへ急いだ。奥さんは配給の像の端まで来ると、わたしをさがしているのだろう、あたりを見まわした。

「あとはきみひとりで行きなさい」と、ギャヴ。「わたしはここで見ている」

彼をその場に残し、わたしは奥さんに近づいて声をかけた。

「イングリッド？」

奥さんはまた小さく叫んでくるっとふりむき、片手を箱から離して喉元に当てた。

「ああ、あなただったのね。おどかさないでちょうだい」

奥さんは近くにいる人たち――ベビーカーの赤ちゃんを連れた家族、高齢の夫婦、二十代の若者たち――をじろじろながめ、そのようすは、理性を失いつつあるといってもよかった。目を見開き、何日もまともに寝ていないようにすら見える。

「妹の家から来たの」内緒話をするように。「このあとも、すぐ妹のところにもどるわ。箱がおかしな人間の手に渡ったらたいへんなことになる、と主人にいわれたの」おぞましいもののように、箱をわたしにつきつけた。「さあ、これでもうあなたのものよ」

わたしは箱をうけとった。ペーパーバック本くらいの大きさで、ずいぶん軽い。母は父の手紙を靴箱に入れ、あれよりは小さいものの、おなじような意味をもつような気がした。だけど奥さんの前で、あまりじろじろ見ないほうがいいだろう。

「何が入っているかは、ご存じないんですよね？」

「ええ、神に誓って。主人から渡されて初めて、こんな箱があるのを知ったくらいだもの。主人のことが心配でたまらないわ」

「ご主人は、奥さんがここに来ることを知らない？」

彼女は泣きそうになった。「話したでしょ、連絡がとれないのよ、きのうからずっと。妹の家に行くという書き置きを残したから、電話くらいしてくれると思ったんだけど」

「ご自宅に帰るつもりは？」

「怖くてできないわ」

奥さんはせわしなくまわりを見ながらあとずさると、はっと息をのんだ。

「どうしました？」

またわたしに近づいて、ささやくように「あの男――」といった。「わたしとおなじ電車だったの。駅でもわたしといっしょにおりたのよ。きっと、つけてきたんだわ」

わたしはそちらへ目をやった。中肉中背の男性で、十メートルほど先にいる。野球帽のつばを目が隠れるほど下げて、チェックの短パンにランニングシューズ。顔はよく見えないけど、とくにこちらを気にするふうでもなく、つぎのルームへ向かった。

「あっちへ行きましたよ」

「わたしを尾行して、あなたに箱を渡すのを見たんだわ」

ギャヴは離れていたから会話まで聞こえないけど、わたしたちのようすからわかったのだろう、男をつけていった。あたりは暗いものの、これだけ観光客がいれば不安はない。

わたしは奥さんの腕に触れていった。

「もうこれで安心ですね。ご主人に、箱は渡したと報告できるでしょう。もしかすると、ご主人はお家に帰っているかもしれませんよ」

「まだあるの」彼女はためらいがちにいった。「主人から、あなたに伝えるようにいわれたことが。でも、ほかの人に絶対にいわないでちょうだい」

「はい、わかりました」

彼女は周囲を見まわし、もっとわたしに近づいた。

「どうして主人が、こんなことをあなたに伝えるようにいったのか……」声が震えた。「何の役に立つのかわからないわ。主人が困るだけだと思うのよ」

ここは慰め、励まさなくてはいけないと思った。

「ご主人のことですから、ちゃんとした理由があってのことでしょう。きっとこの箱と関連があるのだと思います」

奥さんはそわそわし、唇を噛み、わたしの手の箱を黙ってにらみつづけた。まるでそのなかに、彼女の人生を台無しにする巨大な力が潜んでいるかのようだ。

「イングリッド――」わたしはそっと話しかけた。「ご主人は何をわたしに伝えろとおっしゃったのでしょう？」

自分の名前をいわれ、彼女は我に返った。意を決したように、大きく息を吸いこむ。おそらく、かなりいいづらい内容なのだろう。そしてようやく、話しはじめた。

「主人がプルート社を辞めた理由は、病気なんかじゃないの。ぜんぜん違うの。丈夫で元気で、愚かだっただけ」

「え？　どういうことです？」

「あの会社で働いていたころ、主人は何かにひどく怯えて……」

「わたしの父が亡くなるまえですか？　それとも、あと？」

彼女はしっかりわたしと目を合わせた。

「亡くなった直後からよ。ずいぶん昔のことだから、わたしは忘れていたんだけど、主人はあなたがうちに来てからまたあのときみたいになったの」唇がねじれ、目が潤む。「あなたのお父さんが殺されて、主人はひどく動揺したわ。友人を亡くしてつらいといって、それはよくわかるのだけど、おちつくどころか日に日に悪化していくの。あなたのお父さんの死が、わたしたちの暮らしを変えたといってもいいわ。それも、よくないほうにね」

奥さんの目に怒りがよぎった。でもそれは、わたしに向けられたものではないと断言できる。二十五年以上まえの日々をきのうのことのように思い出しているのだろう。

「殺人事件から一週間くらいして、主人は会社を辞めたいといいだしたの。つぎの職は決まっていないけど、退職願を出そうと思うって。わたしはもちろん反対したわ。あのころは、子どもをつくろうと考えていたから……」寂しげに小さく笑う。「でも主人は辞めるといってきかなくて、あなたがそこまで思うならと、わたしはもう何もいわなくなったの」

「そして辞職を？」

奥さんは首を横にふった。「もっとひどいことが起きたの。ある晩、職場の男性がひとり、大きな事故にあったのよ。朝までもたないと思われたくらいの重体だったわ」それはたぶんハロルド・リンカだ。「そうしたら主人が、これで会社を辞められなくなったというのよ。人手が足りないから？　とわたしが訊いたら、いいや、そうじゃないと……」

「では、どうして？」理由は想像がつくような気がしたけれど、尋ねてみた。

「主人は、あの事故は警告だ、たとえ辞めたところで逃げられはしないといったの」

「それでも辞職なさった」

「いいえ、辞職じゃなくて、勤務不能の疾患よ。わたしの義弟が医者で、嘘の診断書を書いてもらったの、このまま仕事をつづけると命の危険があるという内容の」

わたしは驚いた。そこまでのことをするとは。

「つまり、あの事故は――」

「お願い。もっと声を小さくして」

「つまり、ハロルド・リンカの事故は会社が仕組んだものだと？」

彼女はうなずいた。「事故にあった人は、何もかも知っていたの。主人よりもっとたくさんのことをね。それでしゃべりそうになって、あんなことになったのよ」

「だけどいまも社員ですよね。通勤はせずに自宅での仕事ですが」

「昔の事実を話しているだけよ。いまがどうかは関係ないわ。三十年近くまえ、あなたはその場にいなかったでしょう？　主人はもし辞職したら、疑われると思ったの。だから自分の意思ではないかたちにしようと――」

「病気を理由にした」

奥さんは顔をしかめていった。「生活費もままならなくて、わたしが仕事に出たの」心身ともに疲れたように。「わたしたち夫婦にはつらい毎日だったわ」そこで一歩、横に行く。「話はこれで全部よ」

ここで終わりたくはなかった。この箱をあけてなかを見たら、質問したいことがでてくるかもしれない。でもいまの状態だったら、きっと奥さんはパニックになってしまうだろう。

彼女はまたきょろきょろした。

「長くいすぎたわ。さっきの男がもどってくるかもしれない」

ギャヴがつけていったから、心配しなくてもいいと思った。

「妹さんの家まで、ひとりで大丈夫ですか？」

彼女はひきつった顔であとずさった。夫にいわれたことはやり終えたのだ。少しでも早く帰りたいだろう。

「あなたのお父さんとおなじことが主人の身にふりかかったら、と思うだけで怖いの」

「その可能性があると?」

「そんなの、わからないわ」わたしが持つ箱に視線をおとす。「あとはあなたの問題よ。わたしはもう関係ないから。主人とふたりの生活にもどりたいだけ」またあとずさり、背を向けた。「二度と連絡しないでちょうだい」

奥さんはあの男と反対の方向に足早に歩き去った。するとほぼ直後にギャヴがもどってきた。

「あの男性をつけていたんでしょ？」

「ああ、そうだ」

「奥さんはあの男に尾行されたと思ってるみたい」

「そう思ってもおかしくないな」

「どうして？」

「不審な印象がある。きみたちふたりをちらちら見ていたんだよ。だから、あとをつけた」

「それでどうだった？」

「まかれたよ。五十歩と離れていなかったんだが、どこかへ消えた」

「消えた？」

「あっという間にね。きみはあの男が近くに来たのに気づかなかったのだろう？」

「ええ」

「あいつは全速力で走って逃げた。それ以外に考えられない」

「いやな感じね」

「あの顔に覚えはないか？」

「よく見えなかったわ。ここは暗いし、野球帽を目深にかぶっていたし……」

ギャヴとわたしは、それぞれべつの方角をさぐるようにながめた。

「ともかく用件はすんだから」彼に箱を見せる。「これをあけてみましょう」

22

謎の箱は、わたしのアパートであけることにした。帰りついてキッチンに行き、蓋に貼られた光る茶色のテープをハサミで切る。

「さあ、あけるわよ」

「じらさないでくれ」

わたしたちはテーブルの横に立ち、息をつめた。フィッチが妻に、わたしに渡すところをけっして目撃されるなと厳しくいうほどのもの、それはいったい――。たたまれた数枚の紙があるだけで、ほかには何もなかった。

「フィッチはずいぶん思わせぶりな人ね。紙が三枚だけなら、郵便でも送れるわ」

「ともかく読んでみよう」

ギャヴが椅子を引きよせて、テーブルに並んですわった。わたしは一枚めを開き、ギャヴが横からのぞきこんだ。わたしは読むのが速いほうだけど、ギャヴはもっとずっと速い。一枚ずつ、読みおえるたびに彼に渡していった。

聞こえるのは冷蔵庫の低いうなり音と、外の道路でたまに響く車のクラクションくらいだ。

わたしは三枚めを読み終え、もっと何かないかと裏返してみた。それからギャヴが読みおえて、わたしたちの目が合った。

「フィッチは想像力がたくましいようだ」と、ギャヴ。「だがもし、書いてあることが真実だとすれば、その影響ははかりしれない」

「会社の糾弾《きゅうだん》はともかく、わたしは父の殺害事件の真相さえわかればいいわ。この手紙を信じるなら、父は何も悪いことをしていないのよ」

ギャヴは口元を引き締めた。「この内容はすべて真実だと思うのか?」

わたしはテーブルに三枚を並べた。これはフィッチの糾弾宣言といっていい。小さな手書き文字にはアンダーラインや感嘆符も付けられ、なかには紙が破れそうなほど乱暴に書かれた箇所もある。

もしこれが真実ならば——。

「ねえ、ここを見て」いちばん気になっていた箇所を目で追い、フィッチの主張のひとつを指さす。「ここ。クレイグ・ベンソンのオフィスを覚えている? 部屋の隅にカブリガの国旗があったでしょ。それとここは符合するわ。シロニカとカブリガは敵対していて、それもかなり古い時代からよ」

フィッチの文は感情的で、ほとんど具体的ではなかったけれど、彼の主張が真実なら、プルート社だけでなく、クレイグ・ベンソン個人も破滅に追いやられるだろう。フィッチによれば、わたしの父が勤めていた当時、クレイグ・ベンソンは人道支援の名目でシロニカに自社製品を〝特別配送〟していたとのこと。しかし、実体は健康補助食品ではなかった。ベンソンは全商品に致死毒素の〝成分X〟を混入させていたというのだ。成分Xは摂取量によって度合いは異なるものの、体内に入れば確実に死を早めるらしい。

「これがもし本当なら――」と、わたしはギャヴにいった。「クレイグ・ベンソンは祖国への忠誠から、海の向こうの人びとの殺害をたくらんだということよね」

ギャヴは考えこんだように唇をすぼめ、口笛を吹いた。

「だが、ここに書いてあることは、いかにも一方的、利己的に見えなくもない。フィッチは証拠のひとつもあげないまま、悪意に満ちた主張をしている、とね」

「フィッチの主張によれば、その証拠を父が発見したのよ。だから、殺された」

「あくまでひとつの考えだ」ギャヴは紙を指先で叩いた。「確実な証拠を手に入れないかぎり、たんなる想像にすぎない」彼は声に出して読みはじめた。「〝クレイグ・ベンソンは習慣から抜けきれない。なんでもかでも、古いデスクに入れて鍵をかける。証拠はそこにあるはずだ〟」

「証拠といっても、どういうものを指しているのかしら」

ギャヴは唇を嚙んだ。「これだけではどうしようもないな。正当化することも、何らかの行動を起こすこともできない。補足できるものがないかぎり……」

「プルート社は調査下にあるというヤブロンスキの話は、これと関係ないかしら？」

「ここに書いてあるのは二十五年以上まえの話だ。それをなぜ、いまごろ調査する？　現在まで暴露されることなく継続していると、フィッチはほのめかしているのか？」

「ええ、きっとそうよ」

「ではどうして、当局に訴えない？　妻に箱を託し、誰にも目撃されるななどと警告する必要がある？　小説まがいのことをなぜ？」椅子の背にもたれ、天井を仰ぐ。「まったくでたらめな主張だと決めつける気は毛頭ない。むしろ、今後はきみもわたしも〝前方注意〟が必要だな」

わたしもおなじように感じた。「こういうのもなんだけど……いろんな事件で、わたしはずいぶん新聞に載ったでしょ？　フィッチはこの件をわたしに委ねようとしたんじゃないかしら。でも、その目的は？　フィッチが父に恨みを抱きつづけ、娘のわたしでその恨みを晴らしたかったのならともかく、ただの気晴らしか何かで、ここまで手の込んだことをするとは思えないわ」

ギャヴは顔の前で両手のひらを合わせた。「同感だな。パズルのピースが欠けてはいるが」

「もう一度、行きたいわ」

「どこへ？　プルート社か？」

「ええ」立ち上がり、考えながら歩きまわった。「これをクレイグ・ベンソンに読ませるの。そのときの反応を見れば、きっと何かわかるわ」

「オリー、きみには無理だよ、いうまでもなく」わたしがふりむき、彼の目を見るまで待ってからつづけた。「それにもし書かれていることが真実なら、どれほど危険な場所に足を踏み入れることになるかを考えてみなさい」

「そうね……」わたしは狭いキッチンを歩きまわりながら、今後のことを話した。どうすれば、クレイグ・ベンソンが実際にこんなことをしたのかどうかがわかるか。父が濡れ衣を着せられていたことがはっきりすれば、当局に訴える。かつ不名誉除隊は誤りだったことを認めてもらい――。

そして、ひらめいた。

「クレイグ・ベンソンにうまく会える方法があるわ！　ちょっと待っててね」

わたしはキッチンから飛びだして、フード・エキスポの衣装を手にもどった。ワンピースを振ってギャヴに見せる。

「これを着て、人の多い場所で彼に会えばいいのよ。そしてフィッチの書いたものをつきつけるの」

興奮してしゃべりながら、これならうまくいくと理屈をつけながら、心のなかではやっぱり無理かも、と思った。ギャヴは黙って聞いているだけだ。その目に浮かぶ疑念の色は、徐々に哀れみの色へと変わっていった。

わたしはもう何もいえなくなり、力なく椅子にすわると、金髪のウィッグとピンクのワンピースを膝にのせた。

「うまくいかないわよね」

「きみが何をしようと、ベンソンは警戒するだろう。そしておそらく状況を複雑化させる。

誰にとってもね」

ヤブロンスキのいうプルート社の調査を指しているのだろう。

「そうね。ひっかきまわして、ヤブロンスキにも迷惑がかかるといけないから」天井を見あげ、両手で顔を覆った。「父は潔白なの……」

「わかっている」

「思うだけじゃなくて、証明したいの」

「ああ、わかっている」

可能性は低いと思いつつ、「ヤブロンスキに相談したら、今後のことで何か提案してくれないかしら」と訊いてみる。

ギャヴは口ごもった。否定的なことを口にして、わたしをがっかりさせたくないのだろう。

「そうだな」と、いいはしたけれど、自信はなさそうだ。ヤブロンスキはたぶん、わたしがこれ以上調査するのをいやがるだろう。「ともかく相談してみるか」

「あしたはだめ? 彼と連絡がとれるよう、クィンに頼んでみるわ。でも……あなたからのほうがいいかしら」

ギャヴは紙三枚をたたんで財布に入れた。

「明朝一番に、わたしから連絡しよう」

「ここまでつきあってくれて——」彼の手に自分の手を重ねた。「話を聞いてくれて、ほんとうにありがとう」

「いや、もっと役に立ちたいと思っている」

あくる朝、厨房でつぎの晩餐会の準備に集中した。食材の注文を確認し、ハイデン夫人の試食会の調整をする。ヴァージルはハイデン家のキッチンに行き、シアンは西棟の海軍食堂《メス》の助っ人をしているから、いま厨房にいるのはわたしとバッキーだけだ。そしてギャヴからの連絡、クィン経由のヤブロンスキからの連絡を待った。

でもいまのところ、どちらからも連絡なしだ。

静かな厨房で着実に時間は過ぎて、わたしは手が空くたびに携帯電話をチェックした。

「どうしたんだ？」バッキーが訊いてきた。「ずいぶんぴりぴりしているみたいだが、今度はどんなトラブルだ？」

「ううん、何も。電話を待ってるだけよ」

「特別な誰かの？」

何いってんの、というように無理に笑ってみせる。

「ええ、そうよ。今夜、ボーイフレンドと駆け落ちする予定なの」

バッキーはわたしをにらんだ。「そんなことだろうと思ったよ」

わたしはポケットから電話をとりだした。

「かかってきたらすぐ、手に手をとって――」

と、そこで電話が震え、バッキーがにやっとした。

「リムジンをお呼びしましょうか？」

画面を見ると、ギャヴからだ。

急いで厨房の外に出ながら応答する。

「ニュースを見なさい」前置きなしにギャヴがいった。

「え？」足が止まった。

「速報を見るんだ」かなり強い口調で。「いますぐ」

わたしは厨房にもどってコンピュータの前に行くと、「放送局は？」と訊いた。

「どこでもいい」

いやな予感がした。ニュース画面をスクロールする。「ホワイトハウス関連？」

バッキーがわたしの後ろにやってきた。

「いや、違う。すぐにかけなおす」

ギャヴは電話を切った。

「どうしたんだ？」と、バッキー。

わたしは映像を見て愕然とした。マイクを持った黒髪の女性が語っている――「くりかえし現場から緊急ニュースをお伝えします。現在、ヴァージニア州フェアファクスのプルート社の前で、当局の発表を待っているところです」

早くしゃべってよ。わたしはコンピュータ画面を揺すりたくなった。

「いったい何があったの！」

「おい、オリー、なんでそんなに興奮する？　何が起きた？」

「まだわからないのよ」

黒髪の女性が話しはじめた――「警察発表はまだですが、何人かの社員に話をうかがったところ、銃声を聞いたのは共通しています」カメラから少しずれて腕をのばし、その先にはべつの記者に答えている若い女性がいた。あれは受付係のエリカだ、間違いない。「あの女性の話では、男が銃をふりまわしながら飛びこんできて、彼女が警察に通報する間もなく、プルート社のオーナー、クレイグ・ベンソン氏のオフィスに向かって走り、そこで銃声がしたようです。現在、ベンソン氏の状態、撃たれたかどうかは不明です。わかりしだい、お伝えします」

「マイケル・フィッチだわ……」

バッキーの視線が画面とわたしの顔を行ったり来たりするのを感じた。

「説明してくれよ、オリー。これは何だ？　なんでこのニュースを見ている？」

わたしはバッキーに向かって指を一本立てた。女性レポーターが話しはじめたからだけど、内容はさっきとおなじだ。わたしはバッキーをふりかえった。

「話すと長くなるから」

電話が震えた。ギャヴからだ。

「見たわよ」

「おそらくフィッチだ」

バッキーは電話を握りしめ、バッキーにならなくてもかまわないと決めた。何年もいっしょに仕事をしてきて、口の堅さでは信頼できる。

「どうしたらいい？」

「友人にはすでに連絡した」と、ギャヴ。

「お願い」わたしはたまらなくなった。「〝友人〟なんてまどろっこしい言い方はもうやめてちょうだい」声は押し殺したつもりだけど、この状況で湧きあがる感情を殺すのはむずかしかった。「いくら体裁をつくろったって、こうなるのを防げなかったのは間違いないのよ」

ギャヴは無言だった。わたしが冷静になるのを待っているのだろう。そしてわたし以上に、無力感に襲われているはずだ。彼ならもっと何か、わたしにはできないこともできたはずだから。

「彼にはすでに連絡した」ギャヴは〝友人〟を〝彼〟に変えておなじことをいった。「きょう、会いたいといっている。彼のオフィスで」

あふれる感情とはべつに、わたしの声はおちついていた。

「人目につかない薄暗い場所ではなく、おおやけの執務室？」

「そうだ」

「気が変わった理由は何？」

「わからない。だが、いずれわかるだろう。二十分後にきみを迎えにいく」

「まだ仕事中だけど……」

「クィンに任せなさい。では、二十分後に」

電話を切ると、バッキーがさびしげな、あきらめたような顔つきでいった。

「ここんとこ、事件なしで安心していたんだけどな。また新しいトラブルか？」

わたしは大きなため息をついた。

「新しくはないの。ずいぶんまえから始まっていたのよ」

23

ギャヴが公用車で迎えにきて、ひと言も話さないまま、着いた先は看板も何もないオフィスビルだった。彼はわたしを先に回転ドアから入らせ、ガラス壁の吹き抜けのロビーをエレベータ・ホールへ向かう。

「朝一番にジョーに電話をし、フィッチの手紙について話した」エレベータを待ちながら、ギャヴがいった。「その後、フィッチの事件が報道されはじめるとジョーから連絡があり、きみとふたりですぐ来いといわれた」

「プルート社を襲ったのがフィッチかどうかは、まだわからないでしょ？　ニュースでは何も——」

「フィッチだよ」ギャヴはわたしと目を合わせようとしない。

「何かほかにわかっていることがあるの？」

「ジョーの話では、残念だが、フィッチは射殺された」

「誰に？」

「詳細は不明だが、警備関係者だろう」

ギャヴは到着したエレベータの扉に手を当て、わたしたちは乗りこんだ。ふたたび沈黙がつづき、扉が開くとその先は、ドアの並ぶ細い廊下だった。

ギャヴから聞いたことを考えながら歩いていくと、ドアのひとつから、戦闘服姿の女性が現われた。透き通るような肌をして、茶色の髪を首の後ろでひとつに結んでいる。彼女は自分についてくるよう合図した。

廊下を歩ききったところで、女性が白いドアをあけ、なかに入るようにいった。

「何かあれば、わたしはすぐ外にいますので」彼女はそういってドアを閉めた。

なかに進むと、ヤブロンスキがデスクの向こうで立ちあがった。

「われわれの境遇に変化があったらしい」ヤブロンスキは遠回しな言い方をした。

デスクは大きな金属製で、背後の壁一面の窓からは街並みが見下ろせる。ヤブロンスキは怒りを抑えたような息を吐いた。

広めの貯蔵室くらいの広さしかなく、壁ぎわに八本脚のテーブルが二台。どちらにも、書類の収納ボックスが積みあげられている。静かなノック音がして、制服姿の若い女性が折りたたみ椅子を三つ持って入ってくると、三つともデスクの前にセットして部屋を出ていった。

もうひとり誰か来るのかしら？　訊きたくても、ヤブロンスキのしかめ面を見ると訊けない。

「すわりなさい」ヤブロンスキはそういって、自分も椅子に腰をおろした。「男は銃でまわりの者たちを脅しながら、プルート社に侵入した。きみが――」鋭い目でわたしを見る。

「最近、会って話を聞いた男だ。その妻は昨夜きみに、寝耳に水の情報を伝えた。それをわたしが知ったのは、今朝になってからだがね。ほかに知らされていないことはあるかな？」

「いいえ、ありません」わたしは精一杯、毅然として答えた。

「友人のレナードから、きみの父親の過去を知る手伝いを頼まれたとき、プルート社が調査下にあることをわたしは知らなかった。また――」深いため息。「きみに協力することで、このような調査にかかわることもね。しかも、今度はフィッチの事件だ」

「彼がプルート社を襲うなんて想像もしていませんでした」

ヤブロンスキはわたしをにらんだ。

「あそこでどんなことがあったのでしょうか？」

ヤブロンスキはいらついた顔でギャヴに視線を向けた。ギャヴはずっと無表情だ。

「ベンソン氏は現在のところ、口を閉ざしている」と、ヤブロンスキはいった。「しかし目撃者の証言によれば、フィッチは興奮し、わめきたてたという」

「どんなことを？」

ヤブロンスキの目つきがいっそう険しくなった。

「きみは何だと思う？」

わたしには見当もつかない。

「フィッチはベンソン氏に、殺害事件と大量殺人を〝白状しろ〟とわめいたのだ」唇を結ぶ。

「目撃者たちには何を指しているのかわからなかった。が、われわれにはわかるな？　きみの父親の殺害事件と、シロニカに輸出した商品のことだ。レナードから聞いた手紙の内容は、われわれには不穏きわまりない主張だが、世間の目には、フィッチはどこにでもいる頭のいかれた男にしか見えないだろう。ストレスに負け、餌をくれる手に噛みついたのだとね」

「今後にどんな影響があるでしょうか？」

「きみの調査はおしまいだ。協力の可能性があったマイケル・フィッチは、もはや話したくても話せない」

「でも、ハロルド・リンカがいます」

「彼はしゃべらないだろう」

「どうしてわかるんですか？　彼に尋ねたことがあるんですか？」

ヤブロンスキの微笑は恐ろしかった。

「わたしはきみが思うほど、無能ではないよ」

考えることが多すぎて、わたしはこめかみをこすった。いったい何をどうしたらいいのか――。

「では、どうしてわたしはここに？」ギャヴのほうに手をふる。「わたしたちふたりを、なぜ呼んだのですか？　直接顔を見て非難、叱責するためですか？」

「なぜなら――」ギャヴをちらっと見る。「わたしが入手した情報を教えれば、きみの努力もいささか減ると思ったからだ」

目がまるくなった。「何か新しい情報でも？」

ヤブロンスキはドアに向かって大きな声をあげた。

「入りなさい、ミズ・バーン」

現われた女性を見て、わたしは椅子から飛びあがりそうになった。ピンク色の髪がひと房——。まちがえようがない、フード・エキスポのブースで会い、就職申込書をくれた人だ。わたしは名前を思い出した。

「サリー・バーンズさんね？」

きょうはあのときよりもっと鮮やかなコーディネートで、空色のパンツに黄色い粋なジャケット、ブラウスは花柄でとても華やかだ。

「本名はセーラ・バーンです」軽いオーストラリア訛りがある。「サリー・バーンズは覆面捜査用の名前なんです」

「覆面捜査？」わたしはヤブロンスキをふりむいた。「あなたの部下なんですか？」

ヤブロンスキはうなずき、セーラ・バーンは咳払いをひとつ。三つめの椅子にすわった。

「セーラは適材だったからね。その……」「慣例にとらわれない風貌で」

「わたしはジャズ・シンガーもやってるんですよ」

ヤブロンスキは彼女の話を制止した。「そう、その組み合わせが効果的だったのは否定しようがない。われわれの一員だと疑われずにすむ」

彼女は両手を広げ、にっこりした。「ここでよけいなことはいわないほうがいいわね」

ヤブロンスキはわたしに顔を向けた。

「きみがハロルド・リンカとマイケル・フィッチを訪ねたときのことを聞きたい」

「以前話した以上のことは何も」

「再度、聞きたい。必要であれば何度でも。セーラとわたしは、きみとレナードの話を細部まで欠かさず、ニュアンスも含めて聞きたい。きみが重要だと思おうが思うまいが関係なく」

ギャヴの顔を見ると、彼もどことなくおちつかなげだ。

「何をお知りになりたいのですか？」

「それをいえば、きみの反応が変わるだろう。最初から省略せずに話してもらいたい」

それから三時間、わたしは話し、おなじ質問を何度もくりかえされて何度も答えた。

ギャヴはわたしよりはるかに忍耐強く、たぶん尋問の訓練をうけているのだろう。そう、これはまさしく尋問だった。訊かれたのはフィッチの自宅、リンカの自宅、それぞれの奥さん、外見に態度、わたしが訪ねたときに見せた反応――。そのあいだに二度ほど、ヤブロンスキは戦闘服の女性を呼んで、空になった水のグラスをとりかえさせた。

ようやく尋問が終了したとき、わたしの喉はひりひりし、舌は麻痺して、トイレにも行きたかった。でも、それはまだできない。わたしにはわたしの質問があったからだ。

「父についてはどうでしょうか？」

ヤブロンスキの目は充血し、まぶたも重そうで、彼のほうも疲れたのがわかる。

「ミズ・パラス、初めて会ったとき、わたしの指示があれば調査を中止することに同意したはずだ」

「はい。正当な理由があれば、と申し上げました」

「きみをここへ呼び、バーン捜査官を紹介し、困難な状況にあると伝えるくらいでは不足か？」口調は厳しかったけれど、疲労のせいか、態度はそうでもなくなった。「父の調査をあきらめるわけにはいきません、いまはまだ」

「自分の父親の人生を知ることは自由だ。だがプルート社、クレイグ・ベンソン、ハロルド・リンカ、マイケル・フィッチとかかわらない範囲でのことに限る。きみはこの件から退きなさい」

わたしは返事ができなかった。

「ミズ・パラス、国家の安全にかかわる事項なのだよ。きみの了解はきわめて重要だ」

わたしは大きく息を吸い、「あなたがお望みなら」とだけいった。

木曜日、わたしは早朝に厨房へ行き、ジャガイモを洗ってタマネギを刻み、チキンマリネの準備にとりかかった。時間つぶしの作業だけど、気持ちをおちつけるためにも手を動かしていたい。

自分で思うほど、ヤブロンスキを嫌いにはなれなかった。彼は自分のやるべき仕事をやっているのだ。必要に迫られないかぎり、調査をやめろなどとはいわない、とヤブロンスキは断言した。わたしは彼を信じようと思う。選択の余地はないのだし、ギャヴが彼を信頼していることも大きな理由のひとつだ。ほんの短い時間だけれど、ヤブロンスキはわたしに同情を示してくれたような気もした。中途半端な理由で、彼が中止を指示するとは思えない。冷蔵容器からアスパラガスをとりだして、茎の形を整えていく。新鮮な緑の野菜はたっぷりあって、これに一時間ほど費やした。

しばらくするとヴァージルが出勤し、わたしを見るなり怪訝な顔で「こんなに早くから何をしている？」と訊いた。

「忙しくしているの」と、わたし。

たぶん何か察したのだろう、ヴァージルはその後は口を開かず、わたしをひとりにしてくれた。それから数分後、バッキーとシアンがおはようといいながら現われて、わたしも笑顔でおはようを返し、みんな仕事に専念した。この厨房で働くことは、わたしにとって喜び以外の何ものでもないのだけれど、きょうにかぎっては、まるで魂が抜けたみたいだ。

「順調かい、オリー？」ヴァージルが厨房を出ていったところでバッキーが訊いた。「きのうで問題は片づいたか？」

なんて答えればいい？　「まあね。個人的なことだから」

「そうか……」やさしい目でわたしを見つめる。「何かできることがあったら、いつでもいってくれよ」

「ありがとう、バックミンスターさん」わたしはがんばって明るく返した。「なんとか生き延びられそうよ」

「どんなやつなのか知らないが、オリーにはふさわしくなさそうだな」

恋愛問題だと思っているようで、わたしはあえて否定しなかった。バッキーの言葉をいいかえると、問題の〝やつ〟はわたしの父で、父はわたしにはもったいないような人だったはず、とも思う。

数時間後、沈んだ思いを元気いっぱいの声がかき消してくれた。

「オリー！」厨房の入口にジョシュアがいた。

「あら、ジョシュア！」少年はこちらにやってきて、見るとお姉さんのアビゲイルもいっしょだ。ほかにはシークレット・サービスの護衛たち。

「ここでどんな料理をつくったか、お姉ちゃんに説明したんだよ」

アビゲイルは入口で護衛と少し話してから入ってきた。

「こんにちは、アビゲイル。夏休みの調子はどう？」

「とても楽しいわ」少女はスタッフみんなに挨拶をした。「お母さんにいわれてジョシュアを連れてきたの。この子からお願いしたいことがあって」

「パーティを開いてもいい？」と、ジョシュア。「小さいやつだよ。お姉ちゃんの友だちのジュリアンと、ジュリアンの弟ふたりを呼ぶんだ。弟ふたりって、ふたごなんだよ」とてもうれしそうにつけくわえる。「ぼくとおんなじくらいの歳だって。お母さんがね、パーティを開いてもいいけど、オリーに訊いてからにしなさいっていうから」

「もちろん、いいわよ」久しぶりに明るい気分になった。「いつ開く予定？」

少年はすでにじっくり検討していたらしい。「土曜日がよかったんだけど、大事な外交官が来るっていうから、それじゃ日曜にしようかなって。日曜日でもいい？」

「わかった。日曜ね。わたしも楽しみにしているわ」

「ほんとに？」そのひたむきなまなざしに、わたしは少年を抱きしめ、頭のてっぺんにキスしたくなった。

「ほんとうよ。待ち遠しいくらい。それで、どんなパーティにするの？」

「料理パーティだよ」ジョシュアは即答した。少年なりに抑えたつもりだろうけど、プライド満載の答え方だ。「みんなでいっしょに料理して、それを食べながらゲームするんだ。そんなのでもいい？」

「ええ、いいわよ」ジョシュアの頭の上で、アビゲイルはぎこちない笑みをうかべている。おそらく弟のために仕方なくつきあうのだろう。「どんなものがつくれるか、いっしょに考えましょうね。一度、試作品をつくってみたいけど……」アビゲイルに目をやる。「お姉さんもいっしょに。時間はいつがいい？」

「いまでもいいよ！」と、ジョシュア。

でもアビゲイルが首をふった。「一時間後、お母さんと図書館の開館式に行くことになってるでしょ、ジョシュア」

少年は肩をおとした。「だったら、あしたは？」

「ではそうしましょう――」念のためにカレンダーを見る。「あら、あしたはふたりとも一日じゅう外出じゃないの？」

「そうなの」と、アビゲイル。「小児リハビリテーション・センターの清掃を手伝うことになってるの。だからそんなに早く帰ってこられないわ」

ジョシュアの顔が曇った。

じつはあした、わたしは休みなのだ。でもジョシュアたちのためなら喜んで出勤しよう。

「わたしはいつでもいいわよ。何時ごろに帰ってこられる？」もう一度カレンダーを見る。

「夕食はこちらで食べる予定のようね」

「お母さんはたしか、三時くらいだといっていました」

「じゃあ、三時にしましょうか。その時間にはここにいるようにするから、いつでもいいわよ、ジョシュア。よかったらアビゲイルも」

「ううん、お姉ちゃんはだめ」と、ジョシュア。「サプライズを計画してるから」

アビゲイルはほっとした顔になり、わたしは笑った。

「だったら三時に一度連絡するわね。それから計画を練りましょう」

「ほんとにそれでいい？」

「もちろんよ、ジョシュア」

姉弟が厨房からいなくなると、明るい気分もいっしょに消えた。わたしはため息をつき、どうしようもないむなしさが早く通り過ぎることだけを願って作業にもどった。でも心の奥底ではあきらめている。このむなしさは、いつまでもいすわりつづけるにちがいない。

24

身勝手とは思いつつ、きょう一日をなんとかやりすごすために、バッキーたちを早く帰らせた。これで夕方のひとときを、静かな厨房でひとりきりで過ごすことができる。瞑想《めいそう》すると心が安らぐという人がいるけれど、わたしの場合はそれよりも、ひとりで作業に集中するほうがいい。

片づけや雑用をすませ、電気を消して厨房を出て、地下鉄のマクファーソン・スクエア駅に向かった。ギャヴはきょうまる一日訓練で、あしたも訓練はつづくらしい。この二日は心身ともにストレスだらけだから、ふたりで話しあい、週末にひと息つけるまでは電話も控えめにすることにした。

「訓練後はまともな会話ができそうにないからな」と、ギャヴはいった。「それに、体がかなり臭いだろう」

このときわたしは笑ったけれど、今夜は彼に会いたくてたまらなかった。わたしにはギャヴが必要――。

と思ったとき、足が止まった。

わたしには、彼が必要。

誰かを必要だと感じたことが、これまでにあっただろうか。子どものころからずっと、母は人生の導き手だった。でもそれと、いまのこの思いはぜんぜんちがう。ひとりぼっちがいやだからギャヴが必要なのではない。だって、わたしはひとりでも平気だから。わたしも彼も、それはよくわかっている。

ギャヴが必要。そう思うだけで胸が痛くなる。理由はたぶん、彼のいない人生をもう想像することができなくなっているからだ。

考えすぎてはだめよ。自分にいいきかせながら駅の改札機を通り、クリスタル・シティ行きのホームに向かった。これから何をしたらいいのかわからないけど、ともかく早く帰りたい。

帰宅する人たちのあいだを縫ってホームを歩き、なかばあたりで立ち止まってコンクリートの壁をながめた。

わたしはたぶん、ぼうっとしていたのだろう、そばで男性の声がして、小さな悲鳴を漏らした。

「きみはこの電車をよく利用するのかな？」

わたしは彼の腕に触れた。

「ギャヴ……」胸がいっぱいになった。「びっくりさせないで」

彼はホワイトハウスからわたしをつけてきたらしく、もっと周囲に気を配らなくてはだめだと、電車に乗っても小言がつづいた。

「オリー、このわたしにも気づかないのはおかしい」

反論はしなかった。彼のいうとおりだと思ったし、ふつうの会話をしながら安息の地へ向かうのがうれしい。秘密の会合も、疑惑に満ちた会社もなく、謎の小箱を渡されることもない安息の地――わたしのアパート。

「今夜は疲れきって早く寝たいんじゃない?」

ギャヴは電車のなかで、ずっとわたしに腕をまわしてくれていた。

「睡眠より、きみといっしょにいるほうが何倍も大事だよ」わたしを抱く腕に力がこもった。

「ともかくシャワーだけは浴びてきたしね」


翌日の朝、ベッドから出たのは九時だった。わたしにしてはいつになく遅い。ギャヴは訓練開始が早朝の五時で、そのまえに簡単な荷造りもするからと、夜中のうちに帰っていった。過酷な実習と緊急時対応訓練が何時間もつづくうえ、夜には同輩、先輩との総括会議にも出なくてはいけないとのこと。彼の声が聞けるのは、早くても夜の九時くらいだろう。

キッチンで一時間ほど過ごした。コーヒーを飲み、新聞を読む。目をひく記事はほとんどなくて、機械的に紙面をめくっておしまいだ。

コーヒー片手にテラスに行ってみる。狭いテラスだけれど、近隣全体が見下ろせて、とくに変わったところも、おかしなところもなかった。コーヒーを飲みながら、ヤブロンスキとの会話を思い出す。

覆面捜査官のセーラ・バーンを紹介されたということは、やはり何か大きな力が動いているということだろう。わたしには想像も理解もできない事態なのだ、きっと。好き嫌いの感情はさておき、ヤブロンスキとその権限には敬意を払わなくてはいけない。

ただ彼は、自分の父親の人生を知ることは自由だが、プルート社やベンソンたち会社関係者にはかかわるな、といった。わたしは同意し、それをくつがえす気はまったくない。

頭のなかでささやき声がした――〝だったら、ユージン・ヴォーンに会いに行けば？〟

「それでどうするの？」

聞こえてくるのは眼下の木立を吹き抜ける風の音、走る車のかすかな音だけだ。

ゆうべ、これについてはギャヴとも話した。もしまた会いに行くと決心したら、自分もいっしょに行く、とギャヴはいい、そのときはわたしひとりのほうがいいわ、とわたしはいった。ユージン・ヴォーンはほかの人がいる前ではおそらく何も話さないだろう。信頼している介護人でさえ退出させたのだ。わたしの気持ちは揺れ、ギャヴは再訪の価値はあるような気がするといった。たしかにそれはそうなのだけど、何かを期待し、それが裏切られたときの失望感が怖い。

前回の訪問は完全な空振りだった。よくわからない話をするか、何も教えてくれないか。年齢のせいで理路整然とはいかないのかも、と思う半面、話が飛ぶのは演技かもしれないと疑ったり。

コーヒーをもうひと口。とっくに冷めて、苦みが強い。そこで選択肢を考えた──新しいコーヒーを淹れ、キッチンのテーブルで一日じゅうおちこんで過ごすか、あるいはもっと生産的な試みに賭けるか。

ユージン・ヴォーンはプルート社とは関係ないから、再訪したところで、ヤブロンスキも文句はいえないだろう。その点ではギャヴもおなじ意見だった。

わたしは空を見上げ、雲に頼んだ。「ユージンおじさんがどこにも行かないように見張っててちょうだい、わたしが到着するまでは」

一時間半後、シャワーを浴びて着替えたわたしは、ユージン・ヴォーンの家に向かって車を走らせた。ジュシュアと約束した三時までには、ホワイトハウスに行けるだろう。

十二時過ぎに到着。大きくひとつ深呼吸して気持ちをおちつけ、礼儀正しく質問できるよう心の準備を整える。ロバータはきょうも来ていて、玄関をあけるとにっこりした。

「あら、オリヴィア、いらっしゃい」

「またお邪魔して申し訳ないのですが──」

「とんでもない」ロバータは扉を大きくあけてわたしを入れてくれた。「ユージンはお待ちしていたんですよ」

「え？　ヴォーンさんが？」彼女についてリビングルームに向かった。

「ええ、ええ、そうよ」

シャツの色が違わなかったら、ユージン・ヴォーンはこのまえ会ったときの場所からまったく動いていないように見えただろう。変わらず鋭い視線をわたしに向けてからいった。

「そこでぼうっと突ったっていないで、こちらに来て話しなさい」

わたしは部屋の奥に進み、彼はロバータに甘い紅茶を持ってくるよう頼んだ。それから少しして、ロバータは紅茶ふたつと昼食をのせたトレイを持ってもどってきた。

「あなたのぶんもあるわよ。ユージンは食事を時間どおりにしたい人なの」

彼が楽に食べられるよう、そばでトレイを持つのもロバータの役割らしい。こうしてランチ・タイムが始まり、三人でよもやま話をしながら食べた。紅茶のほかには赤ぶどう、りんごのスライス、チキン・ヌードル・スープ、ピーナツバターをぬったクラッカーが少々だ。時間にしてせいぜい二十分くらいのものだけど、わたしは早く質問したくてうずうずした。ロバータが片づけをすませてウインクし、「ふたりっきりのほうがいいでしょ？」といって背後に手をふった。「キッチンにいますから、何かあったら呼んでちょうだい」

ユージン・ヴォーンは彼女の背中に向かっていった。

「立ち聞きするなよ」

ロバータの姿はもう見えず、大きな声だけ聞こえてきた。

「なんならわたし、音楽でも聴いていましょうか？」

「そうしてくれ」

彼はわたしをふりかえった。

「ところで、きみは何を始めた？」

その言葉に、わたしは飛びついた。

「いま何が起きているのか、ご存じなのですね？」

「わたしが知っているのは、きみがここに来て父親のことを尋ねた、ということだ。その一週間後、父親のかつての同僚が銃を持ち、会社を襲った。これが偶然とは考えにくい。いったい何があったのだ？」

わたしはかぶりをふった。「教えていただきたいのは、こちらのほうです」

彼は無言でわたしを見つめるだけだ。

「きょうは一日空いているので、いつまででも待ちます」ここは嘘でもかまわないと思った。

「何のことかさっぱりだな」

「あなたはご存じのはずです。忘れたふりをしているだけではありませんか？　プルート社で起きたことを詳細に知り、現在何が起きているかも想像がついている」老人の無言の凝視はいつまでつづくのか。思いきって怒らせてみれば、何かわかるかもしれない——。

するとユージン・ヴォーンはようやく口を開いた。

「きみは彼の娘だな。その点はまちがいない」

「すみません、思い出話はまたべつの機会にでも——」とりあえずそういってからつづけた。

「何人かの方とお会いしてお話を聞き、そのなかのひとりが命を失いました。わたしに責任があるとお思いですか？」

「フィッチの死に、きみがやましさを覚える必要はないだろう」

「どうしてですか？」

「きみはオリーと呼ばれているんだな？」

ここはぐっとこらえた。「はい、そうです」

彼はわたしの背後を見て、ロバータがいないのを確かめてからいった。

「では、オリー」やさしい口調になる。「わたしには、きみが知っている以上のことは何も話せない」

「なぜですか？」

彼の表情が険しさを増した。「わたしは話す立場にないからだ」

「誰かに迷惑がかかるとよくない、からでしょうか？」多少アプローチを変えてみる。「そのお気持ちはわかります。アーリントンの件にかかわったことが知れたら、裏で力を貸してくれた人たちが職を失うことになりかねないとか。だからあなたは――」

彼は骨ばった手でいきなりわたしの腕をつかんだ。それも痛いほど強く。

「きみにわたしの気持ちなどわかるはずもない」

「ではどうか、話してください」痛くて顔をしかめたいのを我慢した。

「もうこの件は忘れなさい」彼はゆっくりといい、わたしが反論しかけると、「議論などしない」といいきった。「わたしは聞く耳をもたない。きみは地雷だらけの土地でゲームをしようとしているだけだ」

「知りたいことがすべてわかるとは思っていません」腕を引き、つかんだ手をはらった。

「それはもうあきらめています」

彼は初めて驚いた顔をした。

「でもひとつだけ、どうしても知りたいことがあります。どうかひとつだけ、教えてください」

ユージン・ヴォーンは首を横にふった。

「そのひとつが何か、まだご存じないのに？」

「いいや、わかっている。きみが知りたいのは、父親がアーリントンに埋葬されたいきさつだろう。だがそれは、すでに話したはずだ。彼はアーリントンに埋葬されてしかるべき人間なんだよ。よしなさい、ここで終わりだ。これ以上は、もう何もない」

わたしは椅子の背にもたれた。ユージン・ヴォーンに、そしてわたし自身にも失望する。時間の無駄だった。彼にとっても、わたしにとっても。だけどほんの小さな希望の光でもすがりたかった。

「何も話してくださらない？」

「きみにはすまないが」

「しつこくお願いしても？」

彼はまた腕をのばしてきたけれど、今度はやさしくわたしの指を握った。

「心からすまないと思っている」

少し間をおいて、わたしは立ち上がった。

「お時間をとらせて申し訳ありませんでした」

ユージン・ヴォーンは細い眉の下からわたしを見上げた。

「もうここに来ることはないかな？」

どういう意味だろう？

「ここに来ることはない、というのは？」

「きみはわたしに答えられない問いを投げかけに来た。そしてわたしは無用の人間だとわかり、利用価値はないと思いながら帰っていくのだろう。きみの父親とわたしが親友だったことも、わたしがきみの成長を見守っていたことも意に介することはなく――」玄関のほうを指さす。「わたしが答えを与えないために、きみはあの扉から出ていき、二度と訪れることはない」

わたしは何もいえなくなった。

彼は両手を膝にのせた。「そういうことだろう？」

「いいえ、そんなふうに考えたことはありません」正直な気持ちだった。「でもわたしはもう、こちらにうかがわないほうがいいでしょう？　面倒なことをもちこむだけでしかないので」

「いいや、また来てほしい、オリヴィア。ここに来て語ってほしい、自分のことを、自分の人生を。わたしはきみの父親のために……アンソニーに代わって、きみのことを知りたい。

どうか、お願いだ」

胸がつまった。わたしは自分のことしか考えていなかったのだ。

「時間さえあれば――」腕時計を見ながら、気持ちを込めていう。「もっとお話ししたいのですが、ごめんなさい、じつは三時に約束があるので」

彼はうなずいた。「また時間があれば、訪ねてほしい」

そのとき、玄関のチャイムが鳴った。

「どなたかとお約束ですか？」

「いいや、約束はない。ロバータ！」声をはりあげる。「客が来たようだ！」

「わたしが玄関をあけましょうか」

彼はどうでもよさそうに手をふった。

玄関へ向かうと、イヤホンを付けて音楽プレーヤーを手にした早足のロバータと出くわした。

「わたしが行きますよ」

「ええ、でもちょうど帰るところですから」

「オリー！」ユージン・ヴォーンが指を曲げ、「ひとついい忘れたことがある」といった。

わたしは彼のところにもどり、ロバータが玄関をあけた。

「はい、どんなご用件でしょう？」と、ロバータ。

「いい忘れたこと？」と、わたし。

玄関から男性の声が、つづいてロバータのとまどったような声がした。「ヴォーンさんのお知り合い？」

「なんでしょうか？」わたしはユージン・ヴォーンに尋ねた。

彼は玄関に目を向けたまま、わたしの手首をつかんだ。

「気をつけなさい。くれぐれも用心しなさい。いいね？」

「はい」

外から男性の声がした。

「ヴォーンさんにお目にかかりたい」

「お約束は――」

いい終わらないうちに、ロバータの顔が殴られ、のけぞった。男はすぐさまなかに入ると、つづけて二人めが、さらに三人めが飛びこんできた。最後の男がロバータをつかみ、床に投げつける。彼女は身をよじり、両手で顔を覆って泣きだした。

あっという間の出来事で、わたしは呆然とするだけだった。三人とも若く、背が高く、いかにも頑強だ。動くな！　と叫ばれたけど、わたしはその場に凍りついて動くことなどできない。

でも大声を出すことならできた。

「よしなさい！　名乗りなさい！」

返事を待つまでもなかった。

もうひとり、車椅子を押しながら、金髪の男が入ってきたのだ。コーヒー・ショップでお見合い相手をさがしていたあの若者だった。

「やあ、オリヴィア」車椅子のなかの男が片手をあげた。「ほんとに父親そっくりだな」ハロルド・リンカはいいはなった。「やめどきというものを知らない」

25

ロバータが小さな叫びをあげた以外、あたりは静まりかえった。

「どういうこと？」わたしはリンカに訊いた。

男たちは、これを見ろ、というように、包丁くらいある大きな飛び出しナイフを振りまわしながらわたしたちを取り囲んだ。とても機敏で言葉をかわすこともないから、裏社会の人間にちがいない。

「これはどういうこと？」わたしはもう一度リンカに訊いた。精一杯がんばったつもりだけど、声が震えるのはどうしようもなかった。

「わたしの家から出ていけ！」ユージン・ヴォーンが顔を真っ赤にしてこぶしをふりあげた。

リンカはヴォーンに興味をもったのか、車椅子で近づいてきた。

「こいつは誰だ、オリヴィア？」

いつものわたしなら、「ご存じないの？」と嫌味のひとつでもいうところだけど、リンカの顔を見るかぎり、ほんとうに知らないらしい。だったら、この場の状況を考えて──。

「わたしの大学の恩師よ」と、嘘をついた。震えながらも声は大きくしてみる。「ここに何をしに来たの？」

「きみがひとりになるのを狙っていたんだよ。ホワイトハウスから離れ、家からも離れて──」満足げに部屋を見まわす。「話し合いには格好の場だな」

金髪男は車椅子を離れて玄関にもどると、きょろきょろと外の道路を確認し、玄関を閉めた。

「問題なしです」こちらへもどってきながらそういい、四人の男はわたしたちから一瞬たりとも目を離さなかった。少しでも動こうものなら切り刻んでやる、という目つきだ。

リンカはこの場がおちつくのを待ってから、いかにもうれしそうにわたしをながめた。

「では、オリヴィア」名前を呼ばれ、わたしはぞっとした。「マイケル・フィッチから何を聞いたのか、話してもらおうか」

わたしはとまどった。といっても、答える気があったわけではない。この状況が何を意味しているのかをめまぐるしく考えたのだ。リンカはなぜここまでのことをやるのか──。でも何も思いつかない。

いや、ひとつだけある。

「父を殺したのは、あなたね？」リンカは無言で、わたしはつづけた。「理由は何？」

「やめどきを知らなかったからだよ。この親にしてこの子あり、とはよくいったものだ」

わたしはそばにいるナイフ男を指さした。

「やり方を変えたの？　わたしは銃殺刑じゃないの？」

「柔軟性があるものでね、わたしには」リンカは楽しそうにいった。「何事も、時の流れとともに変わるものだよ。住宅街の静けさを破ってはいけない。だろう？」

ロバータが体を起こした。下唇に血が流れているけど、ほかに傷はなさそうだ。

「いったい何？　この人たちは誰？」ロバータはあえぐようにいった。

リンカは、黙れ、と手をふった。

「進行役はわたしだ。わたしが質問するあいだ、口を開くな」そしてこちらを見て、「では再開しよう」といった。「わたしはマイケル・フィッチに、きみには話すなと警告した。彼は従ったか？　答えはノーだ。そしていま、フィッチはこの世にいない。きみもフィッチの仲間入りをしたくなければ、わたしに正直に話したほうがいい。彼から何を聞いたのかをね」

自信はなかったけれど、問い返してみた。

「わたしが何を聞いたと思っているの？」

「すなおになったほうがいいぞ」

「どうして？」周囲を見まわす。「どっちみち、わたしたちは殺されるんでしょ？」

口にしたとたん、後悔した。ロバータが声をあげて泣きはじめたのだ。「子どもたちが……あの子たちが……」

リンカはロバータには目もくれず、わたしを指さすと「この女のバッグを持ってこい」と命じた。

わたしの後ろにいた男が、肩にかけていたバッグをもぎとった。そしてゆっくり歩いてボスに渡すと、またわたしとユージン・ヴォーンのうしろにもどってくる。

「そこには何も入ってないわよ」

リンカはわたしの言葉を無視してバッグをひっかきまわすと、携帯電話をとりだして背後の金髪男に渡した。

「ギャヴィンの連絡先をさがせ。いや、ギャヴィンではなくギャヴと呼んでいたな」

わたしは心臓が止まりかけた。

「彼は応答しないわよ」

リンカの唇がゆがんだ。でもあれは、わたしをばかにした笑いだ。そしてリンカはギャヴにメールを送れと金髪男に指示した。わたしが困っているから、この住所の家までどうか来てほしい、という内容だ。

「どうして?」わけがわからなかった。「なぜそんなことを?」

「ずいぶん頭が鈍いな。きみとギャヴィン捜査官は深い仲だろうが。ふたりでこれ以上動きまわられると困るんだよ。そろそろやめてもらわなくてはならない」氷のような目で見つめる。「だがどうやら、まだ容疑者リストはできていないようだな。きみの担当分野ではないか、オリヴィア?」

わたしは答えない。

「では光る鎧をまとって名馬に乗った騎士が登場するのを待つとしよう」

ギャヴは訓練中だから、今夜遅くまでメールを見ることができないだろう。神さまに感謝しなくては。でもそれをリンカに教えるつもりはない。

「いまのうちに帰ったほうがいいと思うわ。彼につかまらないうちに」

「すわれ。まだ訊きたいことがある」

すわらずに立ったまま、リンカにいった。「わたしだけでいいんでしょ？　ほかのふたりは解放してちょうだい。どちらもあなたが誰なのかを知らないし、何ひとつ……」具体的なことはいわずにおこう。「過去についても知らないわ。だから解放してちょうだい」

「もう遅い」ヴォーンとロバータのほうに手をふる。「たまたま居合わせる、というのは誰にでも、いつでもありうることだろう。もちろん、わたしたちが去ったあとは、きみもたまたま居合わせたひとりになるがね。強盗事件の最悪の結末だ。未解決事件がひとつ増えるだけのこと」

わたしはロバータの泣き声を必死で聞くまいとした。

リンカは時計に目をやり、「きみの捜査官の恋人は」といった。「一時間以内には姿を見せるだろう」

「だったらいまのうちに逃げたほうがいいわよ」

「すわれ、オリヴィア。わたしについて、何を知っている？　フィッチから何を聞いた？」

あなた自身から聞いたこと以外、何ひとつ知らない。などと、ほんとうのことをいう気はなかった。

「拒否します」わたしは首を横にふった。

「いいだろう。時間はたっぷりある。いつまでも待つよ。愛する男の命が危ないとわかれば、いやでも話す気になるだろう」

大男がわたしの肩をつかみ、むりやりカウチにすわらせた。別の男がロバータを床から引っ張り上げて、おなじカウチに放り投げる。わたしたちは離れていたけど、ロバータの体がぶるぶる震えているのはわかった。カウチの隣の椅子では、ユージン・ヴォーンが混乱した顔つきできょろきょろし、リンカに尋ねた。

「あなたは誰の話をしている？」

リンカは金髪男に何やら小声で話し、問いかけには答えない。

「ロバータ」ユージン・ヴォーンはしっかりした口調でいった。「訪問客になぜ甘い紅茶をふるまわなかった？　礼儀を忘れたか？」

ここでリンカはようやくヴォーンに目を向け、わたしに訊いた。

「彼は頭がおかしいのか？」

ほんとうのことを答えると思っているのだろうか？

「状況がわからなくなるときがあるの」もちろん嘘だ。「とくにストレスがかかるとね」

「ロバータ」ヴォーンの声が大きくなった。「ぼんやりすわっていないで、紅茶をいれてきなさい」低いテーブルに置いたままの、わたしたちが飲んだグラスを見下ろす。「このグラスは誰のだ？」困惑した表情はまちがいなくつくりものだ。

「大学の教師らしいが」金髪男がいった。「何を教えていた?」

わたしは答えない。

ロバータは両手を震わせたまま立ち上がった。

「動くな!」と、リンカ。

後ろにいた男が彼女をすわらせた。

どうしたらいいだろう……。ギャヴは訓練中だから、ここには来ない。何が起きているかも、リンカが待ち伏せていることも知らない。わたしは自分の力で自分を、ほかのふたりを救わなくてはいけない。でも、どうやって?

見まわせば、ぎらついた目の男たちは微動だにせず立っている。大きなごつい手に握られたナイフは、わたしたちの命を一瞬のためらいもなく奪うだろう。

ここまで自分が小さく、無力に思えたことはない。何をどうすればいいのか、見当もつかない。

わたしの気持ちを読んだかのように、リンカが車椅子で近づいてきた。それも、手をのばせば触れるくらいの距離まで——。どうせなら顔を引っかいてやろうかと思わなくもなかったけど、車椅子の横には、いつでもかかってこいといわんばかりに金髪男がいる。

リンカは余裕たっぷりで、手下たちはロボットのように動くから、たぶんリンカはかなり以前から何かの組織のボスだったにちがいない。

その何かとは、何?

きっと父は、アンソニー・パラスは、その秘密をつかんだのだ。そして秘密とともにこの世から消されてしまった……。

ユージン・ヴォーンを見ると、その目には強い光があった。秘密はまだ消えてはいないのかもしれない。少なくとも、いまはまだ。

「ロバータ、紅茶はどうした？」ヴォーンはとぼけた顔でさらりといった。

「恩師を解放してくれたら」わたしはリンカにいった。「すべて話すわ。先生はあなたが誰なのかなんて、まったくわからないもの。あなたはきっとやさしい人よね、これだけ立派な部下たちの面倒をみているんだから。思いやりの気持ちが少しはあるはずだわ」

リンカは笑った。

いかにもばかにしたように。

わたしはめげずにつづけた。「彼女も――」ロバータを指さす。「事情がまったくわかっていないわ。だからふたりをここに残して、わたしをどこかへ連れていけばそれですむでしょう」

リンカはお腹の前で両手を組んだ。

「中途半端は嫌いなもんでね。さあ、話をもどそう。マイケル・フィッチとコーヒー・ショップで会う約束だったのだろう？　彼が姿を見せず、きみはその後、どうした？」

なぜこうもフィッチを気にするのか？　フィッチが糾弾したのはプルート社であって、あの手紙にリンカの名前はなかった。でもここで、それをいう気はない。

「いつからわたしを尾行していたの？」

リンカはわたしの言葉を無視した。

「フィッチの女房と会った理由は？　あの箱には何が入っていた？」

それらしい嘘をひねりださなくてはいけない。だけど状況はかなり不利で、地雷だらけの土地でゲームをする、というヴォーンの言葉がよみがえった。半端な嘘で、ひとつでも地雷を踏んだら一巻の終わりだ。

「ふたりを解放してくれるまで、いっさい話しません」

「それはできない」

わたしは胸を張った。「だったらわたしを殺して、幕を下ろせばいいわ」

ロバータが真っ青な顔で、「だめよ！」と叫んだ。

リンカは車椅子のなかで身をのりだした。

「これでも辛抱強いほうでね。なぜ、そうなのか？　なぜなら、辛抱さえしていれば、かならずほしいものが手に入るからだ。きみがそれを学ばなかったのは、なんとも残念だな」椅子の背にもたれ、腕時計に目をやる。「もうじき、愛する男が姿を見せるだろう。そうなれば、きみも協力的にならざるをえない」

暖炉の上の時計をちらっと見た。この場をなんとかするのが最優先なのは当然だけれど、約束をすっぽかされたジョシュアの悲しい顔が目に浮かんだ。

男たちは何やらひそひそ話し、わたしはどうでもいいふりをしながら聞き耳をたてた。リンカはなぜここまでのことをするのか、その手掛かりがつかめないか。プルート社が有毒物質入りの商品を他国に売っていたとして、罪に問われるのはリンカではなく、社長のベンソンのはずだ。

　この侵入の背後にベンソンがいる？　でもこれまでのようすから、その可能性は低いように思えた。フィッチの告白がリンカにどんな関係があるのか——。いくら考えても見当すらつかない。

「彼はどこにいる？」リンカが訊いた。

「誰のことかしら？」

「偉そうな口をきくと後悔するぞ」

　わたしは無言だ。

「男はどこにいる？」

「いわなかったかしら？　彼は頭のいい人だもの。あなたはかならずつかまるわ」うわべは大胆でも、内部はパニック状態だった。訓練中のギャヴが来るはずもない。何が起きたのかを知ったときは、時すでに遅しだ。そのころ、わたしたち三人は——。

　ロバータはカウチの端で、少しでも小さくなりたいかのように丸く縮こまっている。ユージン・ヴォーンはいつもとおなじように背筋をのばしてすわり、ときおり何かしゃべっているけど、誰も耳を貸さない。

　すると、ヴォーンが立ち上がりかけ、男たちが急いで制止した。老人が何か恐ろしいことをするわけでもないのに。

「離れろ！」ヴォーンは男たちに両手をふった。「用を足しにいくだけだ」

男たちはリンカをふりむき、わたしの心のなかに希望が芽生えた。

「いっしょについていけ」と、リンカ。「凶器になりそうな物はないかチェックしろ。電話もだ。そいつから目を離すな、一瞬たりともな」

希望はしぼんだ。でも、まだほんの少し残っている。男ふたりがヴォーンについていき、この場は手薄になったから、わたしとロバータでなんとか……。

いましかない、と思った。ここで何かするしかない。

わたしはリンカに飛びかかった。顔でもなんでも痛めつければ、少しでも混乱させられれば――。

でもすぐさま、後ろ頭を殴られた。視界が万華鏡のようにぐるぐるめぐり、火花が散ったかと思うと光が消えて、真っ暗になった。

26

腕を引っ張られるのを感じた。

「意識がもどったな」声が聞こえる。「起こせ」

痛みが走った。でもどこが痛いのか、すぐにはわからなかった。視界がはっきりしてきて、そばにロバータがいるのが見えた。部屋の明るさが違うから、たぶん、しばらくのあいだ意識を失っていたのだろう。リンカが怒りにたぎる目でわたしを見ている。頭に手をやると大きなこぶがあり、また痛みが走った。

「いったい……」わたしは床の上で体を起こした。

「ふざけたまねはよせ」リンカはまるで、わたしがわざと失神したかのようにいった。「あの男が来ないのはなぜだ？」

ユージン・ヴォーンは椅子のなかでぴくりとも動かず、わたしを見つめている。

「どれくらい意識がなかったの？」わたしは驚いた顔で見下ろすロバータに訊いた。でも彼女が答える間もなく、リンカが怒鳴った。

「あの男はなぜ来ない？」

怒りと失望、痛みが押し寄せてきて、わたしは立ち上がると声をはりあげた。「彼は来ないわよ。いいかげん、あきらめたらどう？」体はふらつかず、ひとりでカウチにすわることができた。でも頭が痛くてたまらない。音が大きくなったり小さくなったりして聞こえる。この音はたぶん、わたしの鼓動だ。百倍にも千倍にもなって聞こえ、頭がずきずきする。

リンカはあせっているように見えた。わたしの意識がないあいだに何かあったのだろうか？

「時間切れだ」リンカは手下たちにいった。「引き揚げるぞ。女は連れていく。ほかのふたりは始末しろ」

これまで黙っていた手下のひとりが、「計画とは違いますが」といった。

「それくらいわかっている。男が来なければ、もっとまずいことになるからな。さあ、早くやれ」

ロバータが悲鳴をあげ、カウチで丸まった。「お願い、お願いよ。誰にもいわないから。絶対にいわないから助けて」

リンカに聞く耳などなく、車椅子で玄関のほうに行きながらふりかえりもせずに、「とっととやれ」といった。

ロバータの後ろにいた男がナイフをふりあげた。

と、玄関のチャイムが鳴った。

全員が凍りついた。いや、ロバータだけはカウチで膝を抱き、目をつむって震えている。

「やっと来たな」と、リンカ。「おまえたちは部屋から出ろ。ナイフは隠せ」

「彼じゃないわよ」わたしはリンカにいった。「来るはずがないもの」

金髪男が玄関に向かうと、リンカが止めた。

「おまえはだめだ。姿を見られたことがある。隠れていろ」震えるロバータに目をやり、うんざりした顔をしてから部下のひとりに手をふった。「おまえが行け。ここに連れてこい」

頭にはまだ痛みがあったけど、わたしは立ち上がった。

玄関が開くなり、飛びこんできたのはギャヴだった。わたしは泣きそうになりながらも絶叫した。

「だめ！　逃げて！　早く！」

ギャヴはいきなりくるっと回転し、ドア横にいた男のみぞおちにパンチをくらわせた。そして銃を抜こうとし——。

間に合わなかった。べつの男が背後から、ギャヴの喉を太い腕で締めあげた。わたしは駆けだそうとして、またべつの男につかまれる。大声でわめき、悲鳴をあげ、もがきまくったけどなんの役にも立たない。男がギャヴの銃をとりあげて部屋の隅に連れていくと、顔を、腹を殴りつけた。荒い息とうめき声が聞こえてくる。

ギャヴも男たちを殴り、蹴り、ひとりが顔面への一撃で床に倒れこんだ。ギャヴの目は憤怒にたぎり、顔は真っ赤だ。殺意に満ちているとさえいっていい。わたしが初めて見るギャヴ、ぞっとするほど恐ろしいギャヴ――。

金髪男が彼に飛びかかり、男ふたりでみぞおちをつづけざまに殴った。ギャヴは体をふたつに折り、そこへ金髪男がナイフを突き刺す。わたしは泣きながら絶叫した。

ギャヴはどさっと音をたてて床に倒れた。金髪男がナイフを引き抜き、床に赤い血が流れていく。あれはギャヴの血――。「ああ、ギャヴ、お願い」わたしは身もだえした。彼はここに来られないはずだったのに。どうして？ どうして？

ギャヴの体の下で血がたまっていく。

「ギャヴ！」

彼は答えない。

「ギャヴ！」

リンカがわたしをふりかえった。

「さあ、フィッチから聞いたことを話せ」

わたしはギャヴから目をそらすことができなかった。床でふたりの男に押さえつけられ、微動だにしない。赤い血だまりはふくらんでいく。

「いやよ」自分の声がはるか遠くに聞こえた。

「好きにしろ。二十分もすれば、血は一滴もなくなるぞ」

息ができなかった。何もできない。

リンカは男たちにいった。「とどめを刺せ」

わたしは悲鳴をあげた。

「気が変わったか？」

希望はないと思った。どうせ殺されるのだ。いいや、でもまだわたしたちは生きている。ギャヴを救える可能性がわずかでもあるかぎり、それに賭けなくてはいけない。そのためにはどうすればいいか？　頭がまわらない。見当もつかない。でも時間稼ぎならできるだろう。何を待つための時間稼ぎか？　そんなことはどうでもいい。選択肢はない。

「彼の傷の手当てをしたら、何もかも話すわ」

「冗談もほどほどにしろよ。あの傷ではもう無理だ。いうことをきかなければ、つぎはおまえの番だ」

「いやよ」

「これが最後のチャンスだぞ」

「チャンス？　せいぜい十五分長く生き延びるための？　彼の手当てをしてちょうだい」わたしは譲歩しませんよ、というように腕を組んだけど、ほんとうは、少しでも体の震えを抑えるためだった。「それがないかぎり、ひと言もしゃべりませんからね」

リンカは歯を見せ、ゆがんだ笑みをうかべた。

「いやはや、じつに父親そっくりだな。偉そうで、強情で、命知らずだ」

わたしはリンカに飛びかかろうとしたけど、男がわたしのウエストに腕をまわし、ぬいぐるみのように抱えあげた。

「やめてよ！」

刺される、と思った。

「自業自得だぞ」

リンカはくすくす笑った。静かな部屋にあざけりの笑いだけが響き、希望をかきけしてゆく。

そのとき、部屋が激しく揺れた。

叫び声、窓のガラスが砕けるすさまじい音、空気を切り裂く音——。これは銃声だ。激しい靴音が重なり、わめき声がとびかい、わたしは床に投げ捨てられた。横ではロバータが頭を抱えて悲鳴をあげる。ユージン・ヴォーンの前には黒い影が立ちふさがった。音が聞こえ動きを感じても、何が起きたのかわからない。膝に木の床の感触がある。わたしは刺されていない？　火薬のにおいが漂ってくる。

わたしを抱えた男はどこかへ消えた。わけがわからないまま、床を這ってギャヴのもとへ行く。彼のそばには男たちがいたけれど、かまわずうつむいて進む。床を蹴って走る足先が見え、椅子をよけてギャヴのそばへ。あと少し——。でも大きな両手につかまれて、床から引っ張りあげられた。

「邪魔だよ、ミズ・パラス」ヤブロンスキはそういうと、横を向いて叫んだ。「救急隊員！　こっちだ！　急げ！」

27

「お願い、早く血を止めて」わたしはギャヴをとりかこむ救急隊員に頼んだ。でも彼らに答える余裕はない。

わたしは床にひざまずき、隊員たちの背後からギャヴに語りかけた。「大丈夫よ、ギャヴ。大丈夫だから。ね」だけど彼はぴくりともしない。隊員たちは厳しい表情で顔を見合わせた。

「大丈夫だから」わたしは祈りつつくりかえした。

後ろでは、ほかの救急隊員たちがユージン・ヴォーンとロバータを診ている。捜査官が手下の男たちをつかまえ、セーラ・バーンがリンカに手錠をかけていた。部屋の中央ではヤブロンスキが指示を出し、証拠か何かが集められているようだけど、わたしにはよくわからない。

ギャヴの下の血だまりはいっそう大きくなったようで、救急隊員は点滴をセットした。わたしは邪魔にならないよう少し離れて顔をあげた。床から見上げるヤブロンスキはいつもよりもっとそびえたって見える。わたしは小さな声で尋ねた。

「ギャヴは助かるでしょ？」

ストレッチャーが着いてギャヴは乗せられ、わたしはヤブロンスキの差し出した手を握って立ち上がった。

「ここから出よう」彼の声は険しい。

「ギャヴといっしょに行くわ」

「だめだ。ついて来なさい」

有無をいわせぬ口調。抵抗はできない。ギャヴはストレッチャーで運ばれ、ヤブロンスキはわたしを反対方向に押しやった。

セーラ・バーンの横を通りすぎるとき、彼女は悲しげな笑みをうかべ、「気持ちをしっかりもつのよ」とわたしに声をかけた。

でも喉がつまって返事もできない。

ヤブロンスキが彼女をふりかえり、「あとは任せたぞ、いいな？」といった。

「了解しました」

ヤブロンスキはわたしの腕をつかんだ。「こっちだ」

家を出て、車の後部座席でヤブロンスキの隣にすわらされた。運転席にはクインがいる。

わたしは両手で顔をおおってうつむくだけで、車が道路に出たところで声を絞りだした。

「病院に？」

「そうだ。きみを医者に診せる」

わたしは顔をあげた。「ギャヴの病院じゃないの？」

ヤブロンスキはクィンとルームミラーで目を合わせた。

「ギャヴは助かるんでしょ？」

また目を合わせる。

ヤブロンスキは窓の外を向いた。「大きな期待はもたないほうがいい」

わたしはドアにへばりつき、座席の隅で体を丸めた。


病院といっても、わたしのまったく知らないところだった。武装した警備員がいて、ゲートで厳しくチェックされ、ヤブロンスキが声をあげて命令すると、踏切の遮断機に似た白黒の縞模様のバーが上がった。わたしは装置類がびっしり並ぶ狭い救急救命室に入れられ、医者に頭の傷を調べられた。

ヤブロンスキはわたしからけっして離れない。

「ギャヴのところに行きたいわ。そばにいたいわ」

「彼はこれから手術を受ける」

「手術？」

「大きな期待はもつなといったはずだ」

「彼の顔を見たいの」

「いまはだめだ。協力しなさい、ミズ・パラス」

医者の診断では、わたしは脳震盪《のうしんとう》を起こしたらしい。安静にして、こんな症状があったらすぐ報告しなさいといわれ、吐き気やめまいなど、十も二十も症状を説明された。でもひとつもまともに聞くことができない。わたしはもう一度ヤブロンスキに頼んだ。

「ここから出してください。お願いします」

ヤブロンスキの目に初めて憐れみの色が浮かんだ。

「では、ついて来なさい」わたしの腕をつかみ、青い通路をさらに奥へ、つきあたりまで進んで無人の待合室に入った。「レナードはあそこで――」両開きのドアを指さす。「手術を受けている。わたしたちはここで待とう」

胃がちぎれそうだった。でもこれは脳震盪とはまったく関係がない。手術室から暗い顔で出てくる医者など、いやな光景ばかりが頭に浮かんだ。プラスチックの硬い椅子のなかで、膝に両肘をついてうなだれ、祈り、不安におびえた。

「何か飲むか？」

ヤブロンスキに訊かれ、わたしは黙って首を横にふった。

どれくらいの時間、そこにいたのかわからない。数分なのか、数時間なのかさえわからない。待合室はわたしたちふたりきりで、テレビもなければ出入りする人もいなかった。わたしはなんとか声を出した。

「ここは軍の秘密病院？」

「似たようなものだ」

わたしは訊かざるをえなかった。「どうしてあそこへ？　ギャヴがいることを知って、あそこへ？」

「レナードから連絡があった。きみが危険な目にあっている、援護を頼むといわれた」

それでは説明がつかないと思った。

「援護を頼んだのなら、どうして彼はひとりで？」

「人員を集める時間は必要だ。その時間を稼ぐために、彼は罠にはまるのを覚悟で出かけた」ヤブロンスキの目がうつろになった。「きみに警告したはずだ。レナードはきみのためなら命を捨てることさえいとわないと」

「捨てたりしません」声がかすれた。「彼は死んだりしません」

ヤブロンスキは何もいわない。

静寂が流れた。

「わたしは尾行されていたんです」言い訳ではなく、知ったことを伝えるつもりでいった。「初めてリンカの家を訪ねたときから、ずっと。そしてマイケル・フィッチがプルート社に侵入すると、わたしが彼から何を聞いたのかを知ろうとして、わたしを……」ごくりとつばをのむ。「わたしが何か情報をつかんだと思ったらしくて……」両手を握りしめる。「彼が何を知りたかったのか、わたしには見当もつかなくて……」

「もちろん、きみにはわからない」

「でも、あなたは知っているのでしょう」

ヤブロンスキは無言だった。

何時間たっただろうか、ドアの開く音がした。両開きのドアから、医者がマスクをとりながらこちらへやってくる。わたしは椅子から立ち上がった。頭も心も体も、不安でぶるぶる震えた。

「手術は？　彼は？」医者の表情からは何も読みとれなかった。

ヤブロンスキがわたしの肩に腕をまわして黙らせた。おそらく医者は、彼ひとりに話すよう指示されていたにちがいない。ヤブロンスキが「話してくれ」といって初めて口を開いた。

「できるかぎりのことはしましたが、大量に出血していますからね。今夜が山でしょう」

28

ギャヴのベッド脇の椅子で、わたしは断続的に眠った。ガラス壁の集中治療室のもうひとつの椅子では、ヤブロンスキがときおりうつらうつらしている。いろんなモニターがたてる音は乱れることがなく、わたしはいくらかおちついて、ぽたりぽたりと落ちる点滴をながめては、殴られつづけたギャヴの顔を見て泣かないように努めた。彼はまったく動かず、ヤブロンスキの軽いいびきにも、部屋でどんな音がしても反応しない。右の手のひらがシーツの上で開いていて、わたしはそっと指を握った。温もりを感じるのがうれしくて、わたしはここにいるからね、と心のなかで語りかけた。

朝の六時ごろ、目をあけると顔の横にギャヴの腕があり、手はまだ彼の指を握っていた。どうやら眠っていたようで、ヤブロンスキがそっとわたしの肩を揺らし、「起きなさい」といった。

ギャヴの指を握ったまま、わたしは反対の手でまぶたをこすった。

「見てごらん」

ヤブロンスキにいわれてギャヴの顔を見ると、何かいおうとするように、唇がゆっくりりだけどもがいている。

「看護師を呼んでこよう」ヤブロンスキは部屋を出ていった。

唇の動きは止まったけれど、体はゆったり静かに眠っているように見えた。わたしは指を握る手にほんの少しだけ力を込めた。

「ギャヴ。わたしよ」

ヤブロンスキが医師と看護師を連れてきたちょうどそのとき、ギャヴのまぶたがひくつきながら開いた。

「オリー……」かすれた声で。「怪我はないか？」

喉がたまらなく熱くなった。だけどなんとか返事をする。

「ええ、大丈夫よ」

彼は指を握りかえそうとした。「よかった……」そしてまた、眠りにおちた。

ヤブロンスキから少し休めといわれ、わたしはとりあえず化粧室に行き顔を洗った。病室にもどると、彼がわたしの震える手に熱いコーヒーのカップを持たせ、休憩室にいっしょに行って椅子にすわらせた。

「話せることには限度がある」ヤブロンスキはぶっきらぼうにいった。「その点はいいな？」

わたしはうなずいた。「ユージン・ヴォーンはどうしました？　ロバータは？」

「ふたりとも問題ない。ロバータには事情聴取し、いっさい口外してはならないと厳しくいってある。セーラ・バーンによれば、ロバータはリンカが何者であるかをまったく知らない。

彼女にとってもこちらにとっても、そのほうがいい」

「ユージン・ヴォーンは？」

ヤブロンスキの表情はほとんど微笑といってよかった。「彼にはすべて話してある。いつものようにね。ユージン・ヴォーンにセキュリティ上のリスクはない。そういえば、彼はきみの〝大学の恩師〟という嘘を誉めていたよ。あの場でとっさに思いついたにしては上出来だとね」

そんなことで誉められてもうれしくはない。「ギャヴはどうしてあの家に行けたんでしょう？　彼は訓練中だったのに？」

「それはレナード自身が直接きみに説明するだろう」コーヒーをすすり、今度はほんものの微笑をうかべた。「彼がその気になれば、だがね」


ギャヴは肝臓と脾臓をやられ、脾臓摘出手術をうけて大量輸血となったものの、数日後には一般病棟に移ることができた。そして周囲が目をみはるほど早く自力で立つことができ、最小限の手助けで病室を歩けるようにもなった。わたしはできるかぎり彼のそばにいるようにし、ヤブロンスキが車で送り迎えしてくれたおかげで、病院のゲートもすんなり出入りできた。厨房の仕事が気になって仕方なかったけれど、ヤブロンスキはクィンがうまく処理する、心配するなといい、わたしは彼を信じることにした。

手術から八日後、ギャヴは退院することになった。ヤブロンスキの車に彼を乗せ、三人でアパートまで帰る。そして部屋に入ると、ヤブロンスキはぐるっと全体を見まわしてこんなことをいった。

「ひとりで住むには十分だが、ふたりだと狭いだろう。なあレナード、きみがオリヴィアと暮らす気なら、もっと広い場所をさがしたほうがいい」

わたしは体格のいい年配の男性を見上げた。この人は、必要なときはかならずそこにいてくれる。ギャヴの命が救われたのは、この人のおかげといっていい。たとえヤブロンスキが一生わたしを気に入らなくても、わたしは一生、彼を大切に思いつづける。

ヤブロンスキとわたしはギャヴをテーブル前の椅子にすわらせた。

「監視役を置かなくていいか、レナード？　きみたちふたりだけにしておくと、五分とたたずにどちらかがトラブルを引き起こしそうだが」

ギャヴは笑った。でも、喉が苦しそうで顔をしかめる。

「お心遣い、感謝するよ。ジョーが大怪我を負ったら、皮肉のお返しをさせてもらおう」

ヤブロンスキは立ち上がった。「わたしはもう現場は引退だ。いや、とっくに終わっていたはずなんだがな。きみのおかげで、最後のはらはらどきどきを味わわせてもらった。無事に終わってひと安心だ」ギャヴの肩に手をのせ、ぐっと力をこめる。「くれぐれも無理をするなよ」

「ありがとう、ジョー。オリーがいるから大丈夫だ」

ヤブロンスキはわたしを見てほほえんだ。「彼女ならしっかり面倒をみてくれるだろう」

ギャヴの肩をもう一度ぎゅっと握る。「それにしても……」目をつむり、ふうっと息を吐いた。「きみがまた……」口もとをひきしめ、その先はいわなかった。

ギャヴは肩にのせられた手に自分の手を重ねた。「わかってるよ、ジョー」

静かな時のなかにふたりの厚い友情が流れるのが見えたように思えた。

ヤブロンスキは帰り、わたしは見送ってドアをロックした。

「何か飲む？」テーブルにもどったところで訊いてみる。

「しばらくいっしょにすわっていてくれ」彼に見つめられ、ほっぺたが熱くなった。「話したいことがあったんだが、ようやくふたりきりになれた」

「わたしのほうも訊きたいことがたくさんあるわ。でもともかく、あなたが元気になってからね」

「きみがいてくれれば、いつだって元気だよ」

「でも、もう少し休まなきゃ」

「オリー」厳しい声になる。「子ども扱いするな」

ギャヴがギャヴらしくなったみたいで、わたしはにっこりした。

「はい、わかりました。よけいな気遣いはしません」

「それでいい」

そこでともかく、いちばん疑問に思っていることを尋ねた。

「どうしてユージン・ヴォーンの家に来たの？　訓練中だったから、メールを見る暇はなかったでしょう？　それに偽のメールだと、どうやって気づいたの？」

ギャヴはゆっくりと慎重に椅子の背にもたれ、得意満面な笑みをうかべた。

「それもわからないのか、ミズ・パラス？」冗談めかしていうなんて、生死の境をさまよった人とは思えない。「きみには上層部に親しい者がいる、とジョーがいったのは覚えているか？」

「ええ、なんとなく」

「あれは言葉どおりなんだよ」

「どういうこと？」

「きみは金曜日、ジョシュアとの約束をすっぽかし、あの子はとても心配した」

なんだかもっとわからなくなった。「ジョシュアがあなたに連絡するとは思えないけど」

「うん、そういうことではない。少年の心配がきっかけで、連鎖反応が起きたといえばいいかな。ジョシュアはまず母親に、ハイデン夫人に告げた。夫人はきみがただ遅刻しているだけだと思ったが、ジョシュアはもしそうなら、オリーはかならず連絡してくる、といいはった。夫人がいくらなだめても、ジョシュアは納得しない。そこでふたりできみをさがしに厨房へ行った。そのときの警護官の話によると、ジョシュアは誰も自分の話をちゃんと聞いてくれないと、かんかんに怒ったそうだ。オリーは絶対たいへんな目にあってるんだ、でなきゃ連絡なしに遅刻するはずはないってね」

「ジョシュアがそんなことを……」

「きみだってわかっているだろう。ジョシュアもアビゲイルも、駄々をこねてかんしゃくを起こすような子ではない。ハイデン夫人は息子のようすがいつもとずいぶん違うから、きみをさがしてくれとスタッフに頼んだ。ところが、きみの居場所はまったくわからず、夫人もこれはおかしいと思った」

わたしは大きく息を吸いこんだ。「そういうことね……。で、そのあとは？」

「彼らはサージェントに相談した」

「え？　サージェント？」声が大きくなった。

ギャヴはわざとらしくわたしをにらんだ。

「きみはわたしたちの関係をサージェントに話したのか？」

「そうじゃなくて、彼が勝手に推測したの。わたしは否定しなかっただけよ」

「それがよかったのかな。ともかく、彼はギャヴィン捜査官がどこにいるのか調べたほうがいい、といった。ハイデン夫人にはその理由がわからなかったようだがね。そしてすぐ、わたしは訓練中だと調べがついた。ここまでが、そう……時間にしてせいぜい三十分くらいだろう。ジョシュアがいいはるものだから、ハイデン夫人は夫に――大統領に連絡し、わたしを訓練からはずしてきみの居場所を見つけてくれと頼んだ」

「わたしをさがすために、大統領があなたを訓練からはずしたの？」耳を疑った。「ほんとうにそうなの？」

「ああ、ほんとうだよ。これ以上ないほどの〝上層部〟だ」

「とんでもないわ……」

「ジョシュアに感謝しなさい。あの子がいなかったら、きみは――」ギャヴは続きをいわなかった。

わたしは彼の両手を握り、彼は握りかえした。

「しばらくは意識が朦朧《もうろう》としていたが、目覚めたとき、きみがそばにいてくれた。わたしの手を握ってね」

「目が覚めるまで、いつまでだってそばにいようと思った」

「うん。だから目覚めたんだよ」

29

それから何日かたっても、なぜリンカにわたしを尾行する必要があったのかはわからなかった。リンカと手下たちが捜査官につかまったあと、どうなったのかもまったく情報がない。この件は新聞やテレビ、インターネットで、いっさい報じられなかった。

「気持ちが悪いほど静かね。ぜんぜん表に出てこないわ。たぶん、裏にもっと何かあるんだわ」

ギャヴはうなずいた。「全貌を知らされることはおそらくないだろう」

ようやくホワイトハウスにもどれて、わたしはまずジョシュアに会わなくては、と思った。ダグにその要望を伝えると、どういうわけか、彼はずいぶん不機嫌になったけど、あまり気にしないことにした。わたしが推薦文を書かなかったことにわだかまっているのかもしれない。

大統領家の私室が並ぶフロアまで行くと、ハイデン夫人とジョシュアが待っていてくれた。金曜の約束を破ってしまったことをあやまり、ジョシュアのおかげで無事に復帰できたことを心から感謝した。

「わたしを信じてくれて、ほんとうにうれしかった。ジョシュアのおかげで、わたしだけじゃなく、何人もの人が助かったの。みんなジョシュアに感謝しているわ」

「お母さんから、人にいえないことが起きたっていわれた。そうなの？」

わたしは相槌を打った。

「きっとまた、オリーはピンチなんだって思った。ほんとにそうだった？」

「ええ、すっごいピンチだったの。ジョシュアがいてくれたから、わたしたちみんなピンチをきりぬけられたのよ。だけどパーティのお手伝いができなくてごめんなさいね。料理はうまくいった？」

ジョシュアは首をすくめた。「オリーがいなくなって、そのことばっかり考えて、パーティなんかどうでもよくなった。だからお母さんに頼んで、中止にしてもらったんだ。でもね、それでよかったみたい。ふたごがふたりとも、扁桃腺《へんとうせん》を腫らしちゃったって」

ハイデン夫人がうなずいた。「熱がでたのよね。こうしてみると、まずまずのところで収まったと思えるわ」

「じゃあ、ジョシュア、つぎの料理パーティの準備を近いうちにいっしょにしましょうか。約束するわ。今度のお返しをしなくちゃ」

「お返しなんかいらないよ」ジョシュアは厳かにいった。「オリーはぼくの命を救ってくれたんだから。もう忘れた？」

目頭が熱くなった。少年の髪をくしゃくしゃっと撫でる。

「うん、いま思い出したわ」

厨房に行くと、バッキーとシアンがびっくりした顔で迎えてくれた。

「いったいどうしたの?」と、シアン。「何日も行方不明なんだもの」顔を寄せてささやく。「わたしたちに話せること?」

するとヴァージルが肩ごしにいった。「みんな、きみのおかげで休み返上だったよ。休暇を延長するときは、同僚のことも少しは考慮してほしいね」

「何かあったの?」わたしが尋ねると、バッキーがあきれ顔で目をくるっと回した。

「八つ当たりだよ。ヴァージルの気に入らない噂がとびかって、むしゃくしゃしてるんだろ」

「どんな噂?」

バッキーは顔をしかめた。シアンをふりむくと、彼女もおなじだ。

「たぶんオリーも気に入らないと思うわよ」

そこへサージェントが現われた。

「やあ、ミズ・パラス、職場復帰したと聞いたものでね。ちょっといいかな?」

「はい」サージェントにはこちらから会いに行こうと思っていたのだ。彼についていきながら、仲間たちをちらっとふりかえると、さっきのしかめ面がなぜかもっと険しい表情になっていた。いったいどうしたのだろう?

厨房を出て、長いセンター・ホールを歩いていく。ホワイトハウス・ツアーのグループがいて、立入禁止区域にシークレット・サービスが立ち、サージェントはその後ろで止まった。

「あとでオフィスにうかがうつもりだったのよ、ピーター。どうしてもお礼をいいたくて。あの日、わたしの居場所をさがすのに大きな助言をしてくれたと聞いたから」

「ふむ。まあね。とりあえず、彼らがわたしのところに来たのはよかったと思っている」そこで右と左の眉が鼻の上でくっついた。「誰も話してくれんのだよ、きみの最新の冒険について。おそらく今後も説明はないだろう。秘密作戦の類だと想像するが、すべては問題なく処理されたのだな？」

「ええ。ほんとうに感謝しています」

サージェントはわかったというようにうなずいたものの、何かまだわたしの言葉を待っているようだ。

「ほかにも何か？」

「きみは聞いていないのか？」

「みたいね……。よかったら教えてもらえません？」

サージェントはにこにこした。わたしが知らないのがよほどうれしいらしい。

「二点ある。ひとつめは、わたしからきみに礼をいわねばならない」

ん？　なんだろう？

「わたしが何かしたかしら？」

「関心があるとかないとかで。その後、彼女とは何度か外出してね。仲介の労をとってくれたことに対する感謝だ」

頬がほんのりピンクに染まった。「伝えてくれただろう……ソーラのことを」

思いがけない良い知らせに、わたしはにやにやした。

「それはよかった。わたしもうれしいわ」

「きみならそういうと思ったよ」と、そこで目を細めた。「だがふたつめは、きみにとって喜ばしくないことだろう」

えっ……。

「だがわたし自身は、こうしてきみに伝えるのがじつにうれしい」

いやな予感がした。それも、かなり。「いったい何の話？」

「いずれ話せるときが来る、といったのを覚えているか？」

「ええ。あのときはまだ時期尚早だとか」

サージェントは両手をこすりあわせた。「いまなら話せる。わたしとは関係のないところから、秘密が漏れはじめたからね」

「何のことかわからないけど」

「次期総務部長が決定したんだよ」

「まさかダグじゃないわよね？」

「いいや、もっとひどい」サージェントには珍しい満面の笑み。「正式発表は明日になる」

「誰なの？」

サージェントは両手を広げた。

「このわたしだよ」

は？　一瞬ぽかんとした。でもすぐにジョークなんかじゃないとわかって、片手を差し出した。

「おめでとう、ピーター」そういえば、ハイデン夫人はサージェントにもっと重い責任をもたせるようなことをいっていたから――。

「ほんとによかったわね」わたしは握手した手を何度も振った。「わたしもうれしいわ」

「きみとわたしは水と油といえなくもないが」サージェントも握手の手に力を込める。「ともにホワイトハウスのために力を尽くせると信じている。ひとりずつであれ、ふたりいっしょであれ」

「ええ、そうね」

厨房にもどると、バッキーとシアンが待ち構えていた。でも話しはじめるまえに、反対側のドアからクィンが現われた。

「ミズ・パラス、招集がかかっています」クィンは親指を立てた。「自分が案内するので」

「どこへ？」

クィンは答えない。「では、こちらへ」

「すぐもどってこられると思うわ、たぶん」バッキーとシアンにいうと、ふたりともあきらめきった顔つきだった。「おちつかなくて、ごめんね」

クィンについていくとレジデンスから西棟へ、さらに閣議室を通り過ぎて細い廊下の先、大統領秘書官のオフィスに入った。すると、なかにギャヴがいて驚いた。完全に回復するまで使いなさいと、医師に渡された杖にもたれている。わたしは思わず駆けよった。

「どうしてここにいるの？」肋骨の下のあたりに手を当てる。「まだ外出してはいけないんじゃない？」

「呼び出しがあってね」

「そう、わたしもなの。いったい何かしら？」

ギャヴは首をすくめた。「さあ、ぜんぜんわからない」

女性の秘書官はこんな会話を聞いても表情ひとつ変えず平然とし、クィンが彼女に何かささやいた。

「はい、どうぞお入りください」彼女はうなずいた。

するとドアが開いて、わたしはギャヴと顔を見合わせた。声には出さず口だけで、「オーバル・オフィス？」と彼に訊く。オーバル・オフィス、すなわちアメリカ合衆国大統領の執務室だ。

ギャヴは軽く首をすくめ、片手を広げた。やはりとまどっているらしい。

「さあ、入って」クィンがうながした。「おふたりともお待ちです。自分はここに残りますので」

おふたり？

ハイデン大統領がデスクの向こうで立ち上がった。わたしが先に進み、ギャヴは後ろで杖をついてくる。

「やあ、いらっしゃい」大統領はデスクの前に出てきた。「なぜ自分が呼ばれたのか、首をひねっていることだろう」

わたしは何もいえず、ギャヴのほうを見た。彼は一心に大統領を——最高司令官を見つめて敬礼し、大統領は敬礼を返すと「休め！」といった。「いいぞ、ギャヴィン捜査官、気楽にしてくれ」

わたしはヤブロンスキもいるのに気づいた。部屋の中央で向かいあうふたつのソファの前に立っている。

喉がからからになった。でもありがたいことに、ギャヴは大統領とのこういう場に、わたしよりずっと慣れているだろう。

「この会合は、われわれの職務外の活動に関するものと考えてよいでしょうか」ギャヴが尋ねると、ヤブロンスキがにやりとした。

「わざわざ訊くまでもないだろう」

わたしはなんとか声を出し、大統領にいった。

「このたびは感謝の言葉もありません」大統領は気にするなというように手を振ったけど、これだけはいわなくてはならない。「わたしの命はジョシュアによって救われました。ジョシュアの賢明さと熱意があってこそと思っています。ほんとうにありがとうございました」

大統領はにっこりした。「そういってくれるとうれしいよ。ジョシュアのほうこそ、きみからシェフの技術と心構えをたくさん学んでいるようだ。今後とも、息子のことをよろしく頼むよ。ハイデン家がホワイトハウスで暮らしているあいだは」

「はい、喜んで」

大統領はソファのほうへ腕を振り、わたしとギャヴは、大統領とヤブロンスキと向かいあってすわった。

「きみたちに来てもらったのは、具体的な話があったからだが、そのまえにまず――」大統領はギャヴの目を見て、わたしの目を見た。「ここで聞いたことは、ドアの向こうに出たら忘れるという確約がほしい」

わたしはちらっとギャヴを見て、ふたり同時に「はい、了解しました」といった。

ヤブロンスキが咳ばらいをして、低いテーブルに置かれた書類フォルダを指さした。

「これは機密情報だ。連邦政府のごく一部の者しかアクセスできない」

大統領が話を継いだ。「先日のあの件は、オリヴィア、きみが父親の過去を調べはじめたことが発端だろう。そしてヤブロンスキの協力を求めた。だがヤブロンスキはそのとき、きみの父親が命を懸《か》けて祖国を守ろうとしたことを知らなかった。もちろん、わたしもね」

心臓がどきどきし、息苦しくなった。どういうこと？　大統領は何の話をしているの？

ハイデン大統領は分厚いフォルダを持ちあげた。

「わたしは会議があってね──すでに遅刻しているが──きみたちはここで必要なだけこの書類を読んでかまわない」大統領はほほえんだ。「といっても、わたしの会議が終わるまでだよ。少なくとも、一時間はかかるだろうが。また、書類はこの部屋から持ち出さないように。後日、読みたくなったらあらためて連絡しなさい。他言無用を厳守するという前提でね」

「はい、けっして口外しません」わたしがいうと、もちろんギャヴもうなずいた。

「他言無用というのは」ヤブロンスキがいった。「きみはここで知ったことを、母親にもいってはならない、ということだ」

「はい、承知しています」

大統領はわたしの膝にフォルダを置くと立ち上がった。ほかの三人も立ち上がり、全員が大統領と握手する。そして大統領はわたしたちが入ってきたドアとはべつのドアから出ていった。

残された三人はまたソファにすわり、わたしはほっと息を吐いた。

「ここはほんとにオーバル・オフィスなのね。しかもここで機密書類を読むなんて信じられないわ」

テーブルでフォルダを開くと、最初のページには〝極秘〟という赤いスタンプが押してあるだけだった。ページは綴じられているので、分けて読むことができない。

ヤブロンスキは大きなため息をついた。

「一時間では消化しきれないほどの情報だ。わたしが少し手伝おうか」

フォルダを彼のほうへ向けると、彼はページをめくった。

「スタートはここがよいだろう」またフォルダをわたしのほうへ向け、太い指を立てる。

「きみの父親の公式軍歴だ」

わたしはフォルダを膝にのせ、ヤブロンスキが指さした国防総省の記録を見た。

「軍と国防総省の共同記録ですか？」小さな子どものように、番号のふられたリストを指でたどっていった。「日付は父が亡くなった直後ですね。どうしてここに？　このときはもう退役して……」謎がつながりはじめた気がした。「もしかして……」

ヤブロンスキはこちらへ寄こしなさいというように指を振り、わたしはフォルダを渡した。彼はさらにページをめくっていく。

「ここを見てみなさい」

またフォルダの向きを逆にして、見るとそのページは国防総省の「死傷者」報告だった。そしてそこに父の名前と階級、資格をはじめとする事項が記されていて、わたしは息をのんだ。父が亡くなったときの状況は——頭部に四十五口径の銃弾二発。

「父は退役していなかったということですか？」

「そう、軍の諜報員としてプルート社に潜入したのだ。当時——」

わたしは訊かずにはいられなかった。「このころすでに有害物質入りの商品を輸出していたのに、阻止できていなかった？」

膝にギャヴの手を感じた。ヤブロンスキの目は〝人の話をさえぎるな〟といっている。

「短絡的に結論を出さず、全体像を知るほうがいいのではないか？」

「はい、申し訳ありません」わたしは小さく頭を下げた。

「背景や指令、報告など、詳細な内容はそこに記してある。だが、これだけはいっておこう。プルート社は有害製品を輸出などしていなかった。それはフィッチの主張であり、彼の主張には真実のかけらもない」

心底びっくりしたけど、ぐっと言葉をのみこんだ。

「クレイグ・ベンソンは、ハロルド・リンカが会社を利用しているのを知った」ヤブロンスキはつづけた。「プルート社の名のもとで、武器や薬物などの禁制品を密輸していたのだ。アメリカ合衆国に敵対する組織にね。ベンソンは偶然それを発見したのだが、リンカを解雇することなく、賢明にもペンタゴンの知人に報告した」

ヤブロンスキは当時の経緯が記されたページを示した。そのなかに、ユージン・ヴォーンがわたしの父を諜報員として強く勧めている箇所があった——粘り強く、機略縦横、信頼性はきわめて高い。

「当時、きみの父親は現役の軍人で、すでに潜入活動も経験していた。そこで表向き、不名誉除隊のかたちをとることが決定された。合衆国に恨みをもつ者のほうが、リンカに信用されやすいだろう。きみの父親はすべて了承し、プルート社に潜入した。リンカの密輸の証拠をつかむためにね。そして一定程度、成功した」

わたしは何をさがしているのかわからないままページをめくった。かなり大部で、一時間どころか一日かけても読みきれないだろう。

でもヤブロンスキは、すべてを暗記しているかのようにしゃべった。

「証拠をつかまれたリンカは、きみの父親がプルート社に報告すると信じた。政府の潜入捜査とは知る由もないからだ」

わたしはヤブロンスキににらまれるのを覚悟でいった。

「リンカの密輸を知りながら、どうしてつづけさせたのですか？　それも二十五年以上にもわたって」

「そこが尋常でない点でね。きみの父親の任務歴がおおやけにならないのもそのためだ」

ギャヴはわたしなどよりずっとわかりが早い。

「またべつの捜査員を潜らせ……」彼は指で唇を叩きながら考えた。「潜入捜査は長年にわたって継続された」

愛弟子の推測にヤブロンスキの目が輝いた。「そのとおりだよ」そしてわたしのほうを向く。「きみの父親は大きな贈り物をしてくれた。リンカに正体を知られることも、潜入捜査を疑われることもなかったのだよ。おかげで捜査が継続できた」

「でも、リンカは職場で事故にあったのでしょう？」

「そうだ、まったくの偶然でね。リンカが深く潜ってしまうと監視不能になり、捜査は一からやりなおしになる。そこでプルート社は、自宅での仕事を許可した。これでリンカはおなじ連絡網を利用でき、ＦＢＩもＣＩＡも取引の監視を継続できるようになった」

「どうしてつかまえて阻止しなかったんですか？」

「ときには泳がせたままのほうがよいこともある。軍事物資の密輸に関し、リンカは小魚でしかない。だが、より深海の大魚とのつながりがある。地球のあちこちの海域のね。リンカに気づかれずにネットワークを監視した結果、世界各地のテロ組織の活動を阻止できたのだよ、二十五年以上にわたって」

「す、すごいですね……」

「まさしく。きみの父親はヒーローといっていい」

わたしはギャヴのほうを見た。「よかったわ、ほんとに」

ギャヴはわたしに腕をまわし、「きみの信じていたとおりだったな」といった。

「でも……」わたしはヤブロンスキに確認した。「これは母にも伝えてはいけないのですよね？」

ヤブロンスキの目が険しくなった。「きみは同意したのではないか？」

「はい、確かにしました。撤回する気などありません。でも母には、ギャヴとわたしは真実を知っている、ともいってはいけないでしょうか？　真実がどういうものかは、いっさい話しません。母はきっと、それだけでも満足してくれるでしょう。父を信じ、わたしを信じてくれていますので」

「具体的なことは何ひとつ話してはならない」

「はい、詳細はいっさい話しません」

「では、いいだろう。書類を読みはじめるまえに、ほかに何か質問はあるか？」ヤブロンスキは時計を見た。「きみが読みおわるまで、わたしはきみのそばを離れない。フォルダはわたしの責任のもとで、しかるべきところに返却する」

「では、ひとつだけ教えてください。マイケル・フィッチはどんなかかわりがあったのでしょう？　リンカは彼がわたしに何かをいったと確信しているようでした。でもフィッチの手紙にあったのは、プルート社による有害物質の輸出だけです。それでもリンカはあそこまでして、わたしがフィッチから聞いたことを知ろうとしました」

「フィッチか……」ヤブロンスキはため息をついた。

わたしは黙って答えを待つ。

「フィッチは自分でも収拾がつかなくなるほど小心で疑い深い。きみの父親は、彼があれこれ嗅ぎまわるため、よしたほうがいいと警告した。そしてリンカはきみの父親を殺害後、有害商品の話をでっちあげてフィッチに吹きこみ、アンソニー・パラスは会社に殺された、おまえもひと言でも漏らしたらおなじ目にあうぞ、と脅した」

「じゃあ、無駄死にみたいなもの？」

ヤブロンスキは躊躇した。「フィッチは死んではいない。当局がマスコミに彼の死亡を公式発表したことはいっさいないはずだよ。現在、夫婦とも保護拘置下に置かれている。詳細を知らせることなく、ふたりから事情聴取する予定だ」

「では生きているんですね？」ほっとして、両手で顔をおおった。「よかった……」

「きみの訪問後、彼は精神的にまいったらしい。これは警鐘だと考え、やるべきことをやりぬこうと決意した。クレイグ・ベンソンと堂々と対峙すれば、怯えつづけた歳月もけっして無意味なものではなくなるとね」

「わたしのせいですね……」

「人はつねに自分自身で選択をし、選択した結果の責任は自分にある。フィッチとて、それはおなじだ。だが皮肉なことに、彼がリンカから聞いた話をすぐ通報していれば、リンカを長く泳がせておくことはできなかっただろう」

それから三人で書類を見ながら話し、そろそろ時間切れとなった。

「これだけの書類を事前に読んでくださったのですね」わたしはヤブロンスキにいった。「わたしでは短いあいだに読んで理解するのは無理だろうと思われて……。ほんとうにありがとうございました」

「それくらいのことしかできないからね」

オーバル・オフィスのスタッフが入ってきて、退室をうながされた。

わたしはかつてないほどの安堵感でいっぱいだ。

「彼は真のヒーローだったよ」ヤブロンスキはドア口で最後にそういった。「お母さんにもそれは伝えなさい」

ギャヴに手を握られ、部屋を出た。若い男性スタッフのエスコート付きで西棟を歩く。

「ジョーのいうとおりだよ」

「どの話?」

「自分自身で選択する、という話だ」

わたしは彼を見上げたけど、ギャヴはそれ以上は何もいわなかった。西棟からレジデンスに入るところでエスコートはもどっていき、わたしとギャヴはファミリー・ダイニング・ルームから給仕室を抜けてエレベータに乗った。ギャヴは杖をついているので、階段はつらいと思ったからだ。

厨房に入ると、仲間たちがいっせいにふりむいた。

「当ててみようか」バッキーが不満げな顔をした。「何を訊いても〝答えられません〟じゃないか?」

わたしは両手を差し出し、精一杯肩をすぼめて「ごめん」とだけいった。

シアンはギャヴをしげしげと見てから、わたしと彼をさぐるような目つきでながめた。たぶん、ぴんとくるものがあったのだろう。

「多少なりとも説明してくれるわよね?」と、彼女。

わたしのほっぺたが熱くなった。

「ん、まあね……」

「待ってくれ、オリー」ギャヴがいつになく照れたような、でもどこか大胆な調子でいった。

わたしたちの関係の公表は控える、という念押しかしら?

するとと彼は腕をのばして、わたしの手を握りしめた。ここがホワイトハウスとは思えない熱いまなざし。

「シャワー・カーテンをとりかえているときに話したことを覚えているか？」

わたしの顔は真っ赤になったにちがいない。「ええ、もちろん」

ギャヴは杖を持ったまま、床に片膝をつこうとした。

「ちょ、ちょっと、よしてちょうだい」わたしは彼の両腕をとり、立ち上がらせた。

ギャヴは背筋をのばし、「いやなのか？」といった。

わたしはごくっとつばをのみこんだ。なんだかめまいがしそうだ。

「いやじゃないわ。ほんとにほんとよ。ただ、あなたは体が回復しきっていないから……」

ギャヴは杖を持たないほうの手をわたしにまわし、引きよせた。

「きみはいつも、相手のことを思いやる」

「何が始まったんだよ？」と、ヴァージル。

シアンとバッキーがすでに察しているのは、その目を見ればわかる。わたしはギャヴの腕をほどいて手をつなぐと、並んでスタッフに向き合った。

「レナード・ギャヴィン特別捜査官のことは、みんな知っているでしょ？」

全員がうなずくのを見てつづけた。

「きょうの午後にでも、彼とちょっとした書類を申請することになるみたい……。時間はたいしてかからないから、すぐもどってくるわ。でも、またお休みをもらうかもしれない」

「またか？」ヴァージルがぶつぶついった。「それはいつだ？」

わたしはつないだ手と手の指をからませて、ギャヴを見上げた。彼の瞳は輝き、わたしは一生この人を愛しつづけられると思った。

「三日後、かしら？」小さな声でギャヴに訊き、彼はほほえんでわたしを見下ろしささやいた。

「うん、きっと三日後だ」

レシピ集

- 緑の野菜とベリーの春サラダ
- ゴートチーズとマッシュルームのブルスケッタ
- ホワイトソースのガーリック・チキン・パスタ
- パンナコッタ
- ロメインレタスとクレーズンのサラダ
- 香りも楽しめるディナーロール
- 牛ヒレとキノコのラグー
- 赤ポテトとローズマリーのロースト
- パンプキン・チーズケーキとカラメルソース
- チーズフォンデュ

緑の野菜とベリーの春サラダ

一皿分

【材料】

ケールなど、春らしい緑の野菜いろいろ……カップ1

ラズベリー……6粒

ブラックベリー……5粒

イチゴ……3粒（へたを取って¼にカット）

ペカン……カップ¼（焼いたもの）

ゴルゴンゾーラチーズ……大さじ2

バルサミコ酢のビネグレット……大さじ2

【作り方】

冷やしたサラダ皿に緑の野菜を敷いて、そこにベリー類を飾り、ペカンとゴルゴンゾーラを散らす。

ビネグレットをかけてテーブルへ。

●バルサミコ酢のビネグレット

（ビネグレットは一般に、油と酢は3対1）

【材料】

バルサミコ酢……カップ¼

お好みのハーブ……お勧めは、バジル・大さじ½、コリアンダー・小さじ½、エストラゴン・小さじ½（いずれも乾燥ハーブ）。新鮮な生のハーブを使ってもよいが、ビネグレットの保存期間が短くなる。

エクストラバージン・オリーブオイル……カップ¾

【作り方】

カップにバルサミコ酢とハーブを入れて、かき混ぜながら少しずつオリーブオイル

※1カップは米国の1カップ（約240ml）

を加えていく。オイルと酢がなじんでとろりとするように。なじみが悪ければ、サラダにかけるまえにもう一度かき混ぜる。

ゴートチーズとマッシュルームのブルスケッタ

●トマトのトッピング

【材料】

ローマトマト……5〜7個
（さいの目切り）

ネギ……3〜5本（白と淡い緑の部分のみ。薄くスライス）

エクストラバージン・オリーブオイル……大さじ3〜4

バルサミコ酢
……軽くかける程度

バジル（乾燥）……大さじ1

ニンニク……大さじ1
（みじん切り）

海塩と挽きたてコショウ
……お好みで

【作り方】

1 ボウルでトマトとネギを混ぜ、オリーブオイルとバルサミコ酢を加える（オイルはある程度とろっとする量を。酢はお好みで適量に）。

2 バジルとニンニクを加え、お好みで海塩とコショウを加えて軽くあえる。

3 二、三時間、室温で漬けこむ。

（オイルと酢でドレッシングふうになるので、レタス・サラダにも使えます。ただし、かけるのは、いただく直前にしましょう）

●ゴートチーズとマッシュルームのスプレッド

【材料】

マッシュルーム
……約200グラム
（汚れをとって半分にカット）

ゴートチーズ……約200グラム（やわらかくしておく）
海塩と挽きたてコショウ……お好みで
エクストラバージン・オリーブオイル……大さじ1
無塩バター……大さじ1（適宜増減）

【作り方】

❶マッシュルームに塩・コショウして、オリーブオイルとバターで中火で炒める。バターの量は、適宜調整する。

❷やわらかくなったゴートチーズを角切りにし、❶のマッシュルームといっしょにフードプロセッサーにかける（ニンニクのみじん切りとレモン汁を加えても可）。お好みの混ざり具合になるまで（わたしはマッシュルームが小さく粒で残るくらいが好み）。

●ブルスケッタ

【材料】

フランスパン……1本（2〜3センチ幅に切る。わたしは斜めではなく垂直にまっすぐ切ります）
海塩と挽きたてコショウ……お好みで
エクストラバージン・オリーブオイル
ゴートチーズとマッシュルームのスプレッド
トマトのトッピング
パルメザンチーズ……200グラム（粗く削る）

【作り方】

❶オーヴンを180℃に予熱。

❷クッキーシートにパンを並べ、オリーブオイルを塗って軽く塩・コショウしてから、表面がカリッとなるまで焼く（12〜15分）。

③ オーヴンから出してゴートチーズとマッシュルームのスプレッドを、その上にトマトのトッピングをのせる。パルメザンチーズを振って、温かいうちにテーブルへ。

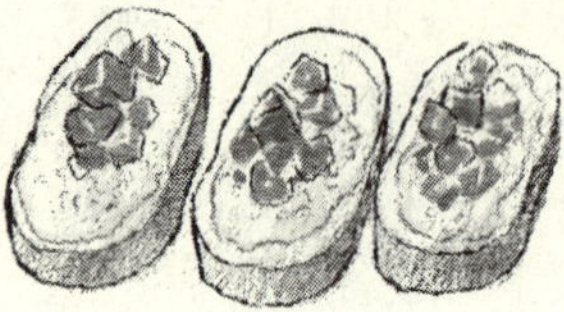

ホワイトソースのガーリック・チキン・パスタ

六人分

【材料】

ペンネまたはリガトーニ
……450グラム
乾燥バジル……小さじ1
海塩……小さじ½
黒コショウ
……小さじ½（挽きたてのもの）
赤トウガラシ……小さじ1
（刻んだもの）
チキンのむね肉……450グラム（強火で手早く炒めるのでスライスしておく）
オリーブオイル……大さじ4
ニンニク……小さじ1
（みじん切り）
マッシュルーム……カップ1
（汚れをとって¼にカット）
ネギ……カップ½（白と淡い緑の部分のみ。薄くスライス）
パルメザンチーズ
……カップ½（削りたてのもの）

●**ホワイトソース**

【材料】

サワークリーム……200グラム（無脂肪または低脂肪）
ネギ……カップ½（白と淡い緑

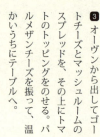

の部分のみ。みじん切り）
タマネギ……大さじ1（みじん切り）
黒コショウ……小さじ½（挽きたてのもの）
パセリ……大さじ1（みじん切り）
ガーリック・パウダー……大さじ½
赤トウガラシ・ソース……お好みで
無脂肪ミルク……大さじ2～3

【作り方】

❶ボウルでミルク以外のホワイトソースの材料すべてを混ぜ、最後にミルクを加える。いったん冷蔵庫へ。

❷パスタを製品の解説どおりに茹でる。

❸バジル、海塩、赤トウガラシ、黒コショウを混ぜて、スライスしたチキンにまんべんなくつける。

❹フライパン（25センチくらいのもの）でオリーブオイルを温め、ニンニクがきれいな茶色になるまで炒める（約2分）。

❺❹にチキンを入れて5分ほど炒め、マッシュルームとネギを加えて、全体に火が通るまで4～5分炒める。

❻❺にホワイトソースを加えて火を通す（約2分）。

❼茹であがったパスタに❻をかける。

テーブルに出すときは、パルメザンチーズとスティックパン、ガーリック・ブレッド、イタリアンブレッドとディッピング・オイルなどを添えて。

パンナコッタ

八人分

【材料】

無香料ゼラチン……1袋（約大さじ1）

水……大さじ2（冷やしておく）

ヘビークリーム……カップ2

ハーフアンドハーフ・クリーム……カップ1

砂糖……カップ⅓

バニラ・エッセンス……小さじ1

ベリー……飾りつけ用

カラメルソース、バタースコッチ・ソース、チョコレート・ソース……なくても可。テーブルに出すときにお好みで。

【作り方】

❶ 小鍋に水を入れてゼラチンをふやかし（1分ほど）、弱火で溶かしてから火からおろす（クリーム生地ができあがる直前にしたほうが使いやすい）。

❷ 大鍋でヘビーとハーフアンドハーフのクリーム、砂糖を強めの火でかきまぜながら沸騰させる（完全に沸騰させること。ただし、ぐつぐつ煮ないように）。

❸ ❷を火からおろし、ゼラチンを加えて混ぜ、バニラ・エッセンスを加える。

❹ ❸を八つの陶器の器に分けて、室温になるまで冷ます。

❺ ❹に蓋をして、最低四時間、あるいは一晩、冷蔵庫で冷やす。

❻ ❺を熱い湯に数秒浸し、薄いナイフを縁に沿わせてから皿に移しかえる。ラズベリーやスライスしたイチゴなどを盛りつけてテー

ブルへ。カラメルソース、バタースコッチ・ソース、チョコレート・ソースなども。

ロメインレタスとクレーズンのサラダ

一皿分

【材料】

ロメインレタスの葉の中心部……カップ1（葉の全体を使っても可。ただ、芯のほうが食感がよい）

ラズベリー……6個（あればゴールデンラズベリー）

クレーズン（市販品。ひまわり油でコーティングしたドライクランベリー）……大さじ1

クルミ……カップ¼（焼いたもの）

ラズベリーのビネグレットソース……大さじ2

【作り方】

冷やした皿にロメインレタスをまんべんなく敷いてラズベリーを並べ、クレーズンとクルミを散らす。ビネグレットソースをかけてテーブルへ。

香りも楽しめるディナーロール

四個分（二個なら分量を半分に、八個なら二倍にしてください）

【作り方】

❶ ボウルに水1カップ、砂糖小さじ1、イースト大さじ2を入れ、20分ほどたって泡が浮いてきたら混ぜる。

❷ ❶に温かい水カップ2、砂糖カップ½、油カップ½を加えて混ぜる。お好みで乾燥ハーブやスパイスを加えても（お勧めの組み合わせは

ディルとタラゴンまたはバジル、チャービル、コリアンダー）。
＊イーストを使うときの水は、温かいといってもせいぜい45℃前後が限度。イーストは生きているので、あまり熱があると死んでしまいます。それならむしろ冷たい水のほうがよく、ふくらむ速度が遅くはなりますが、そのぶん香りがたちます。

❸ ❷に小麦粉カップ9、塩大さじ1を加える。
暖かい湿気のある場所で二倍くらいにふくらませ（約一時間）、叩いて人数分に分ける。ゴルフボールくらいの大きさにして、手のひらで軽く叩き、縁を下にたくしこむ。たくしこんだ底の部分がしっかり閉じるようにしてから丸く形を整え、寝かせる。ベーキングシートに並べてパーチメントペーパーをかぶせるのが簡単。二倍にふくらむまで一時間ほど。
＊小麦粉は中力粉。ただ、ハーブなどを加える場合は強力粉を足すとよい。

❹ ❸を約180℃できつね色になるまで焼き（約十五分）、ラックで冷ます。

牛ヒレとキノコのラグー

四〜六人分、ラグーは2杯分

●ヒレ肉

【材料】

良質のヒレ……900グラム
コーシャーソルト、挽きたての黒コショウ……お好みの量で
ベジタブルオイル……大さじ2
バター……大さじ1

【作り方】

❶オーヴンを200℃に予熱。

❷オーヴン対応のフライパンを熱する。ヒレ肉全体に塩・コショウする。

❸フライパンにオイルをひき、熱くなったところでバターを入れて溶かす。そこに❷のヒレ肉を置き、全面がきれいな茶色になるまで焼く(8分ほど)。

❹❸のフライパンをオーヴンに入れる。中央部に温度計を挿して、50℃ならミディアムレア(約25分)。

❺❹をまな板に移し、軽くアルミホイルをかけて10～15分ほど寝かす。

●キノコのラグー

【材料】

いろいろなキノコ(シイタケや、ブラウンまたはホワイト・マッシュルームなど)……400～500グラム

無塩バター……大さじ2～4

大きめの小タマネギ……1個(刻んでおく。小さめのタマネギなら½個)

コーシャーソルト……小さじ½

挽きたての黒コショウ……お好みで

タイム……葉をとったもの3本

マデイラ・ワイン(またはベルモット酒か白ワイン)……カップ½

ヘビークリーム……⅓カップ

【作り方】

❶土などの汚れをとり、シイタケは軸全体を、マッシュルームは軸先をとる。どれも四等分してボウルに入れる。

❷フライパンで強めの火でバター大さじ2を溶かし、❶

のキノコを入れてもっと強火にする。しんなりしすぎないよう注意して火を通し、色が変わったらフライパンを振って全体をひっくり返す。油分が足りないようだったらバターを加える。きれいな茶色になるまで約5分。

❸ タマネギを加えて透明感が出るまで炒める(約2分)。塩・コショウしてタイムを加える。

❹ ❸をいったん火からおろしてマデイラ・ワインを注ぎ、また火にかける。キノコがフライパンにくっつかないようにかき混ぜる(木べらを使うとよい)。

❺ ❹にヘビークリームを加え、沸騰したところで火からおろす。

ヒレ肉を2~3センチの厚みでスライスし、ラグーといっしょにテーブルへ。

赤ポテトとローズマリーのロースト

四~六人分

【材料】

小さな赤ポテト……500グラム(四等分にする)

ローズマリー……4、5本

オリーブオイル……大さじ1½

塩と挽きたてコショウ……お好みで

【作り方】

❶ オーヴンを260℃に予

熱。

❷ 焼き型にポテトとローズマリー、オリーブオイルを入れ、お好みで塩・コショウして30分ほど焼く。途中で一度、ざっくり混ぜる。

パンプキン・チーズケーキとカラメルソース

十人分

【材料】

・クラスト

砕いたジンジャースナップ・クッキー……カップ1½
ペカン……カップ1½
（約170グラム。焼いたもの）
ブラウンシュガー
……カップ¼
無塩バター……カップ¼
（½本。溶かしておく）

・フィリング

クリームチーズ……230グラムくらいのものを4パック
（室温に）
砂糖……1⅔
カボチャの缶詰（保存料なしのもの）……カップ1½
ホイップクリーム
……大さじ9（分けて使用する）
砕いたシナモン……小さじ1
砕いたオールスパイス
……小さじ1
卵……大きめ4個
市販のカラメルソース
……大さじ1

【作り方】

❶ オーヴンを180℃に予熱。

❷ フードプロセッサーでクッキーとペカン、ブラウンシュガーをよく混ぜあわせ、溶かしたバターを加えてさらに混ぜる。

❸ ❷をスプリングフォーム

(直径23センチ、高さ7センチくらいのもの)に入れる。

4 電動のハンドミキサーを使い、クリームチーズと砂糖を大きめのボウルで軽く混ぜ合わせる。そのうち¾カップ分だけ小さなボウルにとりわけ、しっかり蓋をしてトッピング用に冷蔵庫で冷やす。

5 4にカボチャとホイップクリーム大さじ4、シナモン、オールスパイスを加えてよく混ぜ合わせる。

6 5に溶いた卵を一度にひとつずつ入れていく。

7 6を3のクラストに入れ(ほぼいっぱいになる)、表面がよい焼き色になるまで、揺らしたら中央が軽く動く程度まで焼く。1時間15分ほど。

8 7をラックで10分ほど冷ました後、縁にナイフを入れてゆるめてからまた冷ます。蓋をしっかりして、冷蔵庫で一晩。

9 4でとりわけた¾カップを室温にもどし、残りのホイップクリーム大さじ5を加えて混ぜ合わせる。それを8のケーキに均一にかける。

10 スプリングフォームからとりだしカットして、カラメルソースといっしょにテーブルへ。

チーズフォンデュ

【材料】
スイス・チーズ
……250グラム(すりおろす)
グリュイエール・チーズ……
250グラム(すりおろす)
コーンスターチ……大さじ2
ニンニク……1片
辛口の白ワイン……カップ1
レモン汁……大さじ1
チェリーブランデー(キルシュなど)……大さじ1
ドライ・マスタード
……小さじ½
ナツメグ……ひとつまみ
パンや野菜、くだものなど、チーズをからめていただくもの。お好みで。

【作り方】
❶ チーズにコーンスターチをまぶしておく。
❷ 陶器のフォンデュ鍋の内側にニンニクをまんべんなくこすりつける(そのあと、このニンニクは使用しない)。
❸ 鍋を中火にかけ、ワインとレモン汁を煮たて、少しずつチーズを入れながら混ぜる(チーズを徐々に溶かしたほうが、仕上がりがなめらか)。チーズを入れ終わったら、チェリーブランデーとマスタード、ナツメグを加える。

フォンデュをのせた回転台に、チーズをつけるものを一口大に切って並べる。フランスパンやライ麦パンのほかには、リンゴ(グラニースミス種など)や茹で野菜(ブロッコリ、カリフラワー、ニンジン、アスパラガスなど)がお勧め。フォンデュ・フォークや串に刺して、チーズをからめていただく。

コージーブックス

大統領《だいとうりょう》の料理人《りょうりにん》⑥

休暇《きゅうか》のシェフは故郷《こきょう》へ帰《かえ》る

著者　ジュリー・ハイジー
訳者　赤尾秀子《あかおひでこ》

2018年　1月20日　初版第1刷発行

発行人　成瀬雅人
発行所　株式会社　原書房
〒160-0022 東京都新宿区新宿 1-25-13
電話・代表　03-3354-0685
振替・00150-6-151594
http://www.harashobo.co.jp
ブックデザイン　atmosphere ltd.
印刷所　中央精版印刷株式会社

落丁・乱丁本はお取り替えいたします。
定価は、カバーに表示してあります。
 ISBN978-4-562-06075-7 Printed in Japan